KB243012

無限笑笑

무한소소 6
김현영 新무협 판타지 소설

초판 1쇄 찍은 날 § 2004년 11월 16일
초판 1쇄 펴낸 날 § 2004년 11월 26일

지은이 § 김현영
펴낸이 § 서경석

편집장 § 문혜영
편집 § 장상수 · 김희정 · 유경화
마케팅 § 정필 · 강양원 · 이선구 · 홍현경

펴낸곳 § 도서출판 청어람
등록번호 § 제1081-1-89호
등록일자 § 1999. 5. 31
어람번호 § 제2-0467호

주소 § 경기도 부천시 원미구 심곡1동 350-1 남성B/D 3F (우) 420-011
전화 § 032-656-4452 팩스 § 032-656-4453
http://www.chungeoram.com
E-mail § eoram99@chollian.net

ⓒ 김현영, 2004

ISBN 89-5831-308-0 04810
ISBN 89-5831-024-3 (SET)

無限笑笑
무한소소
Fantastic Oriental Heroes
김현영 新무협 판타지 소설
마침내 마지막 문은 열리고
6
완결
도서출판 청어람

제1장 스라드, 안개를 걷다 ... 7

제2장 다시 각자의 길로… ... 21

제3장 정과 사는 무엇을 말함인가! ... 29

제4장 극악무도(極惡無道) 사파(邪派) ... 38

제5장 범상치 않은 토끼 ... 50

제6장 단천지의 과거 ... 66

제7장 위기의 여인 ... 83

제8장 의행팔도(義行八盜) ... 108

제9장 기이하고 아름다운 다툼 ... 133

제10장 불타는 취망산 ... 148

제11장 악몽 ... 162

제12장 그동안의 경위… ... 176

제13장 망창산의 회합 ... 183

제14장 경천동지 ... 189

제15장 유언 ... 208

제16장 정신의 낭에 다시 들다 ... 213

제17장 바즉 서다 ... 222

제18장 각성 그리고… ... 234

후기 조후, 작가를 인터뷰하다 ... 267

"곡주께서 드디어 천강검(天罡劍)을 얻으신 게로군."

"내 평생에 그런 검을 잡아볼 기회나 있을까."

"지금부터라도 독안정수와 친분을 쌓아보게."

"그 괴팍한 늙은이하고? 흐흐, 차라리 양귀비와 사귀는 게 더 빠를 걸."

"하하, 아무래도 그렇겠지."

수라곡인들은 소집 명령을 받고 삼삼오오 이야기를 나누며 연무장으로 이동했다. 내용인즉, 천강검을 얻은 기념식을 거행한다는 것이었다.

좌로부터 무적오대(無敵五隊)라 불리는 혈랑대(血狼隊), 용후대(龍吼隊), 은살대(隱殺隊), 적혈대(赤血隊), 추검대(追劍隊)가 자리했고, 중앙

쪽으로 추혼칠단(追魂七團)이라 불리는 암왕단(暗王團), 추명단(追冥團), 귀문단(鬼刎團), 음혼단(蔭魂團), 음풍단(陰風團), 냉혼단(冷魂團), 흉신단(凶神團)이, 이어 혼마삼령(混魔三靈), 십이마(十二魔)가 질서 정연하게 도열했다.

털끝만큼의 움직임도 없이 오백에 달하는 고수들이 숨죽이며 응시하는 가운데 수라곡주 오추룡이 연단에 올랐다.

순간 수라곡 전 고수들의 함성이 울려 퍼졌다.

"영세무궁(永世無窮), 천세만세(千歲萬歲), 수라곡의 태양, 곡주님을 뵈옵습니다."

거대한 함성에 수라곡 전체가 한바탕 공중으로 솟구쳤다가 내려앉는 것 같았다.

오추룡은 가볍게 고개를 끄덕이고 부리부리한 눈을 빛내며 일성을 토했다.

"오늘 이 자리는 천하의 둘도 없는 명검인 천강검 획득을 기념하기 위함이다. 모두가 알다시피 역적 추뇌명은 연약하기 짝이 없어 수라곡을 병들게 했다. 역적이 달리 역적이 아닌 것이다. 조직을 퇴보시키고 위세를 깎는 이야말로 역적 중에 역적인 것이다. 천강검을 얻은 본좌는 이 자리에서 엄중히 선언한다. 수라곡은 강호 위에 우뚝 설 것이며 천하 무림인들의 우러름을 받게 될 것임을."

"영세무궁(永世無窮), 천세만세(千歲萬歲), 생을 걸고 명을 받듭니다."

다시금 우렁찬 함성이 울려 퍼졌다. 특이한 건 무리 중 누구도 다른 내용을 외치는 자가 없었는데 그건 오추룡이 수라곡의 곡주로 등극하면서 나름의 법칙을 정해놓아 어떤 형식의 말이 끝나게 되면 정한 대답을 하도록 했기 때문이다.

오추룡의 자화자찬과 끝을 모르는 야망의 외침은 일 다경 정도 이어졌고, 어느덧 그의 말은 새로운 주제로 넘어갔다.

"이 자리를 빌어 나는 새로운 수라곡이 탄생하기까지 날 위해 충성을 다한 이들에게 상을 내리고자 한다. 총관!"

연단 좌측에 서 있던 총관, 사유명이 두루마리를 펼쳐 큰 소리로 외쳤다.

"호명한 이는 연단으로 올라와 주시길 바랍니다. 곡주님께서 직접 천로주(千露酒)를 따라 주실 것입니다. 이하 존칭은 생략합니다. 수석 장로 배은막!"

배은막이 한껏 고무된 표정으로 연단의 계단을 밟고 올라섰다.

천로주(千露酒)가 무엇이던가. 천하오대명주(銘酒) 중 단연 으뜸으로 북망산(北邙山) 천요곡(天妖谷)의 특이한 기후로 발생하는 이슬을 천일 동안 받아 술을 담근 것이다.

보통 사람은 평생 동안 구경조차 하기 힘든 진귀한 술이며 게다가 무공을 익힌 자에겐 내력에도 크게 도움을 주는 공능을 지니고 있었다.

오추룡은 뒤쪽에 선 시녀가 건넨 잔과 술병을 들고 있다가 잔을 배은막에게 건넸다.

"그대가 수라곡에 있어 본좌는 기쁘기 그지없다. 자, 받으라."

"영광입니다."

오추룡이 한 잔 가득 천로주를 따랐다.

배은막에 이어 한 사람 한 사람 이어지며 총 이십삼 명의 고수들이 천로주를 받았다.

혹시나 하는 마음으로 자기 차례가 오길 학수고대하던 이들은 결국 순서가 다 마쳐지며 호명받지 못하자 자신이 오추룡의 반역 도모에 적극적으로 힘을 다하지 않은 것을 가슴을 치며 후회했다.

"수라곡은 무엇인가?"

"천하제일곡, 강호는 수라곡의 그늘을 벗어날 수 없습니다."

오추룡의 일갈에 수라곡의 모든 고수들이 일제히 화답했다.

"크하하하하하……."

오추룡이 사자후를 발하며 웃음을 토해냈다. 어찌나 큰 소리였는지 모두는 귀가 멍해지고 가슴이 울렁거리는 것을 느끼면서 마음속 깊이 신임 곡주의 높은 내력에 감탄해 마지않았다.

어떤 연유인지는 알 수 없으나 천강검을 찾은 후 내력이 더욱 고강해진 것만 같았다.

모두가 은근히 놀랄 때 문득 뜻밖의 변화가 찾아왔다. 거의 오추룡의 웃음이 잦아들 무렵이었다.

첫 번째로 천로주를 받아 들었던 배은막이 배를 움켜쥐고 그대로 앞으로 쓰러져 바닥에 무릎을 꿇었다.

"컥!"

그것은 시작이라는 신호를 보낸 것인 양 배은막에 이어 연달아 천로주를 받았던 충복들이 자세를 유지하지 못하고 고꾸라졌다. 저마다 고통스러운 외마디를 외치고는 입으로 거품을 뿜어내며 바닥을 뒹굴었다.

"이 무슨 해괴한 일이냐?"

　오추룡의 당황한 음성에 곁에 있던 호위들이 오추룡을 보호하기 위해 그 주위를 에워쌌다.

　너무나 급작스러운 상황에다 천로주에 독극물이 들어 있다고 해도 그것을 따른 이가 곡주였기에 수라곡의 뭇 고수들은 술렁일 뿐 다른 행동을 취하진 못했다.

　대오가 조금 흐트러지는 것을 본 오추룡이 상황을 바로잡고자 크게 외쳤다.

　“모두 대오를 유지하고 침묵하라.”

　오추룡은 일갈하여 모두를 통제한 후, 느닷없이 신형을 쓸어갔다. 가히 번개 빛을 연상케 하는 빠름이었고 그의 손길은 그를 보호하려 에워싼 총관과 호위들의 등 뒤 혼혈로 향했다. 삽시간에 일곱 인영이 짚단 쓰러지듯이 바닥으로 허물어졌다.

　오추룡의 점혈수법은 극히 빠르고 정확해 한 치의 오차조차 없었지만 그들 중 어느 누구도 오추룡이 공격해 올 것이라고는 꿈에서도 생각지 못했던 터라 그저 속절없이 무너질 수밖에 없었다.

　천로주를 마신 충복들이 거품을 물고 쓰러지고, 이어 호위하던 이들조차 곡주에 의해 제압당하는 해괴한 일이 벌어졌음에도 수라곡인들은 마음 깊이 의혹만을 담고 있을 뿐 함부로 나서진 못했다.

　개중에 어떤 이들은 이 모든 상황이 억지로 꾸민 일로 모종의 시험이 아닐까, 라는 생각을 품기도 했다.

　“놀라지 말라. 동요치 말라.”

　어느새 연단에 우뚝 선 오추룡의 기세는 눈앞에 펼쳐진 일들은 당연한 것이라는 듯 추상같은 굳건함을 유지하고 있었다.

"눈을 똑바로 뜨고 잘 보도록 하라."

오추룡이 손을 들어 얼굴을 문지르기 시작했다. 서서히 오추룡의 모습이 전혀 다른 사람으로 변해가더니 급기야 오추룡 대신 전혀 다른 사람이 나타났다. 그 광경에 놀라지 않는 이가 없었다.

"헉!"

"어떻게……."

"이럴 수가……."

모두는 자신의 눈을 의심했다. 연단 위에 선 이는 전대 곡주인 절대 패검 추뇌명이었고 그는 서슬 퍼런 모습으로 자신들을 노려보고 있었기 때문이다.

수라곡인들은 그제야 천로주를 마신 이들이 왜 쓰러지게 되었는지, 주변의 총관과 호위들이 왜 제압당했는지 이해할 수 있었다.

"본좌가 누구인지 굳이 설명하지 않아도 될 줄 안다. 너희는 오추룡이 어디에 있는지 궁금하더냐?"

쩌렁거리는 음성으로 추뇌명, 아니, 송겸이 외쳤다.

그렇다. 분명히 송겸이었다. 송겸은 독안정수의 계략에 따라 이중 역용을 하고 있었던 것이다.

독안정수는 송겸이 오추룡을 제거할 수 있을 것이라는 전제 아래 세부적인 계획을 수립했다. 그건 매우 간단한 일이었지만 몇 가지 문제가 있었다.

첫째는 무엇보다도 송겸이 오추룡을 확실히 제압할 수 있느냐에 관한 것이었다. 결과적으로 송겸은 전력을 기울여 독안정수의 걱정을 쓸데없는 것으로 만들어주었다.

둘째는 오추룡과 동행한 호위들과 마부를 마음 깊이 굴복시키는 것
이었다.

자칫 연극에 동참하겠노라 해놓고서 정작 수라곡에 들어간 후 모조
리 까발린다면 호랑이 굴에 들어가 잠자는 호랑이를 단칼에 죽이지 않
고 쪼그리고 앉아 수염을 뽑고 있는 것이나 다를 바가 없기 때문이었
다.

그러나 그 문제도 송겸은 간단히 해결책을 제시했다. 송겸이 누구이
던가, 바로 독왕노괴의 제자가 아니던가 말이다.

송겸은 독공을 구체적으로 펼치는 방법은 배운 적이 없었지만 손가
락 끝을 통해 독을 빼내는 것은 그다지 어려운 일이 아니었다.

송겸은 마부와 호위들 앞에서 나무 한 그루를 한 방울의 독정으로
간단하고도 신속하게 말려 죽이는 것으로 자신이 독왕노괴의 제자라는
것을 증명해 보았다.

그들은 그렇지 않아도 송겸이 어린 나이에도 불구하고 빼어난 무공
을 지닌 것을 의아하게 생각했었는데 독왕노괴의 제자라는 것을 이해
하게 되자 더욱 두려워하게 되었다.

그 다음부터는 거칠 것이 없었다. 그야말로 팥으로 메주를 쑨다고
해도 믿지 않을 도리가 없게 되자 송겸은 그저 맹물 한 그릇을 떠다 다
섯 사람에게 차례로 먹였다.

맹물이다 보니 색깔이 없고, 냄새도 없으니 독 중 가장 지독한 독은
무색무취한 것이라는 상식을 갖고 있던 이들로서는 눈물로 호소하며
굳이 독을 마시지 않아도 절대적으로 복종하겠다고 했으나 송겸은 가
차없이 마혈을 찍은 후 맹물을 입 안에 부어 넣어버렸다.

더불어 독은 보름의 기간이 지나 반응을 보일 것이며 제때 해독하지 않는다면 어떻게 죽게 될지는 상상에 맡기겠노라고 씨익 웃으며 말해 주었다.

결국 완벽하게 협조를 받게 된 후, 독안정수는 마차를 수리하고 송겸과 추백의 얼굴에 역용술을 펼쳤다.

세인들은 독안정수를 가장 훌륭한 장인으로만 생각했지 그가 역용의 대가라는 것은 잘 알지 못했다.

그는 송겸의 얼굴 위에 절대패검 추뇌명의 얼굴을 입히고, 다시 그 위로 오추룡의 얼굴을 씌웠다.

그리고 네 명의 호위들로부터 오추룡의 언어 습관과 수라곡의 여러 환경에 대한 내용을 송겸이 습득하게 했다. 절대패검 추뇌명의 버릇이나 말투 등은 추백이 상세히 설명해 주었으니 문제될 것이 없었다.

독안정수의 계책의 완성은 고이 보관해 놓은 천로주에 독을 투여하여 오추룡을 열렬히 추종하는 고수들을 제거하는 것이었는데 이것도 송겸이 어렵지 않게 해결했다.

송겸은 독리에 능해 몇 가지 독초를 배합하여 일각 뒤에 발효하는 독을 천로주에 섞어넣었다.

추백은 주화입마에 빠져 결국 죽음에 이른 오추룡의 목을 잘라 상자에 담았는데, 오추룡은 살았을 때는 무가치한 인간이었으나 죽게 된 후에는 의미를 지니게 되었다. 이것은 결정적인 순간에 수라곡인들의 숨을 죽이게 하기 위함이었다.

한편 교청은과 조후는 독안정에 머물기로 했다.

두 사람이야 동참하고 싶은 마음이 간절했지만, 독안정수는 완벽한 상황을 위해 독안정에 남는 것이 더 이롭다고 말했고, 일리있는 말이라 두 사람은 그 권고를 받아들일 수밖에 없었던 것이다.

모든 계획이 착오없이 이루어진 상황 속에서 수라곡의 뭇 고수들은 거의 정신적 공황 상태에 빠지고 말았다.

특히 오추룡에게 충성을 맹세했던 이들의 경우엔 심장이 평소의 다섯 배 정도 빠르게 뛰었고, 모든 혈맥이 오그라드는 것만 같은 두려움에 휩싸였다.

그들은 대항해야 한다고는 생각했지만 절정의 무공을 지닌 대주와 장로들이 쓰러진 마당에 전대 곡주가 어떤 함정과 세력으로 포진해 있을지 가늠하기가 쉽지 않아 그야말로 바람 앞의 촛불의 신세처럼 마구 흔들거릴 따름이었다.

그때 호위 중 하나로 역용하고 있던 추백이 송겸에게 상자를 건넸다.

송겸이 상자를 받아 들고 외쳤다.

"오추룡이 어디에 있는지 궁금한 자가 있느냐? 그럼 내 알려주마."

송겸은 상자 안에서 오추룡의 머리를 움켜쥐고 높이 들어 올렸다.

"자, 여기에 있다. 그는 이제 말도 하지 못하고, 볼 수도 없으며, 움직일 수도 없다."

송겸은 오추룡의 머리를 왼편의 무리 한가운데로 던져 버렸다. 도열해 있던 이들이 일제히 썰물 빠져나가듯 물러서자 오추룡의 머리는 데굴데굴 구르며 그 주변은 순식간에 빈 터가 되었다.

"오추룡을 따를 자는 왼편에 서고, 본좌를 따를 자는 오른편에 서라."

생사판이 던져졌다.

잠시 장내가 술렁였다.

하지만 망설임도 잠시, 곧이어 전원이 오른편으로 이동했다. 이미 죽어버린 오추룡을 따른다는 것은 있을 수 없는 일이었다.

게다가 모두는 방금 전에 귀청이 멍해질 정도로 울리던 내력이 실린 음성을 들었던 터, 어떤 사연인진 모르나 전대 곡주는 그전보다 더 강해진 것 같았다.

심지어 개미 새끼 한 마리조차 오추룡의 편에 서지 않게 되자, 비로소 송겸은 마음이 놓였다. 만일 오추룡 편에 서겠노라는 자가 있다면 부득불 피를 볼 수밖에 없었을 터인데 살생을 하지 않아도 된 것이 다행스러운 일이었다.

"백아, 이리 올라오거라."

송겸은 추백의 친아버지인 양 굳건하면서도 한편으로는 애정 어리게 추백을 불렀다. 추백이 얼굴을 문지르면서 본래의 모습을 드러내며 송겸의 옆에 섰다.

그 광경은 다시금 수라곡인들을 놀라움에 빠뜨렸다. 수라곡주가 돌아오고 소곡주까지 모습을 드러내자 정녕 오추룡이 반역에 성공했었는지에 대한 것조차 의심스러울 지경이었다.

"뇌옥에 갇힌 이들을 모두 복귀시키고 최선을 다해 그들을 치료하도록 하라. 곡의 경계를 강화하고 부대주들은 지금 즉시 연환전으로 들라."

수라곡은 급속히 정상화되었다. 오추룡을 따르지 않는다는 이유로

뇌옥에 갇힌 이들은 하나같이 초췌하고 초라한 몰골로 뇌옥을 나왔지만 그들은 곡주가 살아 있는 것에 아픈 것도 잊고 기뻐했다.

그들의 존재는 수라곡이 정상 궤도에 오르기 위해서는 거의 절대적인 가치를 지니고 있었기에, 송겸은 최상의 치료를 받도록 하는 한편 스스로도 진기를 아끼지 않고 베풀어 그들의 회복을 도왔다.

또한 오추룡에게 맞서다 목숨을 잃은 자들과 오추룡의 추종자들의 죽음 이후 공석이 된 자리는 능력있고 믿을 수 있는 자들을 선별하여 마음을 다해 충성하도록 신속히 승진시켜 자리를 채웠다.

그렇게 한 달가량이 지나갈 무렵, 수라곡에는 돌연 변고가 찾아왔다.

곡주 추뇌명의 사망(死亡)!

이 급작스러운 사태를 맞아 수라곡은 침묵에 잠겼다. 충복들은 곡주가 병을 숨긴 채 자신들을 위해 무리하게 진기를 허비한 것이 죽음의 원인일 것이라는 생각에 슬픔에 복받쳐 눈물을 쏟아야 했다.

성대한 장례가 치러졌다.

푹!

어두운 밤, 무덤의 한 부분을 주먹 하나가 뚫고 나왔다.

손의 주인은 산 채로 매장당한 송겸이었다.

송겸이 무덤에 들어간 건 언제까지고 수라곡주로 머무를 수 없는 터라 이미 계획되어 있던 바였다. 수라곡이 안정되자 유언을 통해 추백에게 곡주 자리를 승계하고 귀식대법을 펼쳐 죽은 것으로 위장한 것이다.

산 채로 무덤에 들어가는 것이 결코 쉬운 일은 아니겠으나 송겸에겐 무덤이 그리 낯선 곳만은 아니었다.

일찍이 사부에게 귀식대법을 전수받을 때 사흘간 관도 없이 흙더미에 묻힌 것을 시작으로, 일 년여의 강호 활동 중 섭환공의 부작용을 해소하기 위해 어쩔 수 없이 귀식대법을 펼친 것을 추백 등이 죽은 것으로 오해하여 묻어버렸을 때도 무덤 속에서 쓸쓸히 생활했던 송겸이었다.

이런 판국이니 한 번 더 묻힌다고 크게 서러울 건 없었다. 어떤 의미에서는 목숨이 세 개 정도 되는 것 같아 뿌듯하기까지 할 정도였다.

송겸이 빠져나온 무덤에는 이미 이승을 떠난 진짜 추뇌명의 시신이 이장(移葬)되었다.

송겸은 추뇌명의 역할 중에서 수라곡인들에게 설명하길, 이미 오추룡의 흉계를 알아차리고 가짜를 내세웠던 것이며, 알고도 대처하지 못한 건 오추룡이 이미 많은 사람을 포섭해 놓아 막기엔 때를 놓친 상태라 후일을 도모할 수밖에 없었다고 말했다.

송겸이 무덤에서 나오고, 추뇌명의 이장이 마쳐진 후 추백이 평소와 다르게 정중히 허리를 숙여 송겸에게 고마움을 표시했다.

"감사드립니다. 형님의 은혜, 이 동생 잊지 않겠습니다."

추백이야 큰절이라도 올리라면 올릴 마음이었지만 예(禮)를 받는 송겸은 어색하기 짝이 없어 고개를 숙이고 있는 추백의 뒤통수를 사정없이 갈겨 버렸다.

팍~

말 그대로 사정없이였고, 추백은 이 상황에서 후려갈겨 버릴 줄은 꿈에도 생각지 못했던 터라 그만 고개를 숙인 채로 흙바닥에 얼굴을 처박고 말았다.

동행했던 수하들이 어두운 중에도 하얗게 질린 모습이 확연히 드러났다. 이들은 심복 중의 심복들이었기에 송겸의 정체는 물론이고 이제까지의 전후 사정을 모두 들어 알고 있는 터였다.

그런 까닭에 그들은 신임 곡주의 얼굴이 처박힌 상황에도 전혀 손을 쓸 수가 없었다.

독왕노괴의 제자에, 어린 나이에도 무공의 깊이를 헤아리기 힘들고, 수라곡을 회복시켰을 뿐 아니라 신임 곡주를 동네 양아치 부리듯 하는 자를 함부로 제지할 수는 없는 노릇이었다.

"닭살 돋게 무슨 짓이냐? 어서 일어나라."

송겸은 닭살을 없애려는 듯 소매를 걷어붙이고 마구 비벼댔다.

추백이 얼굴과 옷에 묻은 흙을 털어내며 쩝쩝 입맛을 다셨지만 결코 싫은 표정은 아니었다.

"형님, 이제 어디로 가실 생각입니까?"

"곧바로 취망산으로 가봐야지. 단천자가 살아 있든, 그의 후예이든 보통 문제는 아니니까."

"제가 도울 일이 있다면 언제든지 불러주십시오."

송겸이 한쪽 입꼬리를 올리면서 말했다.

"단천자가 오추룡을 통해 수라곡을 한 팔의 힘으로 삼으려 했지만 이제 그 팔이 잘려 나간 셈이니 너는 수라곡을 정비하는 데 온 힘을 다해라. 그것만으로도 단천자의 의도를 무너뜨리는 일이 될 테니까."

추백이 고개를 끄덕였다.

“네, 확실히 정상 궤도에 오르면 제가 찾아뵙겠습니다.”

그 말과 함께 추백이 다시 정중히 고개를 숙이려 들자 송겸이 손을 치켜들었고, 추백이 멈칫한 채 올려다보며 미소를 짓자 송겸도 그만 웃음을 터뜨리고 말았다.

제2장 다시 각자의 길로...

"잠깐 이야기 좀 할까요?"

교청은이 송겸을 따로 불렀다.

송겸이 독안정으로 돌아와 그동안의 상황을 이야기한 후, 단천자의 미수가 어디서부터 어떻게 이루어졌는지 알 수 없기에 거기에 대처해야 하니 곧바로 취망산으로 돌아가야겠다고 말한 뒤였다.

독안정수 고청이나 조후와 교청은도 수라곡을 장악한 단천자의 계획의 깊이를 가늠할 수 없었기에 송겸의 말에 모두 고개를 고덕인 것은 당연했다.

독안정을 나와 교청은과 송겸은 어깨를 나란히 하고 걷다가 앉을 만한 바위를 발견하고 이심전심으로 그곳에 자리를 잡았다.

걸어오면서도 두 사람은 전혀 어떤 말도 나누지 않았는데 그 심중의 생각은 서로 상반된 것이었다.

송겸은 교청은의 안색이 그리 밝지 않은 것을 보고 뭔가 심사가 뒤틀린 것이라 생각했기에 은근히 조심스러웠다.

그녀는 장미처럼 아름다웠지만 가시가 여간 날카로운 것이 아니어서 갑자기 가시를 돋우고 찔러올까 슬쩍슬쩍 눈치만 살필 뿐이었다.

그러나 교청은의 속마음은 가시와는 전혀 상관이 없었다.

사실 그녀는 독안정에 머물며 여간 불안한 것이 아니었다.

한 달이라는 기간은 짧으면 짧지만 어떤 이에게는 하루조차도 천 년 같이 느껴지기도 한다. 바로 교청은의 마음이 그 어떤 이의 심정과 같았다.

그녀는 자신이 왜 그리 불안해하는지 처음에는 정확히 깨닫지 못했지만 점차 시간이 지나면서 수라곡이라는 호랑이 굴로 들어간 송겸의 안위를 걱정하고 있다는 것을 이해하기 시작했다.

또한 지난 일 년여 동안 송겸과 다시 만나게 될 날을 손꼽아 기다리고 있었음도 깨달았다.

그때는 막연히 즐거웠던 강호 생활 때문이었을 것이라 생각했었지만 마음 깊이 숨어 있던 감정이 서서히 드러나면서 실은 송겸 때문이었다는 것을 알게 된 것이다.

더욱이 성숙노괴의 진전을 이어받은 뒤의 송겸의 모습은 그녀로서는 거부할 수 없는 멋진 모습으로 다가와 지금 다시 헤어져야 한다는 상황에 가슴이 답답해졌다.

평소 달변인 사람이라도 좋아하는 사람 앞에서는 말을 제대로 잇지 못하고 무슨 말부터 꺼내야 할지 몰라 입이 천근만근인 양 뗄 수 없게 되는 것처럼 지금 교청은이 그러했다.

한동안 무거운 침묵이 이어지자, 송겸은 매도 먼저 맞는 게 낫겠다 싶어 입을 열었다.

"교 낭자, 안색이 좋지 않구려. 무슨 걱정거리라도 있는 게요."

"걱정은요. 뭐 그냥 우리 신비회가 오랜만에 만났는데 다시 헤어지게 되니 아쉽기도 해서요."

송겸은 자신이 뭘 잘못한 것 때문에 한마디 쏘아붙일까 전전긍긍했는데 의외로 별일이 아니자 마음이 놓였다.

"하하하, 헤어짐이 있으면 만남이 있고, 만남이 있으면 헤어짐이 있는 것이 당연한 것 아닙니까. 저기 저 달을 보십시오."

"달요?"

밤하늘엔 반달이 떠 있었다.

"사람과 사람이 살아가는 것은 달과 비슷한 것 같습니다. 지금은 달이 절반뿐이어서 외롭게 보이지만 칠팔 일만 지나면 나머지 반쪽이 돌아오지요. 그러다 또 반쪽이 되고 얼마 지나지 않아 다시금 하나가 되는 것이 아니겠습니까. 단천자의 일이 정리되면 오랫동안 신비회라는 이름으로 하나가 되어 마음껏 강호를 누벼보도록 합시다."

교청은이 달을 물끄러미 바라보며 송겸의 말을 되새겨 보았다. 얼마 지나지 않으면 하나가 된다는 달의 비유가 혹시 마음을 고백하는 것은 아닌가 싶어 괜히 마음이 설레었다.

"송 공자는 혹시 좋아하는 사람이 있나요?"

뜬금없는 질문에 송겸이 힐끔 교청은을 바라본 후 다시 정면을 보며 말했다.

“하하하, 있긴 있죠.”

“오, 누군지 궁금한데요. 누구죠?”

송겸이 계면쩍은 듯 머리에 손을 가져다 댔다.

송겸은 처음 교청은을 만나 뜻하지 않게 포옹을 하고 입맞춤을 했던 후로 교청은을 잊은 적이 없었다.

뭐 딱히 다른 여자를 만날 겨를도 없었고, 그녀의 괄괄한 성격에 ‘앗! 뜨거’ 한 적도 많았지만 그녀의 소탈한 성격은 그 나름대로 편안함이기도 했다. 아직까지 사랑이 정확히 뭔지 모르나 좋아하는 감정만은 확실했다.

“아마 말해도 모를 겁니다.”

배시시 웃으며 하는 말에 교청은은 마음이 허전해지는 것 같았지만 겉으로는 전혀 내색치 않았다.

“비밀이라 이건가요?”

“하하, 뭐 말하자면 그렇지요. 그쪽도 당연히 좋아하는 사람이 있겠죠?”

“그야 물론이죠.”

“교 낭자도 비밀인 게요?”

“호호, 뭐 비밀일 것까지 있나요. 음, 그 사람은 좀 특이한 남자랍니다.”

“특이하다라… 이거 궁금해지는구려.”

송겸 또한 은근히 서운한 기분이 들었지만 아무렇지도 않다는 듯 캐물었다.

“아주 멋진 사람이죠. 사람들은 그 사람이 얼마나 멋있는지 많이들

몰라요. 겉으로 보기엔 정상이 아닌 것 같아 보이거든요. 뭐랄까, 도토리 같다고나 할까요."

"도토리처럼 생긴 겁니까?'

"호호, 설마 도토리처럼 생겼을라고요. 어디로 튈지 모르는 도토리처럼 행동을 종잡을 수가 없어서죠."

"어허, 어쩌다 그런 이상한 사람을 좋아하게 되었소이까. 얼굴이 아주 잘생겼나 보구려."

"그럼요. 송 공자보다 서너 배는 잘생겼으니 탁월한 용모를 지녔다고 할 수 있지요. 그런데 워낙 바쁘게 살아서 자주 만나지는 듯하니 그게 아쉬울 따름이죠."

"하아, 내 얼굴도 꽤 봐줄 만한데 서너 배라니 과연 그런 사람이 존재하긴 한단 말입니까?'

송겸이 조금 과장되게 너스레를 떨었다.

"그럼요. 요즘엔 더 생각이 나네요."

"저도 그녀를 자주 못 보는데 어쩐지 처지가 비슷하구려."

"그러게요."

거기까지 말한 두 사람은 다시 입을 다물고 정면을 응시했다.

서로의 표정엔 아쉬움이 가득했지만 두 사람은 서로서로 오해하며 그저 마음 한구석이 텅 빈 것만 같았다. 그저 반달만은 두 사람의 마음을 안다는 듯 그렇게 나머지 절반을 감춘 채 빛을 발하고 있었다.

독안정을 나설 때 고청은 떠나는 일행에게 아쉬운 작별의 갈을 건넸지만 그 누구보다도 송겸에 대한 마음이 각별했다.

　그는 송겸의 얼굴과 행동, 말투 속에서 엿보이는 의제 성숙노괴 홍자생의 그림자를 발견하고 그리움에 사로잡혔지만 단천자라는 거대한 흉물 때문에 붙잡을 수 없어 그저 일이 해결되는 대로 꼭 다시 들르라는 말을 간곡한 어조로 말할 따름이었다.

　송겸 또한 고청의 노안에 깃든 아련한 추억 속에서 아버지의 흔적이 보이는 것 같았기에 반드시 다시 돌아와 긴 시간 이야기를 나누겠노라고 말했다.

　송겸과 교청은, 그리고 조후는 일 식경 정도 함께 걷다 교청은이 가야 할 길이 달랐기에 그 자리에서 다시 만날 날을 기약하고 서로에게 행운을 빌었다.

　"전 이쪽으로 가봐야 할 것 같군요. 송 공자, 조 공자, 부디 건강한 모습으로 다시 보길 바라요."

　"어쩌면 얼마 지나지 않아 만날 수 있을지도 모르겠습니다. 수호맹에서도 나름대로 단천자의 일로 움직일 테니 말입니다."

　조후의 말에 교청은의 얼굴이 조금 화사해졌다.

　"그렇군요. 단천자는 정사를 통틀어 대적해야 할 자이니까요."

　그러나 송겸은 약간 정색하듯 고개를 가로저었다.

　"그리 간단치는 않을 게요. 교 낭자는 본가로 돌아가시거든 단천자에 관한 일을 말하되 직접 뛰어들지는 않았으면 좋겠구려. 만약 그가 살아 있는 것이라면 천하의 칠성사괴라도 승부를 장담할 수 없을 테니까요."

　말이야 틀린 말이 아니었지만 교청은은 괜히 서러워졌다. 그렇다고 눈물을 흘릴 수는 없어 그녀는 매섭게 눈을 치켜뜨고 쏘아붙였다.

"흥, 이제 무공이 강해지니 걸리적거린다 이건가요?"

"아하하, 그럴 리가요. 그저 저는 단천자란 놈이 보통 놈이 아니란 생각에……."

"됐어요. 흥! 가다가 넘어져서 코가 깨져 버려라. 그 잘난 코에서 피가 쏟아지면 아주 볼 만하겠군."

그녀는 거침없이 악담을 퍼붓고는 몸을 돌려 걸어가 버렸다.

송겸과 조후는 멍한 표정으로 교청은의 뒷모습을 보다가 다시 서로의 얼굴을 보면서 거의 동시어 어깨를 으쓱거렸다.

'왜 저러죠?'

'낸들 아냐.'

말로 표현하자면 이런 식이었다.

이십여 장 정도 씩씩거리며 걸어가던 교청은이 냉큼 뒤돌아서더니 두 손을 입에 모으고 크게 외쳤다.

"다음에 봐요! 두 사람 모두 형운을 빌어요!"

그녀는 말을 마치고 손을 흔들었다. 송겸과 조후는 어색한 표정과 어색한 동작으로 손을 들어 어정쩡하게 마주 흔들었다. 교청은이 신형을 날려 시야에서 완전히 사라지자 송겸과 조후가 다시 서로를 쳐다봤다.

"뭐냐?"

"글쎄요……."

다시 한동안 두 사람은 교청은이 사라진 곳을 멍하니 응시했고, 문득 혼잣말처럼 조후가 중얼거렸다.

"형님이 수라곡에 가고 없을 때 교 낭자가 그러더라구요. 형님은 아무래도 정상이 아닌 것 같다고요. 뭐라더라, 도토리 같은 사람이라던가… 근데 오늘 보니 도토리 같기는 교 낭자도 마찬가지인 것 같은걸요."

"도토리!!"

송겸이 의아한 눈으로 조후를 보고는 지난밤 그녀가 했던 말을 떠올렸다.

"아주 멋진 사람이죠. 사람들은 그 사람이 얼마나 멋있는지 많이들 몰라요. 겉으로 보기엔 정상이 아닌 것 같아 보이거든요. 뭐랄까, 도토리 같다고나 할까요."

'그럼 설마……'

송겸의 마음으로 뭔가 아련한 것이 서서히 번져 갔다.

신법을 전개하며 열흘 정도 진행하던 송겸은 산길에 이르러 앞에 나란히 걷고 있는 두 사람을 발견하고 잠시 여유를 가질 겸 신법을 거두고 평이한 걸음으로 바꾸었다.

그들 두 사람은 깔끔한 백의어 등에 장검을 매달고 있었는데 걸음걸이가 가벼워 보이는 것이 수련을 쌓아온 시간이 결코 적지 않다는 것을 알 수 있었다.

그들은 목소리를 낮추지 않고 한창 이야기를 나누고 있었던 터라 송겸이 굳이 들으려거나 청력을 끌어올린 것도 아니었지만 두 사람의 대화 내용은 고스란히 귓가로 파고들었다.

"사형, 사파 놈들 중에 지네들이 사악하다는 것을 인식하는 놈들이 얼마나 있을까요?"

"크크, 글쎄다. 뭐, 도둑놈보고 도둑놈이라고 하면 성질내는 것처럼 그놈들도 결코 좋게 여기진 않겠지."

"그런 놈들은 한꺼번에 모아다가 남해에 다 수장시켜 버려야 하는 것 아닙니까?"

"후후, 지렁이도 밟으면 꿈틀대거늘 순순히 잡힐 리가 있느냐. 게다가 무턱대고 잡는다면 명분이 서질 않으니 우린 그저 본색을 드러내면 그때마다 한 놈씩 없애는 수밖에."

두 사람의 대화 내용은 어떤 사연 때문인지 알 수 없었으나 사파에 대한 성토가 한없이 이어지고 있었다.

그들은 뒤쪽에 걸어오는 이가 사파 중의 사파를 지향하는 송겸이란 것을 모르는 까닭에 사파 씹어먹기는 갈수록 정도가 심해졌다.

송겸은 속이 뒤틀리긴 했지만 감정을 절제하고 그저 쓰게 입맛을 다셨다.

한마디로 성질 많이 죽은 셈이었다.

그건 송겸이 갑자기 도를 깨우쳐서 모든 것에 초월한 의식을 지니게 된 것 때문이 아니라 그저 지금 머리 속엔 온통 단천자에 대한 생각으로 가득 차 있어 응징하는 것마저 귀찮게 여겼기 때문이었다.

만일 평상시 같았다면 허겁지겁 짱돌이 어딨는지 찾아서는 달려가 머리통을 바스러뜨려 놓았을 것이다.

일각 정도 뒤를 따라 걷던 송겸은 더 이상 듣고 싶지도 않고, 또 충분히 여유를 가졌다는 생각에 길을 벗어나 그들을 앞지르려 했다. 하지만 바로 그때 송겸의 몸을 붙드는 것이 있었으니 그건 바로 한 소리 서러운 울음이었다.

잔뜩 청력을 돋우고 귀를 기울이자 소리가 뚜렷이 들리는 것이 어린 아이의 울음소리가 분명했다. 아이는 산속에서 길을 잃었는지 엄마와 오빠를 애타게 부르고 있었다.

점점 걸어갈수록 소리는 명확해졌기에 송겸은 아이를 향해 달려가려다 문득 앞에서 걷는 두 명의 정파인이 도울 것이란 생각에 잠시 지켜보기로 했다.

"엇, 이게 무슨 소리냐?"

송겸이 진작 파악한 소리를 그들은 이제야 들은 모양이었다.

"그러게요. 웃는 소리 같기도 하고, 우는 소리 같기도 하네요."

좀 더 걷자 어린아이의 울음소리라는 것이 명확해졌다.

"아이가 길을 잃은 모양이군요."

"이 산속에서 길을 잃어? 그럴 리가… 혼자서 올라왔을 리는 만무하니 아마도 근처에 보호자가 있을 게다."

두 사람은 얼굴을 옆으로 돌리고 말했기에 송겸은 그들의 얼굴을 볼 수 있었다.

"하긴 그렇긴 하네요."

"조금만 있으면 아이의 아버지나 어머니가 오겠지. 우리는 갈 길이 머니 가던 길을 가도록 하자."

이 두 사람은 화산(華山)의 문하로 한 명은 사형인 묘운(描雲)이었고, 다른 한 명은 그의 사제인 강두(姜杜)였다. 그들의 목적지는 호북성(湖北省) 보강현(保康縣)이었는데 문파의 명을 받들어 일을 처리하러 가는 길이었다.

송겸은 순간 자신의 귀를 의심하지 않을 수 없었다. 방금 전까지 사파 놈들을 바다에 다 수장(水葬)시켜야겠노라 성토하던, 세상에서 가장 의로운 녀석들이 이제는 아주 당연하다는 듯 서글피 우는 아이를 외면하고 있는 것이다.

'저, 저 새끼들을……'

당장이라도 달려가 요절내고 싶었지만 아이의 울부짖음이 더욱 커진 까닭에 저러다 심신이 지쳐 크게 다쳐 탈이 날까 염려스러워 송겸은 응징은 뒤로하고 소리난 곳으로 날다시피 신형을 날렸다.

한달음에 달려가 보니 아이는 얼마나 울었는지 두 눈이 퉁퉁 부어 있었다. 길을 잃고 험한 산야에서 느꼈을 어린 심령의 두려움과 염려가 얼마나 크고 아팠을지 부은 두 눈만 보고도 충분히 느껴질 정도였다.

"길을 잃은 게로구나."

송겸은 아이가 놀라지 않도록 다정하게 부르며 다가갔다.

"엄마가, 엄마가… 으아앙."

여자 아이는 말을 채 잇지 못하고 다시금 울어버리고 말았다.

송겸은 아이의 눈높이에 맞춰 앉은 자세로 아이의 어깨를 가볍게 붙들었다.

"자, 자 이제 염려하지 말거라. 이 아저씨가 엄마를 찾아주마. 그러려면 우선 어떻게 된 건지 말해 줄 수 있겠니?"

"으아아앙… 엄마하고… 오빠하고… 있었는데요. 으아아앙……"

"엄마하고 오빠가 어디로 갔지?"

"제가요, 나비가… 날아왔거든요. 나비가 팔랑거려서… 잡으려 했는데 엄마하고… 오빠가 보이지 않는 거예요……"

“음, 그래. 그럼 아저씨하고 한번 찾아보도록 하자. 네 이름이 뭐지?”

“은지예요, 송은지!”

은지는 송겸과 차분한 음성으로 몇 마디 말을 주고받아서인지 처음에 비해 많이 안정되어 있었다. 송겸은 은지를 안아 들고 부드럽게 말했다.

“아저씨가 조금 빨리 달릴 테니 혹시 어지럽거나 힘들면 바로 말해 주렴. 알겠지?”

은지가 고개를 끄덕였다.

송겸은 은지를 안은 채로 기를 끌어올려 신법을 전개해 주변을 탐색해 갔다. 처음에는 가볍게 움직이다가 아이가 크게 동요하지 않자 점차 속도를 높이며 인기척을 찾아 나섰다.

원래 있던 곳으로부터 오십여 장 둘레를 샅샅이 뒤져도 사람의 흔적을 찾을 수 없자, 송겸은 이내 이렇게 해서는 찾기가 어렵겠다고 생각했다.

분명 아이의 엄마도 두 눈에 불을 켜고 찾으러 다닐 터, 아무리 빨리 달린다 해도 길이 엇갈린 상태라면 만나기가 결코 쉽지 않을 것 같았다.

그때 송겸의 눈에 사찰을 안내하는 표지판이 들어왔다.

범통사(凡通寺) 전방(前方) 삼백여 장.

송겸의 신형이 지체없이 범통사로 향했다.

중원의 사찰(寺刹)은 강호의 시선으로 따졌을 때는 무공을 다루는 사찰과 순수 종교적 관점의 사찰로 나뉜다고 할 수 있다.

송겸은 범통사에 이르렀을 때 이곳이 무공과는 거리가 먼 곳이라는 것을 직감적으로 느낄 수 있었다.

송겸은 가장 먼저 눈에 띈 승려에게 다가가 자초지종을 설명하고 은지를 잠시 맡아달라고 했다.

아이를 데리고 다니면서 보호자를 찾는 것이 결코 쉬운 일이 아님을 알고 승려는 당연하다는 듯, 또한 큰복을 받을 것이라는 말을 건네며 은지를 보살피고 있겠노라 말했다.

"뜻은 알겠습니다만 형양산은 산세가 깊고 험준하며 넓은데 어찌 혼자 힘으로 해결하려 하오이까."

여러 승려들을 통해 도움을 주는 것을 마다하지 않을 어투였다.

"제게 생각이 있으니 일단 스님께선 아이가 안정을 취할 수 있도록 해주십시오. 정 손이 필요하다면 그때 가서 말씀드리겠습니다."

송겸의 입장에서는 무공을 전혀 모르는 승려들이 샅샅이 뒤진다 해도 시간도 많이 걸리고, 어차피 복안을 갖고 있었기에 그리 말하고는 날듯이 사찰을 빠져나갔다.

노승은 '혼자서 너무 힘들지 않겠소이까' 라는 말을 막 내뱉으려고 하다가 그만 입을 다물고 말았다. 송겸의 신형이 흐려지는가 싶더니 어느샌가 눈앞에서 사라져 버렸기 때문이다.

"끙……."

송겸은 지체치 않고 산 정상으로 올라 내력을 가득 끌어올리고서 힘껏 소리쳤다.

"은지는 범통사에 있습니다! 은지 어머니는 헤매지 마시고 곧바로 범통사로 올라오십시오!"

송겸의 내력이 실린 목소리는 어찌나 컸던지 정상에서 주변 오십여 장까지 나뭇가지에 머물던 각종 새들이 놀란 나머지 푸드드득 소리를 내며 날아오르고 여러 날짐승들이 뛰쳐나왔다.

짐승들은 형양산에서 이제껏 자라 생활해 왔지만 하늘에서 벼락이 내리칠 때를 제외하고는 오늘처럼 큰 소리를 들은 적이 없어 모두 하나같이 정신이 없었다.

산행의 기쁨에 '야호' 라고 외치는 이들이 많지만 그 모든 야호 소리를 합친 것보다 지금의 한 소리가 짐승들에겐 더욱 큰 것이랄 수 있었다.

송겸은 동서남북 방향을 바꾸어가며 연이어 은지가 범통사에 머물고 있다는 것을 알리고는 다시 신형을 날려 산 중턱으로 향했다. 산 정상에서 외친 것이라 혹시라도 산 아래쪽에서 찾고 있다면 듣지 못했을까 염려스러웠기 때문이다.

"송은지는 범통사에 머물고 있습니다! 걱정하지 않아도 됩니다! 목소리를 듣는 대로 곧바로 범통사로 올라오십시오!"

다시금 서너 차례 송겸의 음성이 온 산을 헤집어놓았다.

산 정상에서 외쳤던 때보다 더 많은 짐승들이 동요하며 길길이 날뛰었다. 송겸의 음성은 범통사의 수많은 승려들의 귀에도 파고들었는데 그들은 무슨 영문인가 싶어 나와보고는 노승으로부터 이야기를 듣고 그제야 상황을 이해했다.

그중 주지승은 길게 자란 하얀 수염을 쓰다듬고는 혼잣말처럼 감탄

했다.

"나는 이제껏 무공이란 것이 쓸모없는 것이라고 생각했지만 꼭 그런 것만은 아니로구나. 어떻게 사용하느냐에 따라 이처럼 이로울 수 있지 않은가."

모든 승려들이 고개를 끄덕이며 일제히 불호를 외웠다.

송겸이 일 식경 정도 동분서주하며 외쳐 대는 와중에 몇몇 사사로운 일이 있었는데 그중 하나는 두 마리 호랑이가 시끄럽다고 조용히 하라는 듯 달려들다 머리통이 박살나 뒈지고, 또 다른 경우는 늑대 세 마리가 으르렁거리다가 송겸이 던진 돌멩이에 관통당해 요절하고 말았다.

그 뒤 다시 일 식경 정도가 지나갈 무렵, 송겸은 범통사로 올라가는 길목에서 은지의 어머니를 발견할 수 있었다.

송겸은 그녀를 척 보자마자 은지의 어머니라고 한눈에 알아보았는데 그건 오직 그녀의 모습이 이미 사람의 모습이라고 보기 힘들었기 때문이다.

그녀는 범통사로 향하는 길을 무슨 짐승마냥 달려 올라가고 있었는데 뒤쪽으로 손에 질질 끌다시피 사내아이를 달고 있었다.

머리는 풀어헤쳐지고 눈동자는 광기(狂氣)에 물들어 있는 것이 그녀가 어떤 충격 상태에 있었는지를 충분히 이해하고도 남음이 있었다.

하지만 송겸은 그 순간 그녀의 모습 속에서 세상에 그 어떤 아름다움보다 더 아름다움을 발견했다. 신비스러운 밤하늘과 천연의 아름다움을 간직한 산세, 석양의 감동 등을 압도하는 빛나는 아름다움이었다.

어쩌면 자신의 어머니도 저런 모습으로 찾고 다니지 않았을까 싶자 가슴이 뭉클해지고 저절로 눈시울이 붉어졌다.

"범통사에 은지를 맡긴 사람이 접니다. 이젠 염려하지 않으셔도 됩니다."

송겸은 다정한 말로 그녀에게 말을 건넸다.

눈앞에 홀연히 나타난 송겸의 모습을 보며 어머니는 흔들리는 눈길로 잠시 바라보다 입술을 부르르 떨더니 급기야 굵은 눈물을 쏟아냈다. 고마움과 안도, 그리고 미안함이 복잡하게 섞여 있는 눈물이었다.

"이 아이는 제가 안고 가겠습니다."

송겸이 은지의 오빠를 안아 들었다.

제4장 극악무도(極惡無道) 사파(邪派)

"이걸 지금 사람보고 먹으라 하는 것이냐! 눈이 있으면 똑바로 봐라. 사람을 개돼지로 아는 거냐."

"주인장, 어딨어. 어딨냐구! 이런 파렴치한 놈들 같으니 어디서 이따위로 장사를 하려는 거야."

신운객잔(新雲客棧)의 점소이는 고래고래 소리치는 두 사람 앞에서 머리가 땅에 닿을 지경으로 굽신거리며 어쩔 줄을 몰라 했다.

주방에선 나름대로 깨끗이 설거지를 한다고 해도 가끔은 고춧가루라든지 음식 찌꺼기가 다 닦이지 않은 채로 그릇이 나오는데 하필이면 성질 급한 무림인들에게 딱 걸리고 만 것이다.

잘못된 것만은 분명한지라 뭐라 변명도 못하고 그저 죄송하다는 말만 연발할 뿐이었다.

주인장도 일이 더 커지는 것을 우려해 급히 달려와 머리를 조아렸
다.

"전적으로 저희의 실수입니다. 잠시만 기다려 주십시오. 다시 정갈
하게 음식을 내오도록 하겠습니다."

그러나 두 사내는 이미 기분이 잡쳤다는 듯 더욱 막무가내였다.

"흥, 이제 와서 똑같은 음식을 내온다고 달라질 게 무엇이란 말이냐.
음식은 새로워져도 우리들의 상한 마음은 어찌하려느냐."

"그런 식으로 대충 넘어가시겠다? 허허, 이 사람들 세상을 아주 간
단간단히 사는구만."

주인장은 오랫동안 객잔을 운영하여 왔던 터라 식은땀을 훔쳐 내는
와중에도 대충 두 사람의 말속에 담긴 해법을 알아차렸다.

"입이 열 개라도 드릴 말씀이 없습니다. 모든 것이 저희의 불찰이니
두 분께 사죄하는 뜻으로 저희 객잔의 최고급 요리를 내오도록 하겠습
니다. 물론 음식 값은 받지 않겠습니다."

"내 이야기는 그게 아니잖는가. 진심 어린 사과 없이 최고급 음식이
나온들 무슨 소용 있겠냐 말이야."

진심 어린 사과가 따라야 한다고 말은 했지만 최고급 음식과 돈을
받지 않겠다는 말은 금세 어투를 상당히 누그러뜨린 것 같았다.

솔직히 주인장과 점소이는 자신들이 할 수 있는 최대한의 낮은 자세
로 용서를 구하고 있었고, 그런 점은 객잔 안에 있는 사람은 물론이고
화를 내고 있는 두 사람도 충분히 느끼고 있었던 것이다.

거의 울상이 되다시피 주인장이 거듭 머리를 조아리자 두 사람은 호
통을 치는 가운데 이번 한 번만은 용서해 주겠노라 말했다. 거의 죄 사

함의 권능을 지닌 신(神)이라도 된 듯 보였다.

이 권능의 신(神)들은 과연 누구인가?

이들은 길을 잃은 아이를 대수롭지 않게 여기고 발길을 재촉했던 화산파의 묘운과 강두였다.

그들은 아이의 안위에 대해서는 그저 잘 처리되려니 하고 대충 넘어갔지만 자신들의 안위만큼은 결코 대충대충 넘어가지 않고 그릇에 묻은 조그마한 오물도 그대로 넘길 수 없어 난리를 친 것이었다.

묘운과 강두는 몇 마디 따가운 충고를 내뱉고는 못 이기는 척하며 자리에 앉았다.

하지만 두 사람은 바로 그때까지 매서운 눈초리 하나가 객잔 입구 쪽에서 노려보고 있다는 것과 그 눈초리 속에 분노가 가득해 불행과 재앙이 곧 태어나려 한다는 것을 전혀 눈치 채지 못했다.

안광(眼光)의 주인공이 다름 아닌 송겸이었기 때문이다.

송겸은 형양산에서 아이를 무사히 어머니의 품에 안긴 후 길을 진행하다 허기를 달래기 위해 마을로 내려와 객점을 찾고 있었다.

그러다 문득 신운객잔을 지날 무렵, 소란스러운 소리에 무슨 일인가 싶어 바라보다 묘운과 강두를 발견하고 만 것이다.

송겸이 뚜벅뚜벅 거침없이 걸어 들어오기 시작한 것은 묘운과 강두가 막 의자에 엉덩이를 내려놓을 시점이었고, 주인장과 점소이가 총 열 번 정도의 굽신거림 중에서 여섯 번째로 허리를 굽신거릴 때였다. 객잔 안의 그 누구도 다음에 일어날 황당한 상황을 예측치 못했다.

송겸이 손을 뻗어 탁자 위에 놓인 술병을 들어 올렸다. 그 술병은 송겸의 머리 위까지 올라가더니 곧바로 강두의 머리에 작렬했다.

팡!

술병이 산산이 부서짐과 동시에 술이 사방으로 튀고, 강두가 충격에 의해 뒤로 벌러덩 넘어졌다.

머리가 터졌는지 피가 이마와 귓가로 흘러내렸다.

술병이 강두의 머리에 닿기 전까지 아무도 상황이 이렇게 되리라 예상하지 못한 것은 송겸의 동작이 빨랐다기보다는 그 누구도 짐작하지 못한 때문이랄 수 있었다.

뚜벅뚜벅 걸어오는 것이며, 술병을 들어 올리는 것까지의 동작은 너무나 당연한 듯 태연자약했으며 묘운과 강두로서는 송겸이 처음 보는 얼굴이어서 결코 해를 입힐 것이라고는 꿈에도 생각지 않았던 것이다.

강두가 쓰러진 순간, 주인장을 비롯한 객잔의 모든 사람들이 경악성을 토해내는 것보다 한발 빨리 움직인 것은 묘운의 장검이었다.

그의 손이 어떻게 움직여 검을 빼 들었는지 확인할 길이 없었지만 어느새 그의 검은 송겸의 심장을 뚫으려 했다.

하지만 검은 송겸의 심장에서 세 치 정도 거리를 두고 그대로 멈췄다. 장검의 삼 분의 이 지점을 송겸의 검지와 중지가 붙든 까닭이었다.

그제야 객잔 곳곳에서 경악성이 터져 나왔다.

이 경악성은 강두가 술병에 맞고 쓰러진 것에 놀란 것일 뿐일 만큼 상황 전개는 무척 빨라 묘운이 검이 뽑아 들고 다시 송겸이 그의 검을 붙든 것에 대한 놀람의 탄성이 계속해서 이어졌다.

묘운은 자신의 검이 단단한 벽에 박혀 버린 듯 빼지도 그렇다고 더 찌르지도 못하게 되자 당혹을 금치 못했다.

순간 송겸이 살짝 손에 힘을 주자, 검이 그대로 부러짐과 동시에 내력의 울림에 의해 묘운은 검을 손에서 놓치고 말았다. 이어 송겸은 묘운의 신형이 잠시 흔들린 사이 어느새 내뻗은 손길로 그의 머리채를 잡아 그대로 탁자에 내리찍어 버렸다.

쾅!

우지끈!

거의 살인적인 파괴력 탓에 탁자가 다섯 조각 났고, 묘운의 머리는 탁자를 바스러뜨리고 개구리처럼 바닥에 널브러졌다.

주인장과 점소이, 그리고 객잔 안에 머물던 여러 손님들은 이 느닷없는 광경에 벌린 입을 다물지 못했다.

두 손님의 반응이 조금 심한 것이 아닌가 싶어 속으로는 누군가 혼쭐을 내주었으면 하는 생각도 했었지만 이건 정도가 지나치다 싶었던 것이다.

술병에 맞아 머리에서부터 피를 줄줄 흘리던 강두가 허겁지겁 사형의 몸을 살피며 눈에 불을 켰다.

"무슨 까닭으로 이러는 것이냐. 네놈은 대체 누구냐?"

송겸이 손으로 자신을 가리키며 말했다.

"나? 모르고 있었나? 나의 별호는 극악무도, 나의 성은 사요, 이름은 파다. 사파. 어쩔래!"

"뭐라고? 극악무도 사파? 그런 이름을 들어본 적이 없건만 대체 무슨 까닭으로 이러는 것이냐?"

"왜냐구? 허허허, 아직도 정신을 차리지 못한 게로구나. 나는 사파라니까. 이유가 있을 리 없지. 안 그래?"

송겸은 씨익 한번 웃어주고는 부러진 탁자 다리 하나를 들고는 훌쩍 뛰어들어 묘운과 강두를 패기 시작했다.

아주 잠깐 묘운과 강두가 손을 휘젓고 몸을 일으켜 대항하려 했지만 그건 씨알도 먹히지 않았다. 송겸은 초식이나 봉술의 개념이 담겨 있지 않은 그야말로 지고지순한 구타 그 자체로 가격하느라 여념이 없었다.

워낙에 송겸이 말 한마디 없이 정성껏 후려 패는지라 객잔 안에 있던 이들 중 그 누구도 말리지 못했고, 그저 이를 악물고 굳건히 바라볼 따름이었다.

아낙네들의 빨래 소리마냥 파파팍이 이어지자 마을에서 참견하기 좋아하는 노인 두 명이 무슨 일인가 싶어 객잔 안으로 고개를 들이밀다 이 정신일도하여 패는 광경을 목격했다.

"도대체 이게 무슨 일인 게야. 어째서 보고만 있는 거지."

노인들과 친분이 있는 주인장이 급하게 달려와 대충 상황을 설명했다.

주인장으로서는 송겸의 편을 들 수밖에 없었다. 묘운과 강두가 그릇에 묻은 걸로 시비를 걸어온 것 때문이 아니라 송겸이 자신을 소개하길 극악무도한 사파라고 했으니 괜히 불똥이 노인들에게까지 튈까 염려스러웠기 때문이다.

"저기 맞고 있는 사람들이 먼저 소란을 피워 폭력을 휘두르려는 것을 저 사람이 보고 참지 못한 겝니다."

귓속말로 하는 소리에 두 노인은 그제야 이해가 된다는 듯 고개를 끄덕였다.

“그렇구만. 그럼 맞아도 싸지. 좋아좋아. 그래, 복날의 개 패듯이 패 버리는 거야.”

“보통 젊은이가 아니로구면. 아주 열과 성을 다하고 있어. 젊을 때는 뭘 해도 정성을 다해야지, 암.”

두 노인의 말에 주인장은 개도 저렇게 맞지는 않을 것이라고 속으로 중얼거렸다. 오죽했으면 불쌍하다는 생각이 들 정도였다.

송겸은 한참이나 패버린 다음, 두 사람의 뒷덜미를 잡고는 그대로 밖으로 던져 버렸다.

철퍼덕!

묘운과 강두는 지렁이가 꿈틀거리듯 꼼지락거리다 서서히 몸을 일으키고 절룩거리면서 자리를 떴고, 그러든가 말든가 송겸은 그쪽을 보지도 않고 아직까지 경악에 겨워 입을 다물지 못하고 있는 점소이에게 천연덕스럽게 물었다.

“이층에 자리 있나?”

“무, 물론입지요. 저를 따라오십시오.”

자리에 앉아 오리탕을 주문하고 잠시 있으려니 얼마나 신경 쓰고 얼마나 번개같이 만들었는지 곧바로 음식이 나왔다.

“이야, 맛있어 보이는걸. 자, 먹어볼까나.”

송겸이 환히 웃으며 하는 말에 점소이의 얼굴에도 미소가 떠올랐다. 좀 과격하긴 해도 사람은 좋아 보였다.

그렇게 막 점소이가 돌아서 다섯 걸음을 옮겼을 때였다.

“뭐야, 잠깐만!”

점소이가 돌아서자 송겸의 얼굴이 일그러졌다.

"이거 뭐야. 그릇에 뭘 묻혀놓은 거냐구. 이걸 지금 나보고 먹으라고 하는 거야. 날 대체 뭘로 보고 하는 소리야."

점소이는 물론 주인장과 객잔에 머물던 손님들의 얼굴이 퀭, 해지고 말았다. 모두는 입을 열진 않았지만 생각만큼은 한결같았다.

'또, 똑같은 놈이다……'

사람들이 퀭해 있든, 혈색이 샛노랗게 변하든 그따위 것들은 송겸이 알 바가 아니었다.

그저 송겸은 난리와 지랄을 부린 덕택으로 최고의 음식을 무료로 대접받고, 그 뒤 후식으로 나온 용정차를 홀짝거리면서 창밖을 한가히 내려다볼 뿐이었다.

주로 송겸의 눈길이 닿는 곳은 먼발치로 내다보이는 호젓한 풍경이나 한가히 지나는 사람들의 여유로움과는 거리가 멀어도 한참 멀었다.

오로지 예쁜 처자들의 머릿결과 고운 눈매, 피부 상태, 실룩이는 엉덩이를 보느라 여념이 없었다. 차의 맛도 느끼지 못할 정도라 송겸은 용정차를 머금지 않았음에도 목젖이 요동칠 정도로 군침을 삼키며 희미한 미소를 지어 보였다.

그러던 한순간이었다. 문득 이상한 점을 느낀 송겸이 고개를 갸웃했다.

'뭐지?'

무언가가 있었다. 명확히 그것이 무엇인지는 알 수가 없어 송겸은 처자들에게서 시선을 거두고 잠시 정신을 집중하여 주변을 예의 주시했다.

'너무 예민했나?'

안력을 돋우고 샅샅이 살폈지만 어디에도 특이한 점은 발견할 수 없었다.

'예민? 무엇에?'

솔직히 예민해질 만한 상황은 없었다. 그런데도 의식의 한 귀퉁이에서는 자꾸만 옅은 불안과 의아한 신호를 보내오고 있었다.

'허허, 거참……'

에라 모르겠다는 심정으로 다시금 경건한 마음으로 처자들의 몸매를 여유롭게 감상하려니 아까와 같이 머리에서 불이 반짝반짝거렸다.

'대체 뭐야!'

송겸은 자리에서 일어나 객잔 안을 횡하니 둘러보고, 다시 고개를 돌려 객잔 밖을 바라보았다.

객잔 안이든 밖이든 세상은 아무 일 없다는 듯 평소의 태평스러움을 그대로 내보이고 있었다. 새로 들어오는 손님과 반갑게 맞이하는 점소이, 그리고 한가히 걷는 사람들의 걸음걸이들.

송겸이 쩝쩝 입맛을 다시며 자리에 앉아 멍한 시선으로 창밖을 바라볼 바로 그때였다. 문득 한 가지 구결이 번개같이 머리를 스치고 지나갔다.

'보지 않으려 하면 보이고, 보려고 하면 보이지 않는다.'

무령노군으로부터 배운 심혼결의 한 구결이었다.

마음을 돌아보고, 자아를 탐색하는 심혼결의 구결에는 의식의 소리는 물론 그 깊은 곳까지 들여다볼 수 있는 방법들이 다양하게 나열되어 있었다. 지금 그 구결이 불현듯 떠오른 것이다.

무질서(無秩序) 속의 질서(秩序).

불규칙(不規則) 속의 규칙(規則).

부조화(不調和) 속의 조화(造化).

질서가 없어 더욱 질서 정연하고, 규칙이 없어 더욱 완벽한 규칙을 이룬다. 조화롭지 못하니 더 방대한 조화를 이루어낼 수 있다.

송겸은 즉시 심혼결의 구결을 운용하며 객잔 밖의 움직임을 살폈다.

과거 송겸은 심혼결을 통해 자아로 침잠해 들어가 결국 기억 속에 봉인해 둔 무상심법을 찾게 되었다. 하지만 지금은 심혼결을 역(易)으로 펼쳐 외부의 상황을 의식으로 보고 의식으로 읽어 나가는 시도를 하고 있는 것이었다.

'음, 이건 뭐지……?'

전혀 뜻밖의 상황이 눈에 들어오기 시작했다. 의식의 끈이라고 해야 할까, 그런 맥락의 것들이 보기는 것이다.

지나는 일련의 사람들의 움직임 중에 불규칙한 간격으로 걷는 대략 칠팔 명의 사람들이 투명한 실로 연결된 것처럼 이어져 있었다.

그들의 복장은 제각각이라 어떤 이는 상인의 차림으로, 어떤 이는 거지 차림으로, 또 다른 이는 평복을 걸치고 있어 무심코 보면 서로가 전혀 상관없는 사람처럼 보였다.

하지만 심혼결이라는 거을 통해 들여다보니 그들은 동일한 의식의 고리로 연결되어 있었다.

게다가 그들에게는 어쩐지 혼탁한 기운이 옅게 뿜어지고 있어 지켜보는 송겸의 마음이 절로 불편해졌다.

이러한 의식의 경계를 알아차린 데는 무엇보다 심혼결의 공능이 크다 할 수 있었으나 단지 그것만은 아니었다.

송겸이 성숙노괴의 진전을 받지 못했다면 아무리 심혼결을 구사한다고 해도 그와 같은 옅은 의식의 연결을 알아차리진 못했을 것이나 지금 송겸의 수준은 칠성사괴에 육박하는 경지에 이르렀기에 이 모든 것을 보게 된 것이었다.

송겸은 호기심을 참을 수 없어 곧바로 객잔을 나와 흔적없이 미행하기 시작했다.

'무슨 짓을 하려는 거냐, 이놈들아.'

가까이 이르러 살피며 송겸의 의문은 더욱 커져 갔다. 그들은 철저히 평범한 사람처럼 위장하고 있었으나 저마다 상당한 수준의 무공을 익히고 있음을 간파했기 때문이다.

그러다 문득 송겸이 속으로 고개를 갸우뚱거렸다.

'어쩌면……'

어쩌면 이들이 전부가 아닐 것이라는 생각이 들었다. 그 즉시 송겸은 은밀히 움직이며 그곳으로부터 오십여 장의 둘레를 탐지하기 시작했다.

'헉, 도대체 뭐지……?'

아니나 다를까, 같은 패거리로 보이는 이들이 오십여 장의 둘레 속에 거의 백 명가량 움직이고 있었다. 이 정도면 거의 전쟁이라도 치르겠다는 것이나 다를 바 없었다.

'혹시……'

설마 그럴 리 없겠지만 혹시 더 많은 이들이 있지 않을까 하는 노파심에 송겸은 다시 백여 장 둘레까지 탐색의 폭을 넓혔다.

거의 일 식경 정도가 지날 무렵, 송겸의 안색은 어느새 무겁게 가라앉아 있었다. 이건 거의 천라지망(天羅地網)이라고 해도 과언이 아니었다.

장장 오백여 명이 넘는 이들이 공통의 목적을 지니고 어느 한 지점을 향해 나아가고 있는 것이다. 그것도 철저히 각자인 듯 위장한 채 말이다.

'어떻게 한다… 한 놈을 잡아다 족쳐 볼까……'

하지만 송겸은 곧바로 떠오른 생각을 떨쳐 냈다.

그들의 숫자는 방대할 뿐 아니라 나름대로 소규모로 짜임새있게 연대하고 있어 갑자기 동료가 보이지 않게 되면 이상히 여길 것이고 그렇게 되면 어떤 반격이 가해올지 알 수 없었기 때문이다.

송겸이 아무리 무공이 높아졌기로서니 오백여 명에 이르는 고수들을 상대할 수는 없는 일이었다.

대신 송겸은 차선책을 택했다.

그들은 부채를 활짝 펼쳐 놓은 듯 진행하고 있었기에 언젠가는 한곳의 꼭지점을 향해 모이게 될 터였다. 송겸은 심혼결을 운용하여 그들의 펼쳐진 각도를 따라 예상 목적지를 계산하기 시작했다.

의식의 저편에서 각도와 선이 이어졌다 지워지고, 또다시 범위를 산정하며 계산해 가던 송겸의 눈이 한순간 번쩍 뜨였다.

"찾았다!"

제5장 범상치 않은 토끼

송겸이 신형을 최대한으로 돌워 삼 일가량 거의 날다시피 하여 모종의 세력들이 이를 최종 목적지에 도착했을 때 송겸이 받은 첫인상은 황당 그 자체였다.

머엉!

마치 힘써 산을 올라왔을 때 대장이 굳은 표정으로 애써 민망함을 숨긴 채 '이 산이 아니다'라고 말하는 것과 다를 바 없는 충격이었다.

오백여 명을 상회하는 고수들이 은밀히 움직인다면 마땅히 그에 비견되는 큰 세력이나 조직이 있어야 했다. 하지만 끝없는 망망대해를 대하듯 그저 덩그러니 산야가 놓여 있을 따름이었다.

혹시나 녹림도들일지도 모른다는 생각에 산을 빙 둘러 살펴보았지만 산적의 콧털조차 발견할 수 없었다.

"이런……."

송겸은 턱을 어루만지며 계산 착오가 있었는지 점검해 보았지만 그다지 큰 오차는 없었다고 결론 내렸다.

그렇다면 도대체 눈앞에 펼쳐진 광경은 무엇이란 말인가.

그들은 이 산을 새로운 본거지로 삼으려 했던 것일까?

아니면 야유회의 장소로 그들 수장들이 이 산을 결정한 것일까?

무슨 말을 갖다 붙여도 납득이 되지 않았다.

"제길, 이젠 뭘 한다……. 죽치고 앉아 기다려 봐야 하나……."

그렇게 혼자 중얼거리자니 괜히 웃음이 나왔다.

도대체 뭘 기대하고 왔단 갈인가?

구경거리 중 싸움 구경만한 것이 없다는 생각에?

혹은 강호를 떠들썩하게 할 전무후무한 대혈투를 은밀히 구경하며 혼자 키득거리려고?

스스로도 멋쩍어져 허허, 거리던 송겸은 이윽고 에라 모르겠다는 심정으로 벌러덩 누워버렸다.

바람이 잔잔히 불었다, 멈추었다 하는 까닭인지 하늘에 떠 있는 구름들이 여러 모양으로 흩어지고 뭉쳐 갖가지 형상들을 이루고 있었다.

가장 많은 것은 흰 양 떼들이었고, 독수리, 호랑이, 말도 보이고, 좀 어설퍼 보이긴 했지만 불곰과 닮은 백곰 형상의 구름도 있었다.

그러다 문득 고개를 옆으로 돌린 송겸의 눈에 토끼가 들어왔다. 구름이 아닌 진짜 토끼였다.

'응?'

새하얀 털을 가진 토끼는 '나는 구름이 아니라 진짜 토낀데요' 라고 말하는 것처럼 송겸을 향해 빨간 두 눈을 깜박이고 있었다. 그 모습이 어찌나 앙증맞던지 송겸은 자신도 모르게 중얼거렸다.

"야, 고놈 참 귀엽게 생겼네."

귀엽다는 말을 알아듣진 못했겠지만 토끼는 어쩐지 싫지 않은 표정처럼 보였다. 그러나 곧바로 송겸이,

"구워 먹으면 딱이겠는걸."

하며 군침을 꿀꺽 삼키자, 눈을 갑자기 수차례 깜박이며 '뭐 저런 새끼가 다 있어' 라는 듯 몸을 돌려 산 위로 달아나기 시작했다.

"크크, 고놈……. 헉!"

원래 송겸은 '고놈 눈치 하나는 되게 빠르네' 라고 말하려 했지만 말을 다 맺지 못하고 몸을 벌떡 일으켰다.

토끼가 전혀 토끼답지 않게 움직였기 때문이었다.

송겸이 알고 있는 토끼는 깡충깡충거리며 달려가야 옳았다. 하지만 이 토끼는 지가 무슨 '초절정(超絶頂) 토끼' 나 '비천무영(飛天無影) 토끼', '토끼의 제왕(帝王)' 이라도 된 듯 내달린 것이다.

"뭐야, 저거… 토끼 맞아?"

호기심이 인 송겸은 토끼의 뒤를 쫓아가기 시작했다.

단순히 빠르다는 이유만은 아니었다. 기이하고 범상치 않은 토끼라면 마땅히 그 까닭이 있을 터, 유유상종(類類相從)이라 했으니 범상치 않은 토끼는 범상치 않은 주인이 있을지도 모른다는 생각이 든 것이다.

만약 그저 조금 유별난 토끼에 불과한 것으로 판명난다 해도 송겸으로서는 손해 볼 일은 아니었다. 유별나든 무별나든 토끼 맛이 특별히 다르진 않을 것이니까.

토끼는 산 위로 끊임없이 뛰어가다 이 정도면 따돌렸겠거니 생각했는지 잠시 멈췄다가 뒤돌아보았다. 하지만 적당한 거리를 두고 여유롭게 멈춰 태연히 바라보는 송겸의 모습에 뜨끔한 듯 흠칫 몸을 떨고는 다시 내달렸다.

토끼가 아무리 빠르다 해도 토끼는 토끼일 뿐이었다. 아니, 토끼가 아니라 그보다 더한 것이라도 송겸이 쫓지 못할 것은 또 무엇이겠는가.

그렇게 충분히 내달릴 여유를 던져 주며 뒤쫓던 송겸의 눈에 변화가 찾아온 것은 토끼를 쫓기 시작한 지 일 다경 정도가 지날 때였다.

저만치 토끼가 맹렬히 달려가는 그 앞쪽으로 잿빛 털을 곧추세운 늑대 한 마리가 흉포한 이빨을 드러낸 채 토끼를 기다리고 있는 것이다.

송겸은 토끼가 늑대의 먹이가 되도록 구경만 하고 있을 수는 없는 노릇이었다.

급히 신형을 끌어올려 토끼를 왼손으로 들어 옆구리에 끼고는 그대로 늑대를 향해 일장을 쳐갔다.

늑대의 비명횡사, 그것은 의심의 여지가 없는 일이었다. 그러나 결과는 엉뚱하게 나타났다.

머리가 바스라지며 사방으로 피가 튀는 대신 늑대는 전혀 예상 밖의 동작으로 장력의 세력권을 벗어나더니 튕기듯 송겸의 어깨를 물려고 덤벼들었다.

'어라!'

송겸이 대수롭지 않게 여기고 약간의 힘만을 기울였기로서니 이건 고개를 갸우뚱하게 만들기에 충분한 괴사(怪事)였다.

이 정도라면 거의 강호의 고수라 해도 손색이 없을 정도여서 혹시 강호의 이름 모를 한 고수가 못된 요괴의 저주를 받아 낮에는 늑대로 살고 밤에는 쥐새끼로 살아가는 운명이 된 것이 아닌가 싶을 정도였다.

"이런 썩을 놈의 쥐새낄 봤나."

송겸은 허공을 격하고 달려드는 늑대의 목을 그대로 움켜쥐었다.

크크윽…….

송겸의 악력에 늑대는 다리를 버둥거리며 고통스럽게 몸부림쳤고, 눈은 당장이라도 튀어나올 것처럼 되고 말았다. 송겸은 그 모습이 가관이라 더 이상 보기 싫다는 듯 팔을 휘둘러 늑대를 던져 버렸다.

그러나 이번에도 늑대는 한 가지 묘기를 더 보여주었다.

허공을 날아 아무렇게나 처박힐 줄 알았던 늑대가 땅에 닿을 순간 몸을 뒤틀어 네 다리를 바로 하고 땅에 곧게 선 것이다.

송겸은 손아귀에 쥔 채로 힘주어 목의 힘줄을 끊어버리려 했지만 그렇게 되면 피가 튀게 될까 봐 던진 것이었는데 고양이처럼 다시 균형을 잡고 착지하자 기가 막힐 따름이었다.

"뭐야, 저건 또… 너 어디서 곡예하다 왔냐?"

송겸이 허허거리자, 늑대가 다시 사나운 이빨을 드러냈다. 하지만 이미 상대가 어찌할 수 있는 사람이 아니라는 것을 깨달았는지 아까처럼 덤벼들지는 못했다.

늑대가 뭐가 불만인지 오만상을 쓰고 물러갈 기색이 보이지 않자, 그렇지 않아도 '어떻게 죽여줄까? 찢어줄까? 튀겨줄까? 말려줄까? 구워줄까? 를 고심하던 송겸은 그냥 때려죽이자고 결론을 짓고 신형을 날렸다.

늑대는 동물의 직감으로 상대가 사망 선고를 내린 것을 눈치 채고 뒤로 몸을 빼내 도망치기 시작했다.

늑대의 몸놀림은 토끼와는 비교할 수 없을 만큼 빨랐다. 하지만 그렇다고 해도 송겸이 난처할 정도는 아니었다.

송겸은 일순 자월로 끝낼까 하다가 날짐승 하나를 죽이는 데 자월을 사용한다면 자월이 원망할지도 모른다는 생각에 신형을 뽑아 올렸다. 얼마 가지도 않아 늑대의 등판이 바로 코앞에 이르자 송겸이 손을 가볍게 내뻗었다.

바로 그때였다.

"멈춰라!"

쩌렁하고 울리는 소리가 어찌나 큰지 송겸은 순간 화들짝 놀라 손을 거두고 소리가 난 곳을 바라봤다. 저만치 산발한 머리를 휘날리며 늙은 거지 하나가 쏜살같이 달려오는 것이 보였다.

특이한 점은 왼쪽 소매가 힘없이 펄럭이는 것이 어떤 사연으로 팔을 잃은 모양이었다.

잠시 살펴보는 사이 늙은이의 신법은 경이로울 정도로 빨라 어느샌가 지척에 이르고 있었다.

송겸은 즉시 인상을 찡그렸다.

'늑대 주인이라 이건가?'

어쩐지 범상치 않아 보이는 늑대라 생각했더니 곱게 늙지 못한 늙다리가 기르고 있는 것이 분명했다.

이렇게 되면 차라리 늑대를 죽이느니 그 주인을 훈계하는 것이 낫겠다 싶었다.

몸을 돌려 다짜고짜 장력을 펼쳐 냈다.

늙은이의 신법이 빠른 것을 감안하여 거의 해일같이 장력을 뻗어냈다. 거지노인의 손도 거의 동시에 뻗어왔기에 거대한 두 기운이 중간에서 맞부딪쳤고 펑, 하는 소리와 함께 송겸과 거지노인은 동시에 뒤로 서너 걸음 물러섰다.

"흥! 늙다리, 그래도 한 수를 간직하고 있었구나."

송겸은 손이 저려오는 통증에 살짝 이를 깨물고는 심은장(深隱掌)을 전개하여 달려들었다.

순간 거지노인이 무슨 까닭인지 눈을 찡그렸다. 그러나 달리 입을 열진 않고 그대로 송겸의 공격권에 성큼 뛰어들었다.

그때부터 두 사람의 공방(攻防)은 누가 우세라고 할 수 없을 만큼 치열하게 얽혔다.

두 사람의 장력은 거친 와중에서도 판이하게 다른 성질을 드러내고 있었다. 독왕노괴로부터 유전된 송겸의 심은장은 극음의 성질을 띠고 있었고, 그에 반해 거지노인의 기운은 극양에 속한 가운데 광명정대한 기운으로 충만했다.

극성을 지닌 두 기운의 충돌 탓인지 두 사람의 장력이 부딪치고 떨어지는 매순간마다 공기의 흐름이 급격히 꺾이고 급전하며 회오리치는가 하면 땅바닥의 먼지들도 기묘한 흐름으로 솟구쳤다가 좌로 우로 휘몰아치며 신비스런 광경을 연출해 냈다.

순식간에 백여 초가 지날 무렵, 송겸은 늙다리가 내공이 뛰어날 뿐 아니라 초식이 간명하면서도 뚜렷이 힘을 발휘하는 기세라, 조금씩 열세를 보이기 시작했다.

거지노인이 비록 한쪽 팔밖에 사용할 수 없다곤 해도 송겸 역시 여태 토끼를 왼쪽에 끼고 있는 까닭에 어차피 한쪽 팔이 없는 것이나 다를 것이 없었다.

이대로는 안 되겠다 싶은 송겸은 토끼가 상하지 않을 만큼 팽개쳐 놓고 아버지가 무상심법으로 남겨놓았던 무공 중 환영장법(幻影掌法)을 펼쳐 내기 시작했다.

거지노인의 손은 하나인 반면 환영장법을 펼치는 송겸의 손은 삽시간에 수십여 개로 불어나 사방팔방에서 휘몰아쳤다.

송겸은 두 손을 사용하며 당장에 승기를 잡을 것이라 생각했지만 상황은 그리 만만치 않았다.

현란하기 짝이 없는 장법의 변화에도 거지노인은 물러서는 기색도 없이 그저 굳건히 버티며 작은 동작의 전환만으로 갖가지 환영장법의 기이막측한 변화들을 막아내는 것이다.

그러나 노인의 안색만큼은 전혀 굳건하지 못했는데 무슨 까닭인지는 몰라도 노인의 얼굴엔 놀라는 기색이 역력히 드러나 있었다.

다시금 백여 초가 지나고 서로 간에 우열을 가리기 힘든 상황 속에서 한순간 변화가 찾아왔다.

거지노인이 손을 장심에 고았다가 앞가슴 쪽으로 한 바퀴 원을 그리고는 손을 뻗어냈다.

결코 사람의 눈에 보이지 않았지만 송겸의 몸은 그 힘의 여파를 충분히 느끼고도 남음이 있었다.

노인의 장심에서부터 파문이 일며 동그라미가 확산되어 거대하게 밀려오는 것을 느끼고 심상치 않다고 판단, 뒤로 멀찌감치 물러났다.

서로 간에 삼 장여를 격하고 서게 되자 거지노인이 엄중한 어조로 물었다.

"기이한 일이로구나. 어찌하여 네 녀석이 사괴 중 이괴의 무공을 지니고 있는 것이냐?"

거의 이백여 초가 가까워질 무렵, 송겸 또한 짚이는 데가 있었던 터라 아까까지의 건방짐을 떨쳐 내고 얼른 포권을 취했다.

"제 사부님은 독왕노군(毒王老君)이시며, 성숙노군(惺肅老君)은 제 아버님이십니다."

송겸의 짐작이 틀리지 않았다면 늙다리는 거지가 아닌 스님일 것이었다.

"허허허, 그게 사실이더냐?"

거지노인은 믿기지 않는다는 듯 되물었으나 곧바로 다른 이유를 찾을 수가 없어 말을 이었다.

"그래, 그렇지 않고서야 독왕노괴와 성숙노괴의 무공을 알고 있을 리 없지. 하지만 동시에 그 점이 실로 믿기지 않는 것이기도 하구나."

"어르신께서는 혹시 무상성승(無上聖僧)이 아니신지요?"

송겸은 눈앞에 서 있는 노인이 무상성승이라면 모든 것이 들어맞는 것이라 생각했다.

칠성 중 단천자로부터 한쪽 팔을 잃은 이는 무상성승 굉정이다.

그렇다면 송겸이 무공으로 밀린 것은 어쩌면 당연한 일일 터, 오백여 명의 고수들이 죽이고자 은밀히 움직이는 건 틀림없이 단천자와 관련된 세력으로 칠성사괴를 하나씩 제거하려는 움직임일 것이라는 생각이 든 것이다.

단지 옷이 낡고 해어져 승복인지 구별하기 힘들고, 머리가 산발이라

과연 스님일지가 의문스러울 따름이었다.

"용케 생각해 냈구나."

무상성승 굉정이 희미하게 고개를 끄덕이며 송겸의 의문을 씻어주었다.

"혼자인 게냐?"

무상성승 굉정이 그가 머물고 있는 동혈에 송겸과 자리를 잡은 후 물었다. 그러나 이내 그는 고개를 가로저었다.

"아니아니, 그게 중요한 것이 아니지. 네 이야기를 듣고 싶구나. 어떻게 독괴의 제자가 된 것이고, 네 아버지의 무공을 어떻게 이었는지 말이다."

그의 외형적인 모습은 걸인 중의 상걸인의 몰골로 흐트러져 있었지만 질문을 던지는 그의 눈동자만은 심연의 깊음과 맑음이 깃들어 있어 숱한 오물 가운데 보석 하나가 빛을 발하고 있는 것만 같았다.

송겸은 이곳을 향하고 있는 모종의 세력(송겸은 틀림없이 단천자의 하수인들일 것이라고 생각했다)이 조여오는 까닭에 장소를 옮기자고 말하고 싶었으나 굉정의 눈을 보니 물음에 대한 대답을 듣기 전에는 꿈쩍도 하지 않을 것 같아 그동안의 삶에 대해 설명하기 시작했다.

그들이 도착하는 데에는 제아무리 빨라도 이틀은 걸릴 것이기에 굳이 조바심을 낼 필요는 없겠다는 생각이 들기도 한 까닭이었다.

이야기를 듣는 중간중간 굉정은 탄성을 터뜨리기도 하고, 눈을 지그시 감고 고개를 끄덕이기도 했다.

송겸의 이야기는 어느새 수라곡에서 있었던 일로 넘어갔고 단천자에 대해 언급하자 그의 눈이 순간 강렬히 타올랐다.

"그게 사실이더냐?"

"그렇습니다. 반역한 오추룡은 특별한 수단의 금제를 당하고 있었음이 틀림없습니다. 그의 금제가 깨어지는 순간 결국 참지 못하고 단천자에 대해 말한 후 죽었기에 거짓일 리 없습니다."

"믿을 수가 없구나. 어떻게 그런 일이……. 제아무리 단천자라도 어찌 마령봉쇄진을 뚫을 수 있단 말인가. 그것도 생령만이 남은 상태에서……."

송겸은 굉정의 말속에서 믿을 수 없다기보다는 믿고 싶지 않다는 뜻을 읽어냈다.

단천자는 수만의 살인은 물론이고 자신의 왼팔을 잘라낸 장본인인 만큼 그 충격은 누구보다 클 터였다.

더욱이 그는 직접 단천자와 겨룬 몇 안 되는 인물 중 하나가 아니던가. 그저 범인들이 막연히 단천자가 대단한 악마일 것이라고 생각하는 것과 달리 굉정이 체감하는 단천자는 상상 이상일 것이 분명했다.

굉정은 잠시 충격을 추스르려는지 눈을 감고 한참 동안 말이 없었다. 송겸은 그에게 시간을 주고자 입을 닫고 있다가 문득 동굴의 입구 쪽으로부터 기척을 느끼고 고개를 돌렸다.

'저 녀석들…….'

그곳엔 늑대와 토끼가 나란히 이쪽을 바라보고 있었다. 동굴에 이르는 길에 늑대와 토끼에 대해서 설명은 들었지만 그래도 역시 잘 이해가 되질 않았다.

세상 그 어느 누구도 고개를 갸웃하지 않을 사람이 없을 것이리라.

그건 마치 고양이와 쥐가, 뱀과 개구리가 어깨동무를 한 채 사이좋게 웃는 것이나 다를 바가 없어서 황당한 짓을 밥 먹듯이 하는 송겸조차도 그야말로 당황스러울 지경이었다.

굉정의 말로는 늑대를 먼저 거두었고, 토끼를 거둔 것은 이제 삼 년이 되어간다고 했다.

늑대는, 덩치는 웬만한 늑대와 다를 것이 없었으나 포악스러움이 극에 달해 거친 멧돼지나 심지어 호랑이까지 위협할 정도였다고 한다.

그러니 그보다 여린 짐승들을 함부로 죽이는 것이 태반이었는데 그 광경을 불자로서 차마 보고 있을 수 없어 잡아다 매일 한 시진씩 불경을 들려주며 성정을 다스리게 했다는 것이다.

덕분에 늑대는 흉포함이 많이 사그라들었고 오 년 전부터는 굉정의 제자나 수하 같은 식이 된 것이었다.

토끼가 범상치 않게 된 사연도 희한하긴 늑대 못지않았다.

어느 날인가 미친 듯이 뒹굴고 있는 토끼를 발견한 굉정은 생명을 소중히 여기는 마음으로 살피게 되었는데 그 주변으로 산삼의 잎사귀가 사방으로 널려 있는 것을 보고 토끼가 산삼을 너무 많이 먹어 극양의 기운이 충만해져 나타난 현상이란 것을 알게 되었다.

기운을 억제시키고 돌본 뒤에 토끼는 원래 그런 것이었는지 아니면 산삼 때문에 영성이 트인 것인지는 알 수 없지만 여느 토끼와는 달리 매우 영특하고 그 몸놀림이 예사롭지 않았다.

토끼가 제 갈 길을 가지 않고 머물기를 원하자 굉정은 늑대에 이어 토끼까지 거두게 된 것이었다.

'크크. 그래, 멋진 한 쌍이로구나.'

송겸이 입가에 가느다란 미소를 머금고 한참이나 두 짐승을 바라보자니 충격을 어느 정도 해소한 듯 굉정이 입을 열었다.

"지금으로선 그 누구보다 학운곡의 헌 형(軒兄)이 궁금하구나."

칠성 중 한 명인 신기묘성 헌비를 칭하는 말이었다.

굉정은 담담히 말하긴 했어도 일말의 불안이 그의 말 가운데 어릿하게 매달려 있었다.

단천자가 살아 있다면, 그가 학운곡을 탈출했다면, 십중팔구 헌비가 무사할 리는 없다고 봐야 했기 때문이었다. 헌비가 살아 있다면 지금 이런 이야기는 송겸이 아닌 헌비에게 들어야 하는 것이다.

뭔가 위로의 말을 해야 할 것 같은 분위기에 송겸은 입을 열려다 짐짓 머뭇거렸다. 어쩐지 어설프고 형식적인 말이 될 것 같았기 때문이다.

대신 새로운 이야기를 통해 분위기를 바꾸기로 했다.

"외람된 말씀입니다만 거처를 옮기셔야 할 듯합니다."

"무슨 말이냐?"

"제가 이곳에 이른 것은 노선배님을 해하려는 무리가 이곳을 향하고 있는 것을 우연히 알아차렸기 때문입니다."

그러면서 송겸은, 원래는 사부님께 단천자에 관한 이야기를 전하러 가는 길에 객잔에서 변장한 수백의 무리들을 발견하게 된 것을 설명했다.

"음, 네가 그들을 통해 이곳을 짐작했다는 것이냐?"

굉정은 은근히 놀라는 눈치였다.

평복을 하고 은밀히 움직이는 이들을 간파했다는 것도 쉬운 일이 아

니건만 더 나아가 그들의 위치를 계산하여 미리 달려왔다는 것은 자신
조차 가능하다고 장담하기 힘든 일이었기 때문이다.

"허허, 네가 오늘 나를 여러 번 놀래키는구나. 아니지, 그래 내가 깜
박했구나. 네가 홍 형의 아들이라는 것을 말이다. 그의 피를 이어받았
다면 무리도 아니지."

"아버님을 잘 아시는지요?"

언제나 송겸에게 있어 가장 알고 싶고, 듣고 싶은 내용은 부모님에
관한 것이었다. 굉정이 비록 사괴가 아닌 칠성에 속한 자라 하여도 어
쩌면 칠성이기에 또 다른 면고를 알고 있을지도 모른다는 생각이 들었
다.

그러나 들려온 대답은 신통치 않았다.

"네 사부만큼 홍 형을 잘 아는 사람이 어딨겠느냐? 나는 그저 그와
다섯 번 정도 만났을 뿐이다. 나가 알고 있는 그는 진정한 사과인이었
지. 허허허… 아주 멋진 사파인이었어."

굉정의 표정이 한껏 밝아졌다.

흔히 사파라는 단어에 매몰된 심상은 퇴폐적이며, 추악하고, 간사와
이기를 뜻하는 것이었지만 굉정의 얼굴에서는 어쩐지 정파를 넘어서는
의와 협이 느껴져 송겸은 괜스레 우쭐해지는 기분이 들었다.

"그는 세상 그 어느 누구도 두려워하지 않는 것 같았다. 그를 모르
는 사람들은 건방지고 거만해 보인다고 생각할 정도였지. 하지만 그런
그도 두려워하는 것이 있었다."

송겸은 문득 빙안미성을 떠올렸다. 그녀라면 아버지가 사랑하면서
도 두려워했을지도 모른다고 생각한 것이다.

그러나 들려오는 말은 전혀 뜻밖이었다.

“바로 하늘이었다. 그는 하늘 앞에서 늘 겸허했다. 그렇기에 그 누구도 두려워하지 않았으면서도 큰 하늘을 두려워했기에 함부로 그 힘을 사용치 않았다. 어쩌면 그는 하늘을 닮으려 했는지도 모르겠구나.”

순간 송겸의 가슴으로 잔잔한 감동이 밀려들었다.

하늘을 두려워했다!

하늘은 이르지 않는 곳이 없고, 하늘은 내려다보지 않는 곳이 없다. 사람들의 시선을 따라 명성과 칭찬을 구하지 않고, 험담과 질시마저도 바람처럼 태연히 흘려보낸다. 그리고 오로지 하늘만을 바라보며 자신의 길을 가는 것.

이것을 굉정은 진정한 사파라고 표현하고 있는 것이다.

“그는 나중에 이르러선 선계를 꿈꾸노라 들었다. 내 그의 마지막 모습을 보지 못해 확신할 수 없으나 그라면 지금쯤 선계에 들었을지도 모르겠구나.”

굉정의 눈길은 어느덧 꿈을 꾸는 것처럼 되었고, 송겸은 송겸대로 감상에 젖었다.

잠시 침묵이 흐른 뒤, 굉정이 말을 이었다.

“사람들은 단천자를 사파라고 규정하지만 어찌 그를 사파라고 할 수 있겠느냐. 그에게 사파라는 칭호는 너무도 거창한 장식품이다. 돼지 목에 진주 목걸이를 걸어주는 꼴이지.”

송겸은 희미하게 고개를 끄덕이는 중에 문득 기이한 느낌을 받았다.

굉정은 단천자가 일고의 가치도 없는 사악한 인간이라 말하고 있었지만 어쩐지 그 밑바닥에 조그마한 연민 같은 것이 깔려 있는 것 같았기 때문이다. 물론 착각일 수도 있겠지만 육감만큼은 그리 느껴졌다.

"이런 질문을 드려도 될는지 모르겠습니만 단천자는 어떤 사람이었습니까?"

이제껏 송겸은 조후로부터 들은 단천자에 대한 이야기가 전부라고 해도 과언이 아니었다. 그 뒤로도 조금씩 듣기는 했지만 그야말로 파편 같은 잘게 쪼개진 조각들에 불과했다.

"단천자… 그래, 나도 궁금했었다. 칠성사괴와 단천자가 벌였던 건곤일척의 승부 뒤, 더욱 그랬지. 그도 사람일진대 그가 왜, 무엇 때문에 악마의 종이 되어버렸는지 말이다."

그렇게 단천자에 대한 이야기가 굉정의 입에서 흘러나왔다.

단천자가 제압당한 후, 굉정은 백방으로 단천자의 행적을 찾아다녔다. 그리고 그는 숨겨진 많은 이야기들을 알아냈다.

제6장 단천자의 과거

단천자(斷天子), 그의 이름은 무환(貿歡)이었다.

그에겐 위로 세 살 많은 형이 있었으며, 아버지는 제법 큰 포목상을 운영하는 견실한 가장이었고, 어머니는 자애로웠다.

그 어느 가정보다 화목했고, 집 안에는 웃음이 끊이질 않았다.

그러나 사람이 내일 일을 알 수 없듯 불행은 한순간에 찾아들었다. 실로 갑작스런 일이었다.

무환이 막 다섯 살 생일을 맞은 지 두 달여가 지났을 때였다.

형 무곤이 고열을 앓더니 그만 반신불수가 되고 만 것이다.

어머니가 옆집에 아이를 맡겨놓고 밤늦게 돌아왔을 때였다. 돌보는 이가 자리를 비웠을 때 갑작스레 고열이 나 쓰러졌는데 제때 돌봐주지 못해 급격히 상황이 악화되고 만 것이다.

그로 인해 어머니가 받은 충격은 말로 할 수 없었다.

그녀는 수많은 자책과 회한으로 스스로를 원망하고 저주했다. 주위에서는 사고였을 뿐이라고 위로했지만 그녀는 자신을 용서할 수가 없었다.

얼마 지나지 않아 그녀는 아픈 가슴을 진정시키려 술을 마시기 시작했다. 그러던 것이 술 없이는 하루도 살 수 없을 만큼 중독 상태에까지 이르게 되었다.

그녀로서는 자신을 파괴하는 것에서 위로를 찾았고, 흐트러진 모습에서 위안을 얻은 셈이었다.

자식이 반신불수로 누워 있는 모습을 보면서 그녀는 자신이 온전한 몸이라는 것을 원망했다.

그녀의 심령은 날로 쇠약해지고 마음의 여유는 티끌조차 없게 되면서 모든 화살은 무환에게로 집중되어 갔다. 집안의 모든 기대를 짊어졌을 뿐 아니라 화풀이의 대상도 무환의 몫이었다.

반드시 큰 성취를 이루어야 한다는 강요에 가까운 집착 속에서 무환은 어린 시절을 보내야 했다.

사소한 잘못도 용납되지 않았다.

모든 것이 완벽해야 했고, 모든 면에서 뛰어나야 했다.

그나마 다행스런 점이라면 무환이 총명하기 이를 데 없어 그런 숨막히는 기대에 어긋나지 않도록 탁월한 학문의 성취를 이루어갔다는 점이다.

또한 그때만 해도 무환은 그 모든 걸 당연하게 받아들였다. 비록 어린 나이였지만 최선을 다하는 것이 부모님을 위하고 형을 위한 것이라고 생각한 것이다.

그 결과 무환은 고작 열 살이 되었을 뿐인데도 학식에 있어 어느 누구에게도 뒤지지 않는 지경에 이르러 이미 그때부터 유명세를 치르게 될 정도였다. 도무지 술을 끊지 못할 것 같던 어머니가 안정을 찾은 것도 그 무렵이었다.

그러나 이제까지의 불행은 그저 서막에 불과했다는 듯 본격적인 겁화가 닥쳐왔다.

형이 끝내 숨을 거두고 그로부터 일 년 뒤 다시 아버지가 세상을 등졌다. 죽음에 대해 지식적으로만 알던 무환에게 아버지와 형의 죽음은 비로소 두려움이 무엇인지를 섬뜩하게 가르쳐 주었다.

그때부터 무환은 나이와 학식에 어울리지 않게 밤에 오줌을 싸는 야뇨 증세(夜尿症勢)를 보이기 시작했다.

그런 무환을 그의 어미가 좋은 말로 진정시킬 리 만무했다.

그녀는 술은 끊었지만 불같이 변한 성정만큼은 그대로 간직하고 있어 무지막지한 폭언과 폭력으로 어린 무환을 다그쳤다.

많은 지식을 겸비했다고는 해도 이제 고작 열한 살짜리에겐 혼란의 시간들이 이어진 셈이었다.

야뇨증이 계속 이어지자 결국 무환이 택한 건 잠을 자지 않는 것이었다. 날밤을 꼬박 새고 수면은 낮에 잠깐 엎드려 눈을 붙이는 것이 전부였다.

수면 부족은 곧바로 정서 불안으로 이어졌다. 가끔 헛것이 보이기도 하고 눈을 뜨고 있어도 멍한 상태일 때가 많아졌다.

거의 일 년여 동안 야뇨증으로 고생하던 무환이 야뇨를 멈춘 것은 어머니가 재혼을 한 뒤였다. 이상한 일이었다. 무슨 까닭인지 증세가 씻은 듯이 사라진 것이다.

무환은 새아버지가 복을 안고 들어온 사람이려니 생각했다. 하지만 그것이 착각이었다는 것을 알게 될 때까진 그리 많은 시간이 걸리지 않았다.

무환은 이제껏 온갖 이유로 어머니로부터 매를 맞고 욕을 들었지만 새아버지가 온 뒤로는 어머니의 매는 감쪽같이 사라졌다. 대신 매를 든 것은 더 강한 힘으로 내려치는 계부(繼父)였다.

그는 얼굴만 번드르한 난봉꾼이자 무뢰배여서 무환을 하루라도 때리지 않는다면 결코 하루를 넘길 수 없다는 맹세를 한 사람과 같았다.

학문의 성취가 깊어 옛 선인들의 가르침을 마음속에 담아두고 있던 무환은 이미 야뇨증이 나타나기 시작하면서 학문의 세계와 현실의 세계 사이에 난 거대한 괴리의 끝짜기에서 방황하고 있었던 바 계부의 등장은 자신의 존재 자체를 혼돈으로 몰아갔다.

그러던 중 크나큰 정신적인 혼란을 겪게 된 건 열두 살의 여름 때였다.

보려고 한 것은 결코 아니었다.

두 사람이 열에 들떠 방문이 열려 있는 것도 잊고 있을 따름이었다. 대낮에 어머니와 계부가 알몸으로 뒹구는 모습, 그것은 무환의 마음에 한 가닥 남아 있던 방어선을 여지없이 무너뜨려 버렸다. 무환이 도저히 회복할 수 없는 길로 들어선 순간이었다.

그러나 정작 겉으로는 전혀 드러남이 없었다. 무환은 여전히 순종적이고 서책에 몰두하는 서생이었다.

그 후 이 년여가 흐른 뒤의 어느 날, 계부가 애지중지하던 고양이가 밤늦도록 돌아오지 않는 일이 벌어졌다.

계부는 유별난 구석이 있어 고양이를 자식처럼 아꼈는데 이제껏 한 번도 이런 일이 없었기에 그는 자식을 잃은 부모처럼 근심했다.

사방팔방을 한 시진가량 뛰어다녔을까.

고양이는 깊은 밤이 되어서야 찾을 수 있었다.

하지만 이미 고양이는 더 이상 사랑스런 고양이의 모습이 아니었다. 목이 돌아가고 네 다리가 꺾인 데다 온몸에 피칠을 한 채 마을 공터의 나뭇가지에 매달려 있었던 것이다.

모든 혐의는 아무런 증거나 증인도 없이 고스란히 무환에게 쏟아졌다. 무환은 자신이 그런 것이 아니라며 울면서 하소연했지만 아무런 소용도 없었다.

고양이가 피투성이가 된 것처럼 무환도 핏덩이가 되어갔다. 언제나 계부 편이었던 어머니마저 그날은 너무 심하다 싶었는지 만류해 보았지만 소용없는 일이었다.

'이 새끼가 평소 불만을 갖고 있었던 거야. 고양이를 노리고 있었던 거지. 내 이 자식이 고양이를 향해 희미한 미소를 머금는 것을 봤다니까. 이 새끼, 오늘 죽여 버릴 테다.'

그날 새벽까지 육체의 고통과 서러움에 흐느끼던 무환은 한 번도 따뜻한 위로를 보내준 적이 없던 어머니의 다정한 손길을 느낄 수 있었다.

그것을 불행 중 다행이라고 표현한다면 참으로 서글픈 일이라 할 수 있겠지만 그때 상황은 그러했다.

그 일이 있은 뒤 그녀는 딴사람이 된 것처럼 무환을 돌보았다. 오래 전에 죽었던 어머니가 살아서 돌아온 것 같았다.

그러나 무환은 육 개월 뒤에 거의 쫓겨나다시피 낙양에 자리한 숙부 네로 거처를 옮기게 된다. 그건 한밤중에 벌어진 광경을 우연히 목격 한 데서 비롯되었다.

늦은 밤 어머니가 창고에서 물건을 꺼내려 할 때 보고도 믿을 수 없 는 것을 보고 만 것이다. 창고의 창문을 통해 들어오는 달빛이 무환의 모습을 여실히 비춰주고 있었다.

척. 척. 척.

그것은 무환이 어디서 잡았는지 모를 개 한 마리의 얼굴을 향해 칼 로 찔러대는 소리였다.

그녀는 요즘 마을에서 심심찮게 기르던 개나 고양이가 사라지는 일 을 떠올렸다. 바로 그 범인이 나라는 듯이 무환이 이미 죽은 지 오래되 어 보이는 개를 향해 계속해서 칼로 찔러대고 있는 것이다.

그녀는 비로소 새 남편의 고양이도 무환의 소행이란 것을 깨닫고 경 악을 금치 못했다. 그러나 그것이 다가 아니었다. 개의 얼굴에 칼을 꽂 고 있는 일에 몰두해 있던 무환이 뒤늦게 인기척을 느끼고 뒤돌아보며 두 사람의 눈이 마주쳤다.

아마 그때 무환이 깜짝 놀란 표정을 지었다면 그녀는 얼어붙지 않았 을 것이다. 하지만 무환은 한 손에 피가 뚝뚝 떨어지는 칼을 들고 웃어 보였다. 그것도 활짝.

교교한 달빛에 드러난 무환의 웃음은 너무나 화사했다. 하지만 정작 웃어야 할 눈은 광기를 드러내며 번들거릴 뿐이었다. 생각해 보라, 그 과장된 웃음과 만년설처럼 차가운 눈빛을.

무환은 낙양으로 거처를 옮긴 후로는 더 이상 짐승들 죽이는 일을 하지 않았다.

그러나 그것은 그저 내적으로 쌓여가는 것일 뿐 완전한 해결을 뜻하는 것은 아니었다. 오히려 마음 깊은 곳에서 더욱더 실타래가 헝클어져 도저히 풀어낼 수 없는 상태로 발전해 가고 있었다.

그 와중에도 무환의 천재성은 발휘되어 겉보기에는 유약한 서생이자 뛰어난 학문의 수행자로서의 명성을 쌓아갔다.

수많은 칭송과 찬사가 높아질 때마다 그와 더불어 무환의 마음은 더욱더 썩어 곪아만 갔다.

그러나 그 사실을 알고 있는 사람은 아무도 없었다. 유일한 목격자라고 할 수 있는 그의 어머니는 당시 아들의 눈을 잊지 못하고 두려움에 떠느라 바빴고, 어서 모든 것을 망각하기만을 바랐다.

그가 삼십 세를 넘길 때는 이미 명성이 강호를 진동시킬 정도가 되었다.

그때부터 그는 살인과 방화, 강간 등 닥치는 대로 범죄를 저지르기 시작했다. 그의 범죄는 완벽했다. 그 누구도 그를 의심하지 않았고 피해를 호소하거나 고발하지 않았다. 그 모든 범죄가 그의 머리 속, 그러니까 상상으로 펼쳐졌기 때문이다.

상상 살인(想像殺人)!

상상 강간(想像强姦)!

상상 방화(想像放火)!

그 외의 다양한 범죄가 상상 속에서 현란하게 펼쳐졌다.

사람의 생각은 그 끝을 알 수가 없다.

한순간에 우주 너머까지 왕래가 가능하다.

무환은 상상 속에서 온 성을 불바다로 만들고 여자들을 강간하여 죽인 후 나무에 매달아놓기도 했고, 각종 동물은 물론이고 수백만 명에 이르는 사람들을 죽여 버렸다.

누군가 그 앞에서 불만을 토하는 자가 있다면 언제나 온화한 표정으로 그를 설득하고 선인의 가르침을 베풀었지만 마음으로는 사지를 뜯어내고 온 관절을 부러뜨려 놓고 눈알을 뽑아버렸다.

그 모든 것이 그저 머리 속으로만 하는 상상에 불과했지만 그때가 그에겐 가장 행복한 시간이었다.

그는 보이는 중에는 대학사라는 칭송을 받아갔지만 보이지 않는 가운데서는 그렇게 악마들의 칭송을 듣는 절대적 살인마가 되어가고 있었던 것이다.

그러던 한순간 무환은 세상에서 홀연히 그 자취를 감추었다. 정확히 그의 나이 오십여 세가 되었을 때였다.

수증기처럼 증발해 버린 것이라 주위 사람들이나 세인들은 의문이 가득한 채 그가 세상에 염증을 느끼고 깊은 산속으로 은거하였으리라 짐작하기도 했고, 또 어떤 이는 그의 학문을 시기한 이들이 해한 것이라 생각하기도 했다.

어찌 되었든 그 이후 무환을 만난 사람은 아무도 없었다. 바로 그날로 무환은 스스로를 완전히 죽이고 새로이 단천자(斷天子:하늘을 끊어버릴 자)로 태어났기 때문이다.

그가 무환에서 단천자가 되기로 한 것은 전혀 뜻밖에 전설로 전해오던 고대(古代)의 대마두(大魔頭) 악문(惡紊)의 진룡비서(眞龍秘書)를 얻은 탓이었다.

진룡비서는 호랑이 등에 날개를 달아주는 격으로 단천자에겐 이제껏 상상 속에서만 펼쳤던 흉악을 현실로 적용할 수 있는 최적의 도구였다.

단천자는 약 이십여 년에 걸쳐 진룡비서의 절대적으로 사악한 무공들을 연성해 갔다.

그대로여도 핏빛 사악함이 뼛속까지 스며들 진룡비서였으나 단천자는 천재적인 두뇌로 거기에 보태 좀 더 변형, 발전시키는 데 주력했다.

이후 그가 가장 먼저 한 일은 진룡비서의 이치를 이용해 창안한 삼대흉공(三大凶功)을 세상에 선보이는 것이었다. 그건 세상을 향한 복수이자 하나의 시험 같은 것이었다.

그는 강한 무공을 열망하는 세 명의 제자를 거둬들였다. 그들은 하나같이 정열적이고 재기발랄하며 화목한 집안에 남부러울 것 없이 자라난 이들이었다.

단천자는 자신의 불행한 어린 날을 행복하게 보낸 그들에게도 맛보여 주고 싶었다.

아교흉공(阿膠凶功)!

탈복흉공(脫服凶功)!

무겁흉공(無怯凶功)!

삼대흉공이 차례로 세상에 던져졌을 때 강호는 한바탕 소란에 휩싸였다. 그러나 그의 예상과는 달리 강호무림의 힘은 그리 호락호락하지 않았다.

온통 삼대흉공으로 떠들썩하긴 했으나 얼마 못 가 흔적도 없이 사라져 버리고 만 것이다.

당시 강호의 초절정고수들인 오현삼마(五炫三魔)를 상대하기엔 버겁다는 것을 깨닫는 순간이었다.

이후 단천자는 마음을 고쳐 먹고 사악한 수련의 길에 매진했다. 뼈가 깎이고 살이 도려지는 고통이었지만 힘이 들 때마다 세상을 철저히 짓밟아야 한다는 의지가 그를 지탱해 주었다.

그렇게 시간이 흘러 자신의 나이가 얼마가 됐는지도 가늠할 수 없을 정도가 되었을 때는 이미 오현삼마(五炫三魔)는 세상을 떠난 뒤였고, 강호에는 그들의 제자와 새로운 깨달음으로 고수에 등극한 칠성사괴(七星四怪)의 시대가 도래해 있었다.

그러나 이제 단천자에겐 그 어떤 것도 거칠 것이 없었다.

칠성사괴든 설령 그보다 더한 십성육괴가 나온다 해도 이미 마의 극에 달한 터라 자신을 막아낼 것은 없다고 자부했다. 강호무림을 접수하고 황제를 죽인 후 세상을 암흑으로 만들어 그 주인이 된다는 것이 그의 목표였다.

그는 강호에 발을 내디디며 간단히 몸을 풀었다.

오백여 명이 거주하는 마을의 사람이란 사람은 모조리 죽인 후 눈을 뽑아냈다. 강호는 이 혈겁(血劫)에 경악했고, 온갖 추측이 난무했다.

살인자가 죽은 자들의 동공에 남은 그의 모습을 지우기 위해 눈을 뽑은 것이 아니겠냐고 말하는 이도 있었고, 사악한 술법을 연성하기 위해 안구를 먹어치운 것일지도 모른다는 말도 나왔다.

그러나 정작 단천자의 의중은 다른 데 있었다. 그저 문득 살려달라고 애원하는 눈길이 어린 시절 매맞을 때의 자신의 눈빛을 떠오르게 했기 때문이었다.

두 번째와 세 번째에 걸쳐 오천여 명을 학살한 뒤 드디어 본격적으로 칠성사괴를 찾았다.

그중 첫 번째 희생양은 단심의성(丹心醫星) 능수(凌修)였다. 그는 '신의(神醫)'로 불려질 만큼 빼어난 의원이자 절세의 고수였다.

그러나 단천자 앞에서 능수는 백여 수를 넘기지 못했다. 단천자의 손이 불쑥 심장을 파고들어 그대로 움켜쥐고 터뜨려 버린 것이다.

죽음에 이르기 전 능수는 자신이 할 수 있는 유일하고도 현명한 길이 무엇인지를 생각했다.

그는 마지막 남은 힘으로 토해내듯 단천자의 존재를 알렸다. 단천자는 심장을 움켜쥔 채 활짝 웃어 보일 뿐이었다.

거칠 것이 무엇인가.

이름을 안다고 해서 달라질 것은 없다고 생각한 것이다.

단심의성 능수의 죽음 후, 이번엔 사괴 중 한 명인 구혼마괴(究魂魔

怪) 동방비(東旁飛)가 수하들과 함께 목숨을 잃었다. 이 일은 실로 가공할 공포를 몰고 왔다.

칠성사괴!

그들은 칠성사괴 그들 외 누군가에 의해 죽을 수 있는 사람들이 아니었다. 서로 죽음을 각오하고 맞서거나, 대규모 고수들의 협공없이는 불가능한 일이었다. 하지만 불가능이 현실이 되어 버젓이 나타나고 만 것이다.

그제야 단심의성의 사형인 건곤도성 함허가 움직였다.

그는 급한 전갈로 남은 칠성사괴를 한자리에 초대했다. 그들은 이제 껏 단 한 번도 모두가 함께 자리한 적이 없었으며, 생이 다하는 날까지 그런 날이 오지 않으리라 생각했었다.

그 초대를 거부한 이는 아무도 없었다. 심지어 건곤도성 함허와 건 곤일척의 승부를 겨루었던 두령노괴 곡진까지 기꺼이 와주었다.

그만큼 단심의성과 구혼마괴의 죽음은 칠성사괴 모두에게 충격이었던 것이다. 참석치 못한 이는 오직 성숙노괴 홍자생만이 폐관 수련으로 자리를 채우지 못했을 따름이었다.

칠성(七星)이라 불리는 신기묘성(神技妙星) 헌비(軒秘), 건곤도성(乾坤刀星) 함허(咸許), 자의검성(紫衣劍星) 신첩(申捷), 빙안미성(氷顔美星) 주혜(朱慧), 종횡마걸(縱橫魔傑) 표헌(票獻), 무상성승(無上聖僧) 굉정(宏晶)이 자리했고, 사괴(四怪) 중엔 독왕노괴(毒王老怪) 염도(閻度)와 무령노괴(無靈老怪) 곡진(曲眞)이 참석했다.

그들은 이미 평범한 사람들의 상식 밖의 인물들이었기에 곧바로 현실의 심각함을 인식했다. 또한 상대해야 할 단천자가 객기로 혼자 맞설 수 있는 자가 아니라는 것도, 그들이 닿은 지점이 하늘이라면 단천자는 이미 하늘 바깥의 하늘에 닿아 있을 것이라 생각한 것이다.

팔(八) 대 일(一)의 마주함은 가을이 한창인 망창산 선인봉에서였다.

아름다운 절경에 가을 단풍의 화려한 색채가 곳곳에 펼쳐져 있는 가운데 불어오는 바람에 그들은 아무 말 없이 옷자락을 휘날리며 대치했다.

믿기 힘든 일이었지만 형용할 수 없는 악행과 잔악한 행적에 걸맞지 않게 단천자는 선풍도골(仙風道骨)의 위용과 심지어 자애롭고 온화한 모습을 띠고 있었다.

극과 극은 통한다고 했던가. 지극히 온화로움 속에서 칠성사괴는 사악함을 엿보았다. 무공이 극에 달해 반로환동의 경지로 돌아서는 것처럼 사악함이 극에 달해 도리어 화사한 외모로 나타나고 있는 것이다.

칠성사괴와 단천자는 아무런 말 없이 그저 상대를 바라보았다. 그러다 한순간 약속이나 한 것처럼 일제히 움직였다.

가히 경천동지할 결투가 끝간 데 없이 펼쳐졌고, 하루가 채 지나기 전 자의검성 신첩이 죽음을 맞았다.

이틀째가 되는 날에는 무상성승 굉정의 왼팔을 단천자가 아무렇지도 않게 뜯어내 버렸다.

남은 자는 이제 여섯.

하지만 단천자는 결코 서두르지 않았다.

도리어 유리한 입장임에도 급작스럽게 몸을 빼내 칠성사괴에게 숨을 돌릴 수 있게 했고, 무상성승 굉정의 왼팔을 뜯어낸 후에도 스스로 만족스러운지 그 팔을 들고 어디론가 사라졌다가 다시 나타나 공격했다.

그런 모습은 흡사 고양이가 잡아놓은 쥐를 앞발로 이리저리 굴리는 것 같았고, 칠성사괴는 당혹스럽기 그지없었다.

셋째 날, 무령노괴 곡진이 가슴에 검붉은 기운이 서린 장력에 맞아 더 이상 몸을 움직일 수 없게 되었고, 건곤도성은 한쪽 눈의 시력을 잃었으며, 종횡마걸의 옆구리는 인두로 지진 듯한 자국이 선명하게 남았다.

모두는 죽음을 예감했다.

기력은 소진되어 손과 발이 천근만근처럼 무거워지며 더 이상 대항할 힘과 마음마저 꺾였을 때 하늘은 절망의 빗줄기 대신 희망의 햇살을 뿌려주었다.

폐관을 마친 성숙노괴가 홀연히 나타난 것이다.

고작 한 명이 더해졌을 뿐이라고 칠성사괴나 단천자는 대수롭지 않게 여겼으나 사정이 달랐다.

혈혈단신(孑孑單身)으로 성숙노괴는 단천자와 맞섰다.

전혀 지친 기색 없이 일거에 죽음을 내리려던 단천자는 생각과는 달리 허둥대기 시작했다.

성숙노괴가 자안신광을 흩뿌리며 펼치는 단혼진기 앞에서 단천자는 속수무책이었다.

단천자가 뿜어내는 혈광과 성숙노괴의 자줏빛 광채가 엇갈리며 천여 초를 넘기는 순간 한줄기 처연한 비명이 단천자의 입에서 뻗어 나왔다. 악마의 꿈이 소멸되는 순간이었다.

"그러나 그것이 전부가 아니었지……."

어느덧 단천자에 대한 긴 이야기의 말미에 굉정이 회한에 찬 듯한 어조로 말을 이었다.

그는 단천자의 삶 전부를 세세히 알지는 못했지만 오랜 시간 추적 끝에 무환이 왜 단천자가 될 수밖에 없었는지에 대해 불자(佛子)로서의 연민을 가지고 있는 것 같았다. 하지만 무환이 끝내 죽고 그가 다시 단천자로 부활해 숱한 인명을 살상한 대목을 말할 때는 격앙된 목소리를 감추지 않았다.

"단천자의 수련은 진정 간단한 것이 아니었다. 그는 악마의 무학의 정점에 이르렀던 게지."

송겸이 단천자에 대해 알고 있는 건 조후로부터 들은 것이 전부였다. 그렇기에 조후가 막연히 단천자가 최후를 맞았다라고 했던 것을 철썩같이 믿고 있었던 것인데 그 뒷이야기가 나오려 하자 귀를 바싹 기울였다.

"단천자는 악(惡)의 원령(元靈), 주먹만한 붉은 결정체로서 생존했다. 놀라운 일이었지. 원기가 몸을 뚫고 나왔으니 말이다. 다급히 성숙노괴가 단혼진기로 봉쇄했기에 망정이지 그렇지 않았다면 우린 영영 기회를 잃고 말았을 것이다. 더 강해져서 나타나지 말라는 보장이 없으니 말이다."

이후 칠성사괴는 단천자의 원령을 천보묵갑(天保墨匣)에 가두고, 신기묘성의 거처인 학운곡에 마령봉쇄진(魔靈封鎖陣)을 펼쳐 암흑의 세계에 봉해 버렸다.

거기에서는 그 어떤 것도 살아서 나올 수 없어야 했다.

그 어떤 것도…….

송겸은 단천자의 어두운 과거를 들은 후 한편으론 이해가 되기도 했지만 한편으론 '바보 같은 새끼'라고 생각했다.

충분히 다른 길을 선택할 수도 있었을 터인데 스스로 함정으로 기어들어 가 끝없는 나락으로 떨어지고 만 것이나 다름없었다.

자신도 부모 없이 어린 시절을 보냈지만 그때마다 그래도 한 번도 좌절하지 않았었다.

거칠게 살아오며 아픔과 눈물이 친구처럼 따라다녔지만 더 크게 웃으며 즐거움과 기쁨을 창조하려 애썼다. 그리하여 유복한 환경 속에서 자란 녀석들보다 더 행복하겠노라 얼마나 많이 다짐했는지 모른다.

'미련하고 멍청하고 게을러 빠지고 비겁하기까지 한 자식. 정녕 살아 있다면 내 너를 가만두지 않겠다.'

굉정은 이야기를 다 한 후 간단히 행장을 꾸렸다.

"나는 이 길로 학운곡으로 가봐야 할 것 같구나. 너 또한 속히 취망산으로 향하거라. 단천자가 어떤 흉계를 꾸미고 있는지 모르지만 나를 노린 것이 사실이라면 또 다른 무리가 각기 칠성사괴를 하나씩 찾을 것이 틀림없을 것이다. 어쩌면 과거의 실패를 거울 삼아 독단적으로 맞서지 않고 수많은 수하를 희생물 삼아 우리를 제거하려는 것일지도 모르겠구나."

송겸은 그 말에 아차 싶었다.

굉정 대사를 노렸다면 지금쯤 취망산을 향해서도 얼마나 많은 고수들이 구름처럼 몰려가고 있을지 모르는 일인 것이다. 그렇다면 시간을 지체할 겨를이 없었다.

"네 사부도 같은 생각을 하고 있을지 모르겠다만 어쨌든 이 말을 전하거라. 굉정이 학운곡을 들러 망창산의 선인봉에 가 있겠노라고."

"그리하겠습니다."

"가거라."

송겸도 마음이 이미 급해진 터라 포권의 예를 취한 후 바람처럼 그 신형을 날려 사라졌다.

굉정은 송겸의 모습이 시야에서 사라질 때까지 바라보다가 가만히 중얼거렸다.

"노괴, 그대를 보는 것 같구려. 좋은 아들을 두었소이다."

제7장 위기의 여인

잔잔한 호숫가의 풍경은 한 폭의 그림을 보는 듯 수려했다.

호수의 중앙에 나룻배 한 척이 한껏 여유로움을 풍겼으며, 주변으로는 가을이 절정에 이르러 울긋불긋 단풍이 에워싸듯 감싸고 있는 것이 대자연이야말로 가장 위대한 화가임을 알려주고 있었다.

나룻배 위에는 백발이 성성한 노인이 고즈넉하게 낚싯대를 드리우며 고기를 낚고 있었다.

진정한 낚시꾼은 세월을 낚는다고 했던가.

그래서인지 노인의 곁에 놓인 바구니에는 피라미조차 보이지 않았다. 그럼에도 노인의 얼굴은 평온함 그 자체여서 그저 대자연 속에 동화되는 느낌을 즐기고 있는 것 같았다. 어찌 보면 그는 대자연이 던진 미끼를 문 물고기라도 된 듯 보였다.

새가 날개를 펼치고 있는 형상을 닮았다 하여 천조호(天鳥湖)에서 자연에 도취되어 미동도 없던 노인의 고개가 저만치 숲 속으로 돌려졌다.

갑자기 누군가 부르는 소리에 어디메인가 살피는 모습이었다. 그러나 정작 천조호 주변에는 사람은커녕 짐승 한 마리 지나가는 것도 보이지 않았다.

그러나 노인은 미간을 희미하게 찌푸리고는 자리에서 일어섰다.

누군가 이 광경을 보았다면 노인이 갑작스레 웬 변덕인가 싶겠지만 정작 노인이 어떤 사람인지 안다면 당연히 고개를 끄덕이리라.

세인들이 한껏 존경과 흠모로 부르길 주저하지 않는 칠성 중 일인이 바로 그였기 때문이다.

건곤도성(乾坤刀星) 함허(咸許)!

지금 그는 외마디 비명 소리를 듣고 안락한 여유를 접고는 자리에서 일어난 것이다. 비명 소리는 계속 들려오고 있었다.

순간 그의 신형이 배 위를 떠나 허공으로 날았다.

무릎을 구부리지도 않았으며 그의 몸이 분명 배를 박찼을 텐데도 배는 그 어떤 미동조차 없었고, 배 주변에도 작은 파문조차 일지 않았다.

거의 이십여 장을 뛰어넘던 그의 신형은 중도에 호수의 물을 거의 닿을 듯 말 듯 박차고는 다시금 솟아올랐다.

어린아이가 호수에 돌을 던져 잔잔한 파문이 세 번 정도 번져 갈 무렵 그의 신형은 어느새 지면에 이르렀다. 그리고 삽시간에 소리가 난 곳 숲 속을 향해 사라졌다.

"헉헉, 살려주세요. 누구… 헉헉… 없나요?"

도움을 구하는 여인의 모습은 거의 만신창이나 다름없었다.

평소 같았으면 곱게 빗어 올렸을 머리는 산발이 되어 있었고, 등 쪽으로 피가 번져 있고 상의 앞섶은 베어져 맨살을 드러내는 중에 그나마 간신히 가슴을 가려주고 있었다. 또한 그녀는 검을 들고 있기는 했지만 지금으로선 검이 무기로써가 아닌 벗어 던지고 싶은 하나의 짐처럼 힘겨워 보였다.

이십대 후반이나 삼십대 초반으로 보이는 여인의 절박하기 그지없는 외침과 신형의 원인은 그 뒤를 쫓는 세 개의 검은 그림자임이 틀림없었다.

마치 독수리가 양을 채려는 듯 그림자들의 신형은 단호함과 매서움이 가득 깃들어 있었다.

변화가 인 것은 한순간이었다.

슉, 하는 소리와 함께 뒤를 쫓던 독수리 한 마리가 달리던 그대로 다리의 균형을 잃고 고꾸라져 앞으로 처박혔다.

이 느닷없는 변고에 두 마리의 독수리가 놀라 주변을 돌아볼 때 다시금 파공음이 들리며 한 마리의 독수리가 배를 움켜쥐고 짧은 신음을 토하며 쓰러졌다.

남은 독수리의 당황스러움은 말로 표현하기 힘든 것이었다. 동료 독수리의 쓰러짐과 함께 바닥에 떨어지는 작은 돌멩이에 시선이 이르자 경악은 극에 달했다. 귀신이 곡할 노릇이라는 말로도 다 설명하기 어려운 난감함과 두려움이 그의 얼굴에 떠올랐다.

그가 또다시 어디선가 날아들 돌을 경계하며 사방을 두리번거릴 때 문득 희끄무레한 형체를 발견했다.

하지만 그가 그것을 인지하기 무섭게 어느덧 백색의 형체는 뚜렷해지더니 그의 면전에 이른 상태였다. 그야말로 전광석화라 하기에 부족함이 없었다.

"누, 누구냐?"

"그 말은 내가 묻고 싶던 것이다만……."

건곤도성 함허가 고요히 물었다.

"어떤 고인인 줄 모르나 괜한 일에 관여하지 않는 것이 좋을 것이오."

그는 되도록 침착하려고 애썼지만 음성이 미세하게 떨리는 건 어쩔 수 없었다.

"만약 나를 납득시킬 수 있다면 길을 방해하진 않으마."

"강호에는 보이지 않는 규범이 있소. 각기 이익과 손해가 교차되는 지점에서 각 문파는 얽힌 실타래를 스스로 푸는 법, 어떤 이가 보기에는 그것이 사악해 보이나 정당할 수 있고, 또 정당해 보이나 자신이 처한 위치에 따라 사악해 보일 수 있는 것이니 노인장은 가던 길이라면 길을 가고, 일을 보는 중이라면 그 일을 보도록 하는 것이 좋을 것 같소이다."

"강호는 그렇다고 할 수 있지. 하지만 강호가 모든 것을 정의할 수는 없는 법. 강호를 포괄하는 것은 세상이며 생명은 하늘의 것이다. 내 어찌 인위적인 살상을 눈앞에 두고 외면할 수 있겠느냐."

흑의인의 얼굴에 체념이 떠올랐다.

자신과 비슷한 실력을 갖춘 동료들이 그저 아이들이 물수제비를 뜰 때나 사용할 정도의 돌에 맞아 지금까지도 몸을 일으키지 못하고 있다. 이것이 눈앞에 펼쳐진 현실인 것이다.

"좋소이다. 물러가리다. 하지만 그전에 노인장의 존성대명을 들을 수 있겠소이까?"

말투는 나름대로 공손했지간 상황에 비추어 볼 때 언젠가는 이날의 책임을 묻겠다는 뜻이 역력했다.

"나는 그저 늙어가는 수많은 사람 중 하나일……."

함허의 말은 온전히 끝을 맺지 못했다.

흑의인의 검이 그대로 함허의 가슴을 관통해 버렸기 때문이었다. 아니, 분명히 흑의인은 그렇게 믿었고, 또 그렇게 보았다.

하지만 드러난 형상은 전혀 엉뚱한 것이었다. 두 사람 사이는 고작 육 척(약 2미터) 정도의 간격을 우지하고 있었고, 태연히 말을 듣고 있던 터라 그의 기습은 도저히 실패할 수 없는 것처럼 보였으나 어느샌가 함허의 몸은 구십 도 각도로 틀어져 쭉 내뻗은 검은 허공을 찔렀을 뿐이고 그 뻗은 팔의 맥문은 함허의 손에 의해 붙들린 상태가 되고 말았다.

"헉!"

"좋은 의도였다. 어쩐지 그냥 보내기가 꺼림칙했는데 네가 명분을 만들어주는구나."

함허는 태연히 말한 후 가볍게 손을 떨쳐 냈다.

뚜득.

한 소리와 함께 안으로 굽어야 마땅한 팔이 바깥 팔꿈치 쪽으로 꺾이면서 처절한 비명 소리가 주변에 울려 퍼졌다.

"으아악~"

더 이상 검을 붙들 수 없게 된 부러진 팔을 부여잡고 식은땀을 흘리며 고통스러워하는 흑의인을 향해 함허가 이제까지와는 사뭇 다른 싸늘한 어조로 말했다.

"계속 내 시야에 머물러 있겠다면 그것도 자유겠으나 내가 네놈들의 뼈마디를 부러뜨리는 것도 나의 자유임을 상기하도록 하라."

그때는 마침 먼저 쓰러졌던 두 명의 흑의인이 힘겹게 몸을 일으키고 있던 터라 그들은 더 이상 말을 붙일 엄두를 내지 못하고 그저 한차례 독기 서린 눈으로 쏘아보고는 서로 앞서거니 뒤서거니 하면서 왔던 방향으로 되돌아갔다.

함허가 그들의 뒷모습을 허허로이 바라본 후 몸을 돌릴 때 저만치 피폐한 모습으로 도망치던 여인이 다가왔다.

살아남기 위해 마지막 힘을 기울여 달려가던 그녀는 쫓던 흑의인 중 하나가 제일 먼저 고꾸라질 시점에 그녀 또한 끝내 기력이 고갈되어 균형을 잃고 쓰러지고 말았었다.

그녀는 다가올 저승사자의 싸늘한 손길만을 기다리고 있었으나 어찌 된 일인지 숨을 돌리고 여유를 찾을 때까지 아무런 기척이 없자 궁금히 여겨 살펴보게 되었는 바 이름 모를 고인이 나타나 구함을 얻었음을 알게 된 것이다.

한달음에 달려온 여인이 한 손으로 가슴을 여미고 공손히 머리를 조아렸다.

"잠룡곡(潛龍谷)의 여비랑, 어르신의 크신 은혜에 감사드립니다."

잠룡곡이라면 중원삼곡(中原三谷) 중 하나로 수라곡, 학운곡과 어깨를 나란히 하는 곳이었다.

"잠룡곡이라… 그대는 어찌하여 쫓기는 신세가 되었는가?"

여비랑은 자신의 몰골의 피폐함인지, 아니면 함허의 무공을 잠시나마 견식하여 깊이를 측량하기 힘든 기인이라 생각해서인지 감히 눈을 마주치지 못하고 대답했다.

"저를 쫓던 이들은 혈방(血幇)의 인물들입니다. 한 달 전쯤 곡과 혈방 사이에 몇몇이 다툼이 있었는데 그들이 잠룡곡인들 중 둘을 살해하여 그 문제를 따지러 갔으나 처음 말과는 달리 뒤늦게 나오던 저를 포함한 세 사람을 공격하는 것이었습니다. 셋 중 둘이 죽음을 면치 못했고, 저만 염치없이 홀로 모진 생명을 구하고자 도주하고 있던 터였습니다. 이곳에서 멀지 않은 곳에서 먼저 나온 십육 인과 합류하기로 되어 있어 이리로 방향을 잡게 된 것입니다."

건곤도성 함허가 희미하게 고개를 끄덕였다.

강호에서 흔히 벌어지는 전형적인 다툼의 시작과 과정들이었다.

무(武)를 소유하고 있다는 것은 근본 자신을 지키기 위한 수단이어야 하나, 힘의 소유는 차분한 언어 소통을 무시하고 빠르게 결단 내고 상대를 굴복시키려는 지름길로 애용되고 있는 것이 보통 무림인의 속성이다.

그로 인해 사소한 일이 피를 보면서 확장되고 더 나아가 많은 귀한 생명을 잃게 하는 요인이 되는 것이다.

애초에 그들에게 무공이 주어지지 않았다면 이성적인 해결책으로 대다수의 경우 차분한 결론을 얻을 수 있었으리라 생각하니 함허는 씁쓸하지 않을 수 없었다.

만약 모든 강호인들이 동일한 힘을 지니고 있다면, 혹은 아무도 무공을 모른다면 많은 생명을 보존하고 지금보다는 더 나은 결과를 얻었으리라.

하지만 지금 이런 망상은 그저 망상에 지나지 않는다는 걸 함허는 스스로도 잘 알고 있었다. 수천 년 동안 되풀이되어 쌓인 이 같은 현상이 몇몇의 노력으로 뒤바뀔 수는 없는 일인 것이다.

"몸이 성치 않고, 또 다른 암살자가 있을지 모르니 내 그대의 동료들이 있는 곳까지 함께 가도록 하지."

여비랑은 송구스러운 중에 잠깐 망설이다 얼른 감사의 예를 갖췄다.

"어르신의 배려에 감사드립니다."

그녀의 망설임은 폐를 끼치고 싶지 않다는 생각과 지금 자신의 기력이 고갈된 터라 짐짓 객기를 부리다 적에게 노출되면 생명을 부지하기 힘들 것이란 생각 사이에서 갈등하다 내린 결론 같았다.

여비랑이 함허보다 조금 앞쪽에서 길을 인도하며 걸었다. 거의 반 시진에 이르러 걷는 중에 두 사람은 아무런 대화 없이 길만 재촉했다.

어느덧 좌우로 높게 병풍처럼 솟은 협곡에 들어섰을 때 여비랑이 문득 걸음을 멈췄다.

"이곳입니다. 제가 신호를 보내면 동료들이 나타나게 될 것입니다. 어려운 걸음 옮기시어 돌봐주신 것 진심으로 감사드립니다."

여비랑이 공손히 머리를 조아렸다.

바로 그 순간 변고는 느닷없이 찾아들었다. 그녀가 고개를 막 드는 순간 어찌 된 일인지 전혀 뜻밖의 상황이 벌어진 것이다.

사람이 바뀌어 있었다.

여비랑이 없어진 것이다. 아니, 정확히 말하자면 공손한 여비랑이 사라지고 혈광에 물든 광기 어린 눈을 가진 전혀 이때까지와는 다른 여비랑이 나타난 것이다.

사악한 여비랑은 역시 그에 어울리는 사악한 미소를 머금고는 불쑥 함허의 몸을 끌어안았다.

이곳까지 걸어오는 동안 몸을 움직이는 것조차 힘들어하던 그녀의 움직임이 아니었다. 그녀는 거의 초인적인 힘을 발휘하여 함허의 몸에 달라붙었다.

"크크, 함께 죽자꾸나."

그녀의 음성은 무저갱의 울림처럼 새어 나왔고, 그와 동시에 그녀의 몸이 급격히 부풀어 올랐다.

그야말로 갑작스러운 변고여서 누구라도 놀라 기겁할 상황이었다. 하지만 어찌 된 일인지 함허는 전혀 당황하는 기색 없이, 이미 짐작하고 있었다는 듯 그저 눈을 지그시 감았다 뜨더니 가볍게 몸을 떨쳤다.

아주 미세한 동작에 불과했지만 팔을 잘라내지 않고서는 결코 떨어지지 않을 것 같던 여비랑의 몸이 아무렇지도 않게 튕겨져 나갔다.

직후 함허는 신형을 번개처럼 움직여 여비랑의 가슴 요혈 일곱 군데를 눈부시게 짚고는 다시 본래의 자리로 돌아왔다.

여비랑의 몸이 벼락에 맞은 듯 거칠게 꿈틀대더니 부풀어 오르던 기세가 주춤했다.

그녀는 발을 떼어내려고 안간힘을 쓰고 앞으로 나아가려는 듯 보였으나 주위 사방에 투명한 벽에 갇힌 듯 전혀 전진하지 못하고 흉물스런 이빨만을 드러냈다.

어찌나 거칠게 이를 악물었는지 이빨이 부서져 나가면서 잇몸이 찢겨 피가 흘러내렸다. 그 광경은 너무도 참혹하고 귀기스러워 짐짓 현실감이 없어 보일 지경이었다.

잠시 후, 여비랑의 몸 안에서 퍽, 퍽, 하는 소리가 들리는가 싶더니 그녀는 코와 입과 귀, 눈에 이르기까지 피를 쏟아내며 그대로 허물어졌다.

사실 여비랑의 계획대로라면 그녀는 이런 식으로 죽어서는 안 되는 것이었다. 그녀의 눈이 혈광으로 뒤덮이고 몸이 부풀어 오른 건 화마쇄신공(和魔碎身功)을 펼쳤기 때문이었다.

화마쇄신공이라 함은 몸 안의 잠력을 순간적으로 증폭시켜 자신의 몸을 폭발시킴으로써 주변 방원 십 장여를 초토화시킬 수 있는 가공할 만한 동귀어진 방법이었다.

그러나 함허가 그런 움직임을 간파하여 폭발이 내부에서 마무리될 수 있도록 점혈한 까닭에 그녀는 뜻을 이루지 못하고 머리 속에서 뇌가 터지고, 몸 안의 모든 내장 기관이 박살나며 칠공에서 피를 뿌리고 죽고 만 것이다.

그때까지도 함허는 초연하기 그지없었다. 일체 표정의 변화를 찾을 수 없어 여비랑의 피 흘림조차 눈에 들어오지 않은 듯 보였다.

사실 함허가 이렇듯 태연할 수 있었던 건 여비랑과 함께 이곳까지 걸어오면서 이미 어느 정도 이런 사태를 예감했기 때문이었다.

여비랑으로서는 나름대로 철저히 의도를 감추었다고 생각했으나 함허는 그녀의 몸에서 발산되는 예기 중 죽음의 그림자를 발견했던 터였다.

적은 이미 패퇴하여 사라진 뒤이고, 이제 동료들을 만나러 가는 마당에 죽음의 그림자를 드리운다는 것은 납득하기 힘든 것이었다.

거기서부터 생긴 의문은 점점 꼬리를 물고 나아가 그녀가 얘기했던 혈방과 잠룡곡의 다툼에 대한 분석으로 이어졌다.

상호 간에 타협점을 찾았다면서 급작스럽게 태도를 바꾸었다?

이해할 수 없는 일이었다.

그리하여 이것이 어떤 함정일지도 모른다는 생각을 하고 있었는데 아니나 다를까, 그녀가 자신의 몸을 부여잡고 몸을 부풀리는 것을 보고 직감적으로 잠력을 폭발시켜 동귀어진할 것임을 알고 그녀 안에서 폭발이 일어나도록 손을 쓴 것이다.

물론 함정임을 의심하여 이곳에 이르기 전 손을 쓸 수도 있었지만 일단은 논리적인 증거가 없었고, 또 한편으로는 어떤 것이 준비되어 있는지, 어떻게 나올지 궁금하기도 한 터였다. 그 무엇에라도 닥설 준비가 되어 있다는 자신감이 바탕이 된 것은 당연했다.

'이것뿐인가?'

그가 막 '설마'를 떠올릴 때였다.

그의 마음속 의문에 답변이라도 하듯 하늘에서 폭우가 쏟아져 내렸다. 보통 사람이라면 태어나서 단 한 번 구경하기도 힘든 폭우로서 협곡의 좌우 벼랑의 꼭대기어서 쏟아지는 화살로 이루어진 거센 빗줄기였다.

쉭쉭쉭… 슈욱, 쉭—

사람이 쏟아지는 빗줄기의 숫자를 헤아릴 수 없는 것처럼 화살의 양은 그야말로 엄청난 것이어서 협곡은 온통 쏟아지는 화살로 가득 찼다.

이 세상에서 가장 빠른 신법을 지녔다고 해도 이 모든 화살들을 피할 수는 없어 보였다.

그렇게 쏟아지는 화살 중에 선두가 거의 함허의 몸에 닿을 시점임에도 어찌 된 일인지 함허는 움직일 생각이 없는 것처럼 보였다. 조만간 온몸이 고슴도치로 변할 절체절명의 순간, 바로 그때 함허의 몸에서 백색 광채가 뿜어져 나왔다.

오늘날 그를 칠성의 반열에 당당히 오르게 한 건곤일기공(乾坤日奇功)으로 펼쳐 낸 호신강기였다.

광채에 휩싸인 함허의 모습은 뿌옇게 흐려졌고 거침없이 내리꽂던 화살들은 그 광채에 이르러서는 산산이 부서져 내렸다.

눈 깜짝할 사이에 퍼부어진 화살의 숫자는 족히 일천 개를 넘는 것이었고, 계속해서 매순간마다 그와 같은 숫자의 화살들이 쏟아졌다.

그러나 그 모든 것은 불을 향해 달려드는 나방과 다를 바가 없어 소멸되기 위해 날아드는 것처럼 보였다.

그 와중에 함허는 깊은 의문에 사로잡혔다. 도대체 강호의 어떤 문파나 조직이 있어 자신을 함정에 빠뜨리려 한단 말인가. 지금 이 상황이 말해 주고 있는 것은 이들의 준비가 결코 간단한 것이 아니라는 점이다.

그저 시도를 해보겠다는 것 정도가 아니라 반드시 죽이겠다는 의지를 드러내고 있지 않은가. 방금 전 자신의 목숨을 희생하여 자폭하려 했던 여비랑이 그러하고 이 많은 화살도 소리쳐 외치고 있다.

'도대체 누가? 왜?'

자신이 알고 있고, 심지어 풍문으로 들은 내용까지의 현 무림의 모든 대결 구도를 생각해 보았지만 답을 구하긴 쉽지 않았다.

게다가 자신은 강호 일에 관여하지 않은 것이 벌써 십 년이 넘어가고 있다. 유유자적하며 다섯 명의 제자를 가르치는 것이 그의 유일한 일이라면 일일 뿐인 것이다.

그런데 도대체 누가?

'알 수가 없구나. 이 무슨 해괴한 일이란 말인가. 단천자가 부활한 것도 아닐 텐데 말이다.'

생각이 문득 단천자에 이르렀을 때 분명 터무니없다는 것을 알면서도 함허는 기분이 섬뜩해지는 것을 금할 수가 없었다.

단천자라는 이름에는 언제나 상식으로는 설명할 수 없는 일들이 뒤따랐다. 그가 보여준 잔악함, 또 그의 무공, 하늘을 찢어발기리라 외치는 듯한 사악함…….

하지만 떠오르는 것보다 더 빨리 함허는 단천자에 대한 생각을 떨쳐냈다.

낙타가 바늘구멍을 빠져나오는 것이 진정 가능하다면 아마도 그때쯤이면 단천자가 마령봉쇄진을 뚫고 나올 수 있다는 것을 인정할 것이다. 그러니 괜히 넘겨짚지 않으리라 생각했다.

잠시의 상념 속에 빠져 있던 함허가 다시 현실을 인지한 것은 별안간 짓쳐 드는 강렬한 기세를 느낀 직후였다.

이전까지의 화살들과는 류를 달리하는 기운을 뿜은 화살들이 다가오고 있었다.

'음…….'

그는 호신강기를 한층 더 끌어올렸다.

슉, 슉, 슉, 슉, 슉…….

역시 예상했던 대로 화살의 기세는 그전의 것들과는 판이하게 달랐다.

일차 강기의 막을 뚫고 거의 몸에 이르렀을 때에야 비로소 소멸될 정도로 고강한 내력이 실린 것이어서 호신강기를 끌어올리지 않았다면 낭패를 면치 못했을 것이라는 생각이 들었다.

그 다섯 개의 화살이 어떤 신호를 의미한 것인지 갑자기 화살 비가 뚝 그쳤다. 주변은 화살의 사체들이 수북이 쌓였다.

함허는 더 이상 기다리고 있기엔 인내심의 한계를 느끼고 신형을 솟구쳐 절벽을 타고 올랐다.

가장 중요한 건 단천자가 아니라는 것을 직접 눈으로 확인하고 싶었다. 만일 단천자가 아닌 그 누구라면 너털웃음을 짓고 그냥 용서해 주겠노라는 생각까지 했다.

그의 신형이 독수리의 비상처럼 솟구쳐 절벽의 중간 정도가 지날 때까지도 적들은 어떤 시도조차 보이지 않았다. 너무 고요해서 심지어 다 도망가 버린 것은 아닐까 걱정이 될 지경이었다.

그러나 그런 염려가 기우에 불과하다는 것이 엄청난 굉음과 함께 드러났다.

콰쾅~ 쾅~

거대한 폭음이 협곡에 울려 퍼졌다.

좌우 절벽이 우렁찬 폭발음과 함께 붕괴되어 갔다.

적은 이미 함허가 어떻게 나올지를 철저히 계산해 놓은 듯 그가 올라오는 시점을 정확하게 맞춰 폭뢰를 터뜨린 것이다. 이 자리에서 죽이겠다는 확실한 의지가 분명했다.

절벽의 붕괴에 따라 함허는 더 이상 위로 나아가지 않고 지면으로 내려섰다.

지형지세는 함허에겐 그야말로 최악이었고, 위로부터 쏟아져 내리는 바위들은 아예 생매장을 시키겠다는 의도를 서슴지 않으며 퍼부어졌다.

그뿐인가.

더 이상 쏠 화살이 없을 것만 같이 많이 쏟아졌던 화살들이 무차별적으로 낙하하는 바위들 틈새를 타고 함허에게 몰려들었다.

함허의 처지는 독 안에 든 쥐나 다름없었다. 어디에도 피할 곳이 없고, 어떤 힘으로도 벗어나기 힘들어 보였다.

뿌연 먼지가 거의 협곡의 절반 높이만큼이나 치솟아올라 먹구름이 협곡에 임한 것 같았고, 함허의 모습은 종적도 찾을 수 없었다. 그럼에도 화살 폭우는 구름을 뚫고 여전히 퍼부어졌다.

그러던 어느 순간, 폭우가 그쳤다. 먼지구름도 서서히 흩어지더니 참담히 훼손당한 협곡의 모습을 드러내기 시작했다.

모든 먼지가 가라앉고 협곡은 깔린 바위들로 그전보다 높아진 상태에서 그 중앙에 한 사람이 섰다.

머리부터 발끝까지 자욱이 뒤덮인 먼지.

온몸에 장식품처럼 너덜거리며 꽂힌 화살들.

초췌하기 이를 데 없는 몰골.

누구라도 그 속에서는 이러한 모습이어야 했다.

하지만 그는 건곤도성 함허였다.

하늘이 무너지고 땅이 갈라진다 하여도 꿈쩍도 하지 않을 굳건함으로 함허는 그렇게 선 채로 절벽 위를 올려다봤다.

"이제 장난은 그만 하고 모습을 드러내는 것이 어떠냐?"

실로 화살 폭우와 무시무시한 기세로 쏟아졌던 바위들이 장난이었다면 장난이 아닐 경우란 어떤 것을 의미할지 상상하기 힘들었지만 함허는 이것이 그저 과시하는 것에 불과하다고 생각했다.

이제부터가 본격적으로 시작인 것이다.

"크하하하하하~"

함허의 말에 장단을 맞추듯 절벽 위로부터 온 산을 뒤흔드는 웃음이 터져 나왔다. 폭약과 바위들이 쏟아지며 내던 굉음마저 압도할 소리였다.

목소리의 주인은 웃음의 메아리가 시작될 때 절벽을 타고 내려왔다.

"음……."

그 광경은 방금 전까지도 태연하기만 하던 함허의 입에서 침음성을 흘러나오게 했다. 모습을 드러내는가 싶더니 고작 세 번 정도 절벽을 내디뎠을 때 이미 십여 장 앞 지면에 내려선 것이다.

"물론이지. 이 정도로 천하의 건곤도성이 곤란을 겪는다는 게 말이 되겠어."

금빛 복면에, 금빛 의복, 가슴에 승천하는 용이 수놓인 화려하기 그지없는 옷차림이었다.

"후후, 겁쟁이었나?"

함허가 복면을 벗으라 말하고 있었다.

"모든 천하 범사엔 때가 있는 법. 조금 여유를 가지고 기다리면 나의 용안을 보여주도록 하마."

함허는 복면인의 음성을 통해 누군가를 짐작해 보려 했지만 음성으로는 쉽게 떠오르지 않았다.

'이놈은 나를 잘 알고 있다. 물론 나도 잘 아는 놈일 것이다. 누굴까? 이만한 무공에 이만한 세력을 갖춘 자가…….'

강호는 아직도 '칠성사괴(七星四怪)'를 이야기하고 있었지만 장강의 뒷 물결이 앞 물결을 밀어내는 것이 세상의 이치다. 전혀 변치 않을 것만 같던 것들도 어느 순간에는 도태되고 물러설 수밖에 없는지라 함허는 야망을 품은 또 다른 효웅이 등장한 것인지도 모른다고 생각했다.

그런 그의 마음 한 저변에는 애써 지난날의 아픔인 '단천자(斷天子)'를 잊고자 하는 숨은 의지도 작용한 터였다.

"나의 환영식이 마음에 들었는지 모르겠군. 내 나름대로는 천하칠성(天下七星)에 어울리게 준비한다고 꽤 신경을 썼거든."

"쓸데없는 짓이었다. 이 나이 때가 되면 뭐든지 조용한 것들이 와 닿거든."

"크크, 그건 늙은이들이 살았을 때의 경우고 장례를 치를 때는 떠들썩하게 하는 것이 관례라 할 수 있지. 환영식과 장례식을 겸했다고 생각하면 되겠군."

두 사람은 십 장여를 격하고 선 채로 대화를 나누고 있었지만 이미 싸움은 준비 단계를 넘어 일촉즉발의 상황으로 흘러가고 있었다.

슈우욱~

잔잔히 나누는 대화 곁으로 함허와 복면인이 일으키는 기세가 곁의 먼지와 돌들을 밖으로 밀어내고 주변을 뒤흔들며 중간 지점에서 부딪쳐 회오리를 일으켰다.

당장이라도 최적, 최고의 기예를 펼쳐 낼 태세가 이루어진 것이다.

'강하다.'

함허로서는 실로 오랜만에 느껴보는 부담이었다. 일생에 단 두 번이었다. 첫 번째는 무령노괴 곡진과의 대결 때였고, 그 다음은 그보다 한 단계를 훌쩍 뛰어넘은 단천자 때였다. 지금의 기세는 단천자 때에 버금가는 것이라 할 수 있었다.

거의 폭발적인 기세가 끌어올려진 어느 한 시점에서 두 사람의 신형이 동시에 움직였다.

함허와 복면인의 신형은 이미 한줄기 빛이 되었다.

백광(白光)과 금광(金光), 두 개의 빛이 부딪치면서 그 힘의 여파로 공간이 물컹거리면서 일렁이며 파문을 일으켰다. 진공의 상태에서 바람의 흐름마저 관여하지 못할 대충격 속에 아지랑이 같은 것이 주변 십여 장까지 급격히 퍼져 갔다.

도리어 소리는 백광과 금광이 잠시 떨어지는 찰나 울려 나왔다.

콰앙—

함허의 손은 이미 손이 아니라 한 자루의 도(刀)가 되어 있었다. 그의 필생의 공력이 담긴 '운하도결(雲霞刀訣)' 이 금광의 두터운 강기 속으로 파고들었다.

단천자 이후, 그는 강호를 뒤로하고 유유자적하는 듯하였으나 실은 그렇게 편안한 세월을 보낸 것은 아니었다. 그 누구에게도 말할 수 없었으나 그는 악몽 속을 헤맸다. 꿈속에서 그는 언제나 유약한 어린아이여서 괴롭힘을 당했다. 그렇기에 그저 안주할 수가 없었다.

그리하여 '사해도결(四海刀訣)' 속에서 뼈를 깎는 고통을 감내하며 새롭게 '운하도결(雲霞刀訣)'을 완성했다.

만약 단천자가 별안간 찾아온다고 해도 담담히 맞이할 수 있도록.

극쾌(極快) 속의 무거움이 금빛 옷자락을 향해 나아갔다.

복면인의 대응은 그와는 상반되는 쪽으로 선회했다. 가볍게 훌훌거리던 그가 하나의 태극을 만들더니 함허의 수도(手刀)에 뿌렸다.

거칠 것 없어 보이던 함허의 도강(刀罡)이 태극(太極)과 간나면서 그 흐름이 굴절되었다. 자연 함허의 신형 또한 옆으로 흘러갈 수밖에 없었다. 더불어 북해(北海)의 추위에도 아랑곳하지 않을 그의 몸으로 손가락에서부터 어깨까지 살을 에이는 듯한 한기(寒氣)가 스며들었다.

'도대체 이놈의 정체가 뭐란 말인가.'

이제껏 그 어디에서도 경험하지 못하고 들어보지 못한 무공이었다.

단 두 번의 격돌 후, 두 사람은 다시 거리를 두고 마주 섰다.

"함허, 꽤 실력이 늘었구나. 많이 달라졌군. 하하하하……"

그 말에 함허의 머리가 복잡해졌다. 정녕 그란 말인가. 정녕!

"서, 설마… 그럼 신기묘성은……."

"아, 헌비! 안타깝게 되었지. 그래도 학운곡에서 함께한 시간이 적지 않아 살려두려 했는데 기어코 일을 저지르더군. 후후, 그렇게 되니 나의 자비와 온유함도 한계에 다다르고 말았지."

함허의 얼굴이 굳어지고 눈은 경악으로 물들었다.

"단.천.자… 어떻게, 어떻게 빠져나올 수 있었단 말이냐?"

"이거 돗자리라도 펴고 이야기를 해야 할 분위기로군. 그러기엔 우리 사이가 그리 다정하지 않지. 자세한 이야기는 헌비에게 듣는 게 좋겠군. 아참, 깜박할 뻔했군. 네가 헌비를 만날 때쯤이면 다른 녀석들도 아마 몇 놈은 와 있을 것이다. 심심하진 않을 게야."

헌비의 죽음.

단천자의 부활.

그렇다. 더 이상 대화는 아무 의미가 없었다.

함허는 도리어 마음이 차분해졌다. 그리고 떠오르는 건 한 가지 생각뿐이었다.

'동귀어진(同歸於盡).'

상대는 단천자다. 힘을 비축하는 것, 그 다음을 생각한다는 것, 모든 것이 소용없는 짓이다.

한순간 모든 것을 다 쏟아내어 죽여야 한다. 아니, 그것까지 바라는 건 어쩌면 사치일지도 모른다. 중상을 입히는 것만으로도 할 일을 다 한 것일 터이다.

함허는 자신의 내부를 들여다보면서 전신에 깃든 모든 기운을 끌어모았다.

운하도결의 최후의 절초, 아수라섬멸인(阿修羅殲滅刃).

'나를 건다, 내 모든 것을.'

그러한 각오가 단천자에게 전해졌음인가. 단천자가 서서히 걸음을 옮겨 다가왔다. 분명 그 걸음은 가볍게 내디딘 것이었으나 이미 눈앞에 이르고 있었다. 더불어 그가 중도에 형성한 다섯 개의 은빛으로 어른거리는 태극(太極)과 함께.

'간다!'

함허의 몸이 백색 광채가 되어 쏘아졌다.

함허의 손이 뻗어가며 음유함을 가득 품은 세 개의 태극이 갈가리 찢어졌고, 이어 곧장 단천자의 가슴으로 향했다. 남은 은빛 태극이 양 어깨 쪽을 짓누르며 살을 베어 들려 했으나 그건 논외였다. 이대로면 두 어깨가 바스러진다 해도 단천자의 가슴을 후벼놓을 수 있다. 그렇게만 되면 된다.

그러나 바로 그때였다.

분쇄된 태극 너머로 거치른 손 하나가 불쑥 튀어나오면서 빛살같이 뿌려지는 함허의 손등을 스치듯 지나며 더듬었다.

그것은 그 속도를 가늠하기 힘들 정도라 보이지도 않을 만큼 빠른 함허의 손이 아주 느릿하게 보일 정도였다. 손등을 지나, 팔, 그리고 어깨까지 나아가면서 함허는 자신의 손이 손이 아니라 돌덩이가 되어 간다고 생각했다.

그건 마치 한참 기세등등 날아가던 화살이 정상 궤도를 이탈하여 그대로 낙하하는 것과 비슷한 상황이었다.

이윽고 그 찰나와 찰나의 간극 사이로 단천자의 손이 함허의 가슴을 슬며시 밀어냈다.

어떤 조그마한 타격음(打擊音)조차 없었다. 하지만 그 순간 함허의 몸은 화선지에 먹물 한 방울을 떨어뜨렸을 때 삽시간에 먹물이 좌악 번져 가듯이 몸의 모든 기운이 증발하는 느낌과 함께 오 장여를 튕겨 날아갔다.

쿠웅~

먼지를 일으키며 나뒹군 함허가 본능적인 기세로 몸을 일으키려다 울컥, 하고 피를 한 사발가량 토해내며 그대로 다시 주저앉았다.

"자, 이젠 내가 가장 기다리던 순간이로구나. 크하하하하……."

단천자는 비틀대면서 여전히 몸을 일으키려는 함허에게 사뿐한 걸음으로 다가갔다. 절로 흥겨움이 넘쳐 나는 걸음이었다.

"나는 두 번씩이나 어리석은 짓을 반복하진 않는다. 지난날 네놈들을 모두 모아놓고 상대한 것은 자만이었다. 그래서 생각을 달리했지. 꼭 정면 승부를 해야만 할 필요가 있을까? 내가 왜? 이 단천자가 천하의 영웅이었단 말인가? 그래서 이젠 조용히, 아주 조용히 한 놈씩 없애버리자고 생각한 거다. 물론 성숙노괴란 놈이 문제긴 하지. 그놈은 특별했으니까. 하지만 내가 네놈들을 상대하느라 기력을 소비하지 않았다면 어찌 성숙노괴가 나를 누를 수 있었겠느냐."

거기까지 말했을 때 단천자는 함허의 눈앞에 이르렀고 함허도 기력이 쇠한 상태임에도 간신히 몸을 일으킨 상황이었다.

"혹시 궁금해할지도 모르니 일러주마. '악영쇄골수(惡影碎骨手)'다."

가타부타 수법의 이름을 설명한 단천자의 손이 지그시 함허의 머리부터 허리에 이르기까지 십여 곳을 찍어 눌렀다.

그때까지 함허는 아무것도 할 수 없었다. 이미 그는 죽은 몸이라 해도 과언이 아닐 정도였기 때문이다. 그로선 그저 마지막 죽음의 순간을 누운 채로 맞고 싶지 않다는 의식의 한 외침에 충실히 따르고 있을 따름이었다.

악영쇄골수(惡影碎骨手)가 반응을 보이기 시작하는지 함허의 얼굴이 잿빛으로 물들자 단천자는 그 옆 일 장여 떨어진 곳에 놓인 커다란 바위 위에 무릎을 세우고 손은 깍지를 낀 채로 복면 사이로 두 눈을 번들거렸다. 그건 마치 어린아이가 재미난 구경거리를 눈앞에 두고 있는 것만 같은 광경이었다.

함허의 얼굴에 이어 이제 드러난 피부가 모두 잿빛으로 물들었을 때 단천자가 슬며시 복면을 벗었다.

아직까지는 의식의 끝머리 한줄기를 간신히 부여잡고 있던 함허의 눈동자로 단천자의 얼굴이 스며들었다.

'아, 안 돼……. 어, 어떻게 이런 일이… 이럴 순 없어……. 아아… 재앙(災殃)이로구나, 대재앙…….'

경악으로 물들며 그가 무슨 말인가를 꺼내려고 막 입을 벌린 순간이었다.

뚜드득… 뚜득… 뚜드득…….

온몸의 뼈마디가 분쇄되는 소리와 함께 제일 먼저 변화를 보인 것은 함허의 턱 쪽이었다.

요란한 소리와 함께 그의 턱뼈가 불쑥 빠져나왔다. 아랫 이빨도 통째로 튀어나오고 살점도 뚝뚝 떨어져 나가고 있었다.

그 광경은 단순히 참혹하다는 말로 표현하기 힘든 것이었다.

어떤 대단한 담력의 소유자라 할지라도 고개를 돌리고 말 모습이었다.

그러나…

"히히히, 히히히히……."

너무도 즐거운 것을 보는 듯한 웃음, 한 켠에 앉은 단천자의 입에서 흘러나오는 소리였다. 참을 수 없을 만큼 웃긴데 간신히 웃음을 참아내는 듯 그는 한 손으로 입을 가리고 슬쩍 눈을 들어 올리며 웃고 있었다.

턱뼈가 완연히 빠져나온 후 이어 양쪽 어깨가 탈골되었다. 어깨 쪽의 옷이 붉게 물들고, 이어 팔의 관절이 꺾이면서 대롱거렸다.

"히히히히, 히히히히히히……."

그 소리에 반응하듯 다시 함허의 무릎이 속절없이 꺾이더니 그대로 허물어져 무릎 꿇는 자세가 되었다.

그러나 이 참혹함의 실체는 그저 보이는 것이 전부가 아니었다. 이 모든 것, 자신의 몸에서 일어나는 이 모든 현상을 함허 자신이 보고 느끼고 있다는 것이야말로 진정한 악영쇄골수의 공포였다.

바르르 떠는 함허의 최후는 곧바로 이어졌다.

구경은 이게 마지막이란 듯이 그의 눈알이 울룩불룩해지는가 싶더니만 불쑥 눈 밖으로 튀어나온 것이다. 안구가 통째로 튀어나오면서 안구에 연결된 시신경의 핏줄이 너덜거렸다.

"히히히히히… 히히히히히……."

그렇게 함허가 최후를 맞이하며 널브러지고 더 이상 세상에 존재하지 않게 되었을 때도 한 켠의 웃음소리는 멎을 기미가 보이지 않았다.

"히히히히히… 히히히, 히히히히히……."

여전히 슬쩍 올려다보는 눈짓으로 이미 죽어버린 함허의 모습을 단천자는 그렇게 한없이 보며 미소 지었다.

백발이 성성한 악동처럼…….

"히히히히히……."

제8장 의행팔도(義行八盜)

송겸의 이동은 낮과 밤을 가리지 않고 이루어졌다. 이제껏 살면서 이렇게 부지런한 적이 있었는가 싶을 정도로 쾌속한 질주의 연속이었다.

수면 시간도 고작 하루 중 한 시진(약 2시간) 내였고, 요기 또한 객잔에 들어 차분히 먹기보다는 이동하면서 마른고기와 호리병에 담겨진 물을 마시는 것이 고작이었다.

덕분에 굉정과 작별한 지 거의 이십여 일이 지날 무렵엔 취망산에서 삼 일 길인 죽산(竹山)에 이를 수 있었다.

그러자 이제 얼마 남지 않았다는 생각 때문인지 그동안의 피로가 물밀듯이 몰려왔다.

이미 밤도 깊어 운기도 다스리고 그동안 불편하게 취했던 잠을 보충

하려는 마음으로 객잔을 찾았다.

음복객잔(飮福客棧)이라는 상호가 유난히 눈에 띄어 곧장 들어간 송
겸은 간단히 요기를 채운 후 점소이의 안내를 따라 객방에서 여장을
풀었다.

그러나 침상에 눕기만 하면 당장이라도 깊은 잠에 빠질 것 같던 생
각과는 달리 좀체 잠이 오질 않았다. 몸은 잠을 원하는데 정신이 날 선
검처럼 곤두서서 머리가 지끈거리는 중에도 말짱해지기만 하는 것이었
다.

이리저리 뒤척이다 엎드려 베개로 머리를 눌러보아도 아무 소용이
없었다.

"젠장!"

베개를 집어 던지며 몸을 일으킨 송겸은 잠시 산책이라도 해야겠다
는 생각에 창문을 통해 지붕 위로 올라갔다.

지붕과 지붕 사이를 사뿐히 걷고 뛰며 전망이 좋은 곳을 찾아 다녔
다.

거의 일 식경 정도 지났을까.

마땅한 장소를 못 찾아 여전히 방황하던 송겸의 귓가로 문득 비장
한 음성이 파고들었다. 이때는 송겸이 한적한 공터가에 이르렀을 때
였다.

"우리가 누구냐?"

총 여덟이었다.

그중 우두머리로 보이는 이가 앞쪽에 섰고, 그 전면으로 꼿꼿이 선
채로 수하들이 도열해 있었다.

"세상을 바꾸는 의적(義賊)입니다."

"그렇다. 우리는 세상의 악을 물리치고, 사악한 무리를 응징하는, 아주아주 아~주 아주 의로운 도적, 의행팔도(義行八盜)다. 세상에는 우리가 처단해야 할 놈이 너무나 많다. 그들을 가만두어서야 되겠느냐?"

"결코 용납할 수 없습니다."

우두머리의 외침에 수하 일곱이 다부지게 답했다.

"우리의 주적은 누구냐?"

"탐관오리들과 가난한 자를 업수히 여기는 부자들, 그리고 힘만 믿고 약자를 겁탈하는 무리들입니다."

"그렇다. 우리는 의행팔도, 두려울 것이 무엇이랴."

아까부터 외쳐 대는 의행팔도라는 말에 송겸은 고개를 갸웃했다. 어디 어깨 너머로라도 들어보지 못한 이름이었다.

송겸이야 강호 사정을 모르는 것이 많아 생소하게 느끼는 것이었지만 사실 이들은 도둑 세계에서는 나름대로 꽤 명성을 날리는 이들이었다.

우두머리는 불혹의 나이를 훌쩍 넘어선 여추호(呂抽弧)였는데 그는 이 바닥에서 알아주는 손재주와 경공을 갖춘 이였고, 그 수하들도 경공 분야에 탁월한 재능을 보유하고 있었다.

여추호가 계속해서 말을 이어갔다.

"오늘도 다른 날과 마찬가지로 거사를 치르기 전 우리의 정신을 더욱 강건케 할 이야기를 들려주겠다."

그렇지 않아도 진지한 수하들의 얼굴이 더욱 진지해졌다.

"북쪽으로 북쪽으로 한없이 나아가다 보면 아주아주 아~주 아주 추운 곳이 나온다. 그곳은 사시사철 눈이 쌓여 있고, 추워 죽을 지경인 곳이다. 내공이 어지간하지 않고서는 얼어 죽기 딱 좋은 곳이란 말이다. 흠흠… 그런데 그런 험한 곳을 찾아다니는 사람들이 있다. 인간의 의지의 한계점과 정복에 대한 욕구를 불태우는 이들이지. 그들에게 왜 그런 고생을 사서 하느냐고 물으면 그들은 말한다. 이것이 나의 삶의 의미이며 보람이라고. 어쨌든 그곳에 두 사람이 서로 다른 출발점에서 눈보라 치는 산을 오르게 되었다. 그리고 매서운 칼바람을 이기고 산을 정복한 후 내려오게 되었을 때 중도에 만나게 된다. 그날따라 바람은 그 어떤 날보다 날카로웠고 눈보라마저 쳐 거의 한 치 앞을 내다보기 힘들 지경이었다. 그러던 차에 비록 처음 보는 사람이지만 뜻을 같이한 사람을 만났다는 것은 둘 모두에게 커다란 위로가 되었다. 어떠냐? 얼마나 혹독한 추위였는지 실감이 나냐?”

“온몸이 떨려옵니다.”

“이미 닭살이 돋아났습니다.”

으들으들으들…….

각기 여러 반응이 튀어나왔다.

수하들의 격렬한 반응이 마음에 들었는지 여추호는 만족스럽게 고개를 끄덕이며 말을 이어갔다.

“그렇다. 그렇게 추운 날이었다. 이제껏 만나보지 못한 추의였기에 두 사람은 문득 죽음을 예감했다. 기력이 점점 쇠진되어 가고 강풍을 동반한 눈보라는 사그라질 기미가 보이지 않았으니까. 그렇기 힘겹게 한 걸음 한 걸음을 옮기던 중이었다. 문득 한 사내가 뭔가에 걸려 넘어졌다. 처음에는 그저 얼음 기둥이나 돌부리인가 싶었지만 곧 그것이 사람이란 것을 알게 되었다. 곧바로 생사 여부를 확인해 보니 미세하지만 맥박이 뛰고 있는 것이 아니냐. 한 사내가 말한다. '이 사람을 함께 부축해서 내려갑시다' 라고. 그러나 다른 남자는 그 말에 단호히 고개를 가로저었다. '그 사람은 이미 목숨을 구하기엔 늦은 듯하오. 괜히 그를 구하려다 우리까지 위태로울 수 있으니 보지 못한 것으로 치고 바삐 걸음을 옮기도록 합시다' 라고 싸가지없는 발언을 서슴지 않는 것이다. 한마디로 재수없는 놈이었다. 선한 사내는 말했지. 그래도 어찌 생명을 보고 모른 척할 수 있겠느냐고 말이다. 이것이 살인이 아니고 무엇이겠느냐고 따졌지만 재수없는 놈은 차가운 눈으로 '그럼 그대가 구하시오. 나는 함께 죽고 싶지 않소' 라고 말하는 것이었다."

"아주 개새끼로군요."

"미친 새끼."

"때려죽이고 싶습니다."

"그렇다. 나도 지금 그놈이 내 앞에 있다면 뒤지게 패버리고 싶은 마음이 굴뚝같다. 어쨌든 이야기로 돌아가자. 우리를 닮은 선한 이는 차마 쓰러진 이를 두고 갈 수가 없었다. 그리하여 자신의 몸도 가누기 힘들었지만 그 사람을 등에 업고 산을 내려가기 시작했다."

"너무나 감동적입니다."

"저도 그런 사람이 되겠습니다."

"오늘의 교훈 잊지 않겠습니다."

"뼈에 새겨 넣겠습니다."

모두들 이야기에 깊은 감명을 받은 표정들이 역력했다. 하지만 어찌 된 일인지 여추호의 안색은 그다지 밝지 않았다.

"지금 무슨 말들을 하고 있는 것이냐? 이 자식들아, 이야기 아직 안 끝났다."

퀭~

수하들이 머쓱해져 눈을 깜박이며 다시 열중하는 자세를 취하자 여추호가 애써 어색함을 떨쳐 내고 말을 이었다.

이때쯤에는 한참 이야기를 듣고 있던 송겸도 다음이 궁금해지기 시작한 상황이었다.

"제 한 몸 가누기도 힘든 상황에서 일백삼십삼 근(약 80킬로그램)에 육박하는 사람을 업고 간다는 걸 생각해 봐라. 얼마나 힘들었겠느냐. 먼저 홀몸으로 내려간 사람이 부럽기도 하고, 몇 번이나 그냥 버려두고 가고 싶은 마음이 들었지만 만일 자신이 쓰러져 업힌 입장이었다면 어땠을까를 생각하니 차마 내려놓을 수가 없었다. 등 뒤에서 들리는 가느다란 숨소리는 마치 살려달라고 말하는 것 같았기에 그저 이를 악무는 수밖에. 몇 번이고 포기하고 싶은 마음이 들었지만 그때마다 자신의 나약함으로 귀한 목숨을 잃게 하는 것일지 모른다는 생각에 후들거리는 다리를 안고 걷고 또 걸었다."

말하고 있는 여추호의 표정은 마치 그 거친 눈보라가 눈앞에 펼쳐지기라도 한 듯 어떤 감동까지 엿보였다.

"…그렇게 죽음의 고비를 몇 번이나 넘기면서 결국은 산 아래까지 내려오게 되었다. 그런데 그때 한 구의 시체가 눈에 띄는 것이 아니겠느냐. 놀라 다가선 선한 이는 눈이 그만 휘둥그레지고 말았다."

휘둥그레진 것은 비단 이야기 속의 선한 이만이 아니었다. 한참 이야기에 집중하던 수하들의 눈과 송겸 역시 동그랗게 떠진 상태였다.

"이미 싸늘히 식어버린 이는 다름 아닌 홀로 살겠노라고 앞서 간 사람이었던 것이다. 그 나쁜 놈의 자식이 어찌 된 일인지 죽어 있더란 말이다. 선한 이는 안타까워하면서 살며시 고개를 끄덕였다. 왜 그리된 것인지 흐릿하게나마 깨달아졌기 때문이다. 너희는 알겠느냐?"

수하들이 각기 비분강개한 목소리로 의견을 내놓았다.

"하늘이 천벌을 내린 겁니다."

"맞습니다. 하늘이 가만두지 않은 겝니다."

"하늘의 눈을 벗어날 자가 어디에 있겠습니까?"

"양심에 가책을 느끼고 자살해 버린 것은 아닐는지요?"

한참 고개를 끄덕이고 있던 여추호의 안색이 싸늘해지더니 그 말을 내뱉은 이에게 곧바로 발길질을 가했다.

"이런 썅, 개념없는 소리는 집어치워라."

몇 대 더 질러준 후, 여추호는 옷매무새를 가다듬고는 답을 일러주었다.

"그놈이 죽은 이유는 간단했다. 그날의 눈보라는 다시 보기 힘들 정도로 거칠고 힘하여 그는 결국 얼어 죽고 만 것이다. 그 누구라도 버티기 힘든 날씨였기 때문이다. 그런데 왜 선한 이는 살아남았을까? 그가 살아남을 수 있었던 건 묘하게도 바로 등에 업힌 자 덕분이었다. 왜냐, 그건 바로 두 사람의 체온이 서로 작용하면서 열을 내주었기 때문에 선한 이의 몸이 식을 여유가 없었던 것이다. 무게 때문에 다리의 통증은 가중되었지만 결코 몸이 얼 수는 없었던 게지. 물론 거기엔 내 목숨도 목숨이지만 등에 업힌 이를 살려야 한다는 의지도 크게 작용했을 것이다. 이것이 우리에게 주는 교훈은 산악과 같다. 곧 어려운 자를 돕고 구하는 것은 그를 구한다는 것도 있지만 사실은 나를 살게 한다는 것이다. 다른 이를 살리려고 했을 때 자신은 더욱 강해지고 더 큰 생명을 부여받게 된다는 뜻이다. 이처럼 우리도 고을과 고을을 순례하면서 사악한 무리의 돈을 빼앗아 어렵고 힘든 사람들을 도와주고 있으니 이것이 우리의 마음을 기쁘게 하고 건강하게 하는 것이 아니고 무엇이겠느냐.”

여추호의 말에 모든 수하들이 일제히 감동받은 얼굴이 되었다.

몰래 듣고 있던 송겸도 속으로 고개를 끄덕였다. 비록 송겸이 천상천하(天上天下) 유아독존(唯我獨尊)적인 사파의 길을 지향하고는 있으나 그 사파라는 뜻이 무조건 사악하다는 의미가 아닌 대(大) 자유인(自由人)을 의미하는 것에 가까웠기에 마음 한편에서는 이놈들이 의외로 멋진 녀석들이란 생각이 든 것이다.

“자, 이제 세상을 뒤바꾸자.”

여추호는 호기롭게 외치고는 허리춤에 걸어놓은 복면을 뒤집어썼다. 그에 따라 모두도 일제히 복면을 착용했다.

그들은 둥그렇게 모여서는 여추호가 막대기로 땅에 그림을 그려가는 것에 따라 고개를 끄덕이고 있었다.

송겸은 어렵지 않게 그들이 털어야 할 집을 정하고 방법을 논하고 있는 것이란 걸 짐작할 수 있었다.

잠시 후, 그들은 주먹을 불끈 쥐고 하늘을 향해 쭉 뻗으면서 ‘의행팔도 출발’ 이라는 당황스런 구호를 외쳤다.

누가 보더라도 유치하기 짝이 없는 구호와 동작이어서 송겸은 실소를 금치 못했지만 그래도 어딘가 모르게 마음이 따뜻해지는 것은 어쩔 수 없었다.

의행팔도는 각기 두 명씩 짝을 이루더니 정해진 방향에 따라 신형을 날려 흩어졌다. 송겸은 이왕 지켜본 것이라 결론까지 보자라는 생각으로 대장 녀석을 따라가 보기로 했다.

은밀히 뒤따르면서 송겸은 은근히 감탄하지 않을 수 없었다. 말만 거창한 것이 아니라 그들의 신법 또한 제법 쓸 만해 보였던 것이다.

'입만 산 건 아니었군.'

여추호가 담을 넘은 곳은 한눈에 보기에도 부(富)의 축적이 만만치 않아 보이는 장원이었다.

그들은 이미 이런 일에 잔뼈가 굵었는지 눈부시게 장원에 스며들어 종적을 감추었다. 마치 어느 순간 장원의 일부가 된 듯 자연스럽고 매끄러웠다.

송겸의 기다림은 생각했던 것보다 그리 길진 않았다.

역시 전문가인가? 라는 생각이 들 만큼 빠르고 합리적인 수단이 적용된 듯 두 사람은 아무것도 들고 나오지 않았다.

도둑놈과 봇짐과는 뗄래야 뗄 수 없는 통상적인 모습이랄 수 있으련만 두 사람은 홀가분한 몸으로 밤하늘을 가로지르며 빠져나온 것이다.

그들이 빠져나올 때까지 장원은 여전히 적막했기에 들켰다거나 소득이 전무한 것처럼은 보이지 않았다. 그렇다면 틀림없이 작고 값비싼 것들, 즉 패물이나 전표같이 간단히 지닐 수 있는 것들을 빼내온 것이리라.

장원을 빠져나온 여추호 등의 신형은 다시금 처음 집결했던 공터로 향했다. 아직 다른 무리는 도착하지 않았지만 그 뒤 얼마 지나지 않아 세 쌍이 앞 다투어 도착했다.

'허허허… 이거 작정만 한다면 아주 떼부자가 되는 것도 식은 죽 먹기겠구나.'

송겸은 돈에 대해 크게 염두해 둔 적이 없었던 터였고, 또한 돈을 위해 사람의 목숨을 좌지우지하는 어리석음을 경멸하는 쪽에 속했기에 이들이 훔친 돈을 어려운 사람을 위해서 쓰는 것에 어느 정도 흡족한 마음이 들었다.

수하들이 각기 훔쳐 낸 패물과 전표 등을 여추호에게 건넸다. 척 보기에도 만만치 않아 보였다.

"자, 수고가 많았다. 이제 이것을 이 마을의 보육원과 양로원에 기부토록 한다."

여추호의 말은 송겸의 눈에 순간적으로 경련을 일으키게 만들었다.

어릴 적 쓸쓸히 보냈던 보육원의 기억 때문에 감동해서도, 양로원이라는 말에서 늙은 사부의 말년의 행복을 떠올린 것 때문도 아니었다.

문제는 여추호가 건넨 돈의 액수였다. 그것은 아무리 많게 잡아도 이날 훔쳐 낸 것의 백 분의 일조차 되지 않는 것이었던 것이다.

'이런 개 같은 놈들을 봤나.'

실소를 넘어 화가 치밀어 올랐다. 아까까지 훈훈한 감동에 젖었던 마음이 부끄러워지고 무슨 못할 짓을 한 것만 같았다.

'그럼 나머지는 다 네놈들이 갖는다?'

송겸의 위장이 끓는 국처럼 부글거릴 때 여추호의 말이 이어졌다.

"결코 잊지 말아야 한다. 그들에게는 결코 석 달 내에 이 돈을 사용해서는 안 된다는 것을 반드시 주지시키도록.”

“잊지 않고 있습니다.”

수하들이 막 신형을 날리려 할 때, 그 모습을 흐뭇한 표정으로 여추호가 바라보며 자부심과 긍지마저 느끼고 있을 때 송겸의 신형이 벼락같이 튀어 나갔다.

“야, 이 개 같은 놈들아. 거기 다 서라.”

도둑놈들이 가장 듣기 싫어하는 말이 ‘거기 멈춰라’ 와 ‘저놈 잡아라’ 이라 의행팔도 역시 도적 놈들이기에 ‘거기 다 서라’ 라는 송겸의 외침에 거의 본능적으로 몸을 빼내려 했다.

그러나 그들이 그물에서 벗어나기에는 낚시꾼의 실력이 너무도 월등했다.

송겸은 설명이고 뭣이고를 떠나서 일단 무작정 패버리기 시작했다. 치열한 격전이나 공방 따위는 어디에도 없었다. 그들은 즉시 바람에 흩날리는 가을 낙엽처럼 사방팔방으로 펄럭이며 허공을 좌로 우로 솟구치다 나뒹굴었다.

뭔가 잘못되어도 크게 잘못되었다.

여추호가 수하들이 허깨비처럼 공중으로 파닥거리며 날아 고꾸라지는 광경을 보고 느낀 소감이었다.

나의 수하들, 도저히 참을 수 없었다. 그는 자신이 낼 수 있는 최대한의 기력을 총동원하여 달려갔다.

전속력, 온 힘을 다해 땀 나도록 송겸의 반대쪽을 향해…….

여추호는 다른 건 몰라도 신법에는 남다른 자부심을 지니고 있었다.

강호에 대도로서 이름을 휘날리는 무영신수(無影神手) 공초(孔憔)나

대도무흔(大盜無痕) 초풍(招風)과 자웅을 겨룰 수 있는 자는 자신뿐이라고 생각해 왔다.

그렇기에 지금 비록 수하들이 바람에 휘날리는 옷가지처럼 나부껴도 자신의 몸을 빼내는 것은 그리 어렵지 않다고 생각했다.

하지만 그 생각이 그저 생각으로 그친 것을 확인하는 데까지는 많은 시간이 걸리지 않았다.

"너, 어디 가냐?"

누군가 귀라도 잡아당기며 소곤거리는 듯한 음성이었다. 그것도 공중에 떠 있는 상태로 거의 날다시피 하는 상황에서 말이다.

"허걱!"

여추호가 경악성을 토해내는 여운이 채 가시기도 전에 어느새 여추호의 머리카락은 송겸의 손아귀에 쥐어진 상태였다.

황당무계함이 한여름 날의 눈송이처럼 흩날릴 때 여추호는 내력을 가득 머금은 손을 뻗어냈다. 머리카락을 부여잡은 적의 손을 통해 즉각적으로 포착한 적의 위치를 향해 힘껏 한 방을 날린 것이다.

그러나 그의 장력은 애매히 허공을 갈라 가을 날씨에 모진 생명을 이어가며 배회하던 모기 두 마리를 비명횡사시켰을 뿐 송겸의 터럭 하나 건드리지 못했다.

이미 송겸은 여추호의 머리카락을 낚아챈 순간 그대로 땅에 뿌려 버렸기 때문이다.

파다닥!

원래 엎드린 채로 바닥에 고꾸라질 때는 두 손을 활짝 펼쳐 땅을 내려치면서 그 기운으로 충격을 완화시키는 것이 낙법의 기본이겠으나 안타깝게도 여추호는 땅에서 받을 충격을 얼굴 전체로 흡수하는 희한한 작태를 선보였다.

송겸이 손을 탈탈 털고 주변을 둘러보니 의행팔도는 모조리 뒈져 버린 듯 손가락 하나, 털끝 하나 움직이는 자가 없었다. 누가 보더라도 맞아 죽은 모양새였다.

송겸의 입가에 가소로움이 가득 떠올랐다.

'이것들 봐라? 지금 누구 앞에서 잔수를 부리는 거지?'

잔대가리 굴리기 시합이란 것이 있다면 일찌감치 일회 대회부터 현 대회까지 싹쓸이했을 것이 분명한 송겸이다. 유일한 경쟁자가 있긴 했지만 사부라는 이름 아래 함께 출전할 리는 없고 단연 우승은 송겸 몫이 될 것이었다.

그런 송겸 앞에서 죽은 척을 하는 모양은 어린 새끼 돼지가 빨빨 기어다니는 것을 보는 것과 다를 바 없었다.

"박아라."

평소답지 않게 송겸이 지엄하기 이를 데 없는 목소리로 명했다. 하지만 의행팔도 중에 누구도 일어서는 이는 없었다.

"머리~ 박아!"

송겸은 죽었는지 살았는지 확인해 보지도 않고 다시금 위협적인 음성을 발했다.

그래도 역시나 숨소리조차 들리지 않았다. 하지만 여기에 굴할 송겸이던가. 산 채로 무덤에 들어가길 세 차례, 귀식대법 수련이란 미명 아래 불곰의 허리 받침대가 되기도 하고 베개가 되기도 했던 송겸이다.

"듣지 않으면 진짜 한 명씩 확인 사살에 들어가겠다. 대가리 박아라."

최후의 통첩장이었다.

뭔가 이대로는 좋지 않을 것이라는 것을 느꼈을까, 숨도 쉬지 않던 놈들 여덟 중 일곱이 머리를 긁적이고는 땅에 머리를 처박고 알아서 손은 엉덩이 쪽에 올렸다.

송겸이 아직까지 버티고 있는 한 놈에게 시선을 주었다.

'앙?'

그는 여추호였다.

송겸의 머리로 문득 기막힌 생각이 떠올랐다.

"겨우 세 놈만 일어났다 이거냐? 후후, 좋다."

이미 머리를 박고 있던 일곱은 눈알을 굴리면서 수를 헤아렸다. 틀림없이 일곱이었다. 그런데 셋이라니?

송겸은 손아귀에 한 아름 잡히는 짱돌을 들고는 여추호에게 다가가 그대로 머리를 찍어버렸다.

파악!

"이미 죽은 놈이라면 머리가 깨져도 상관없겠지."

둔탁한 음향과 함께 수박 깨지는 소리가 났다.

"좋아. 그래… 이제 고작 넷이 일어났다 이거지."

송겸의 짱돌질과 하는 말을 들으면서 그제야 머리를 박고 있던 이들은 이 상황을 파악할 수 있었다.

'대장이 제대로 걸렸다.'

'자존심이 센 대장이 먼저 일어나진 않을 테고… 저러다 죽겠는걸.'

'피, 피가 나는 것 같은데…….'

사실 짱돌 공격을 받은 여추호는 일어나고 싶은 생각이 굴뚝같았다.

그러나 수하들 중 셋이나 버티고 있다는 소리를 듣자 자신이 먼저 일어나 머리를 박을 순 없다고 생각하고 있었다.

그는 모두가 일어나 머리를 박은 후에 못 이기는 척하며 일어날 생각이었다.

파악~

다시금 쨍돌이 뒤통수에 꽂혔다. 머리가 사분오열 갈라지는 듯한 통증이 찾아왔다. 그러나 일어설 순 없었다. 대장의 자부심(自負心), 긍지(矜持), 뭔가 다른 면모(面貌) 등을 지키기 위함이었다.

"그래, 또 한 놈이 일어나는구나."

여추호는 그 말을 들으며 속으로 한숨을 내쉬었다.

'이 새끼들 왜 오늘따라 이렇게 깡다구들이 좋은 거야. 벌떡벌떡 일어서지 않고…….'

파악~

세 번째로 쨍돌이 머리를 가격했을 때 끝내 견디지 못한 머리가 깨지면서 피가 주르륵 흘러내렸다.

수박이 깨지면서 물이 흐르는 것과 다를 바 없었다. 뜨거운 피가 뒤통수에서부터 얼굴 전면으로 타고 흐르며 코로 입으로 눈으로 들어가자 여추호는 눈물이 날 것만 같았다.

'이 씹어 먹어도 시원찮을 놈들아, 느그들이 언제부터 그렇게 깡다구가 좋았단 말이냐. 빨리 일어나란 말이다.'

거의 절규라도 좋을 외침을 마음속으로 토해냈다.

"음, 어째 한 대씩 때릴 때마다 한 놈씩만 일어나네."

파악~

말을 끝맺음과 동시에 다시금 짱돌이 꽂혔고, 여추호는 거의 실신 직전 상태에 빠지고 말았다. 성질나게도 아까 맞은 자리에 다시 맞은 것이다.

그러나 희망은 있었다.

이걸로 모두 일어났을 터, 자신은 혼절해서 깨어난 것처럼 가장하여 비틀거리며 일어나면 되는 것이다.

바로 그때 청천벽력 같은 소리가 여추호의 심장을 뒤흔들었다.

"어라, 버텨? 버텨보겠다는 것이냐?"

'헉, 어떤 새끼야. 어떤 새끼가 감히 버틴단 말이냐.'

여추호가 처절한 신음을 삼키고 있을 때 송겸의 목소리가 이어졌다.

"너희 대장의 시신이 훼손되고 있는데도 아직까지 한 놈이 버티고 있다니… 놀랍기 그지없구나. 도대체 어디까지 버티나 보자."

그 말에 머리를 박고 있던 일곱 수하의 얼굴은 햏쑥해지고 말았다.

'잘못 걸렸다.'

'이거 완전히 또라이를 만나 버렸잖은가.'

'대장, 어서 일어서시구랴. 그러다 진짜 죽겠소이다.'

'이미 피가 범벅이란 말이외다.'

수하들은 수하들대로 안타까워하고, 여추호는 여추호대로 안타까움에 속이 타 들어갔다.

"도대체 언제까지 버티나 보자."

파악, 팍, 파악~ 파아아악~

이전과는 비교할 수 없는 사 연타(四連打) 짱돌 치기가 이어졌다.

여추호는 분노와 함께 이렇게 죽은 척하다가 진짜 골로 갈 수 있겠다는 생각에 덜컥 겁이 났다.

정녕 이런 식으로 죽어버린다면 후일 강호에 이런 말이 전해질지도 모른다.

‘의행팔도의 두목 여추호가 글쎄 죽은 척하다가 진짜 뒈져 버렸다지 뭔가. 하여튼 그런 희한한 죽음이 어딨냔 말이야. 세상천지에 그런 또라이가 있을까?’

정녕 강호인들의 입에서 술 한 잔과 함께 이런 이야기가 객잔에서 끊임없이 울려 퍼진다면 죽어서도 편히 두 다리를 뻗지 못할 것 같았다.

“오호, 대단한걸. 끝까지 가보자는 건가?”

송겸이 말을 끝내고 짱돌을 높이 쳐든 순간이었다.

“이야야야, 어떤 새끼야! 어떤 새끼가 아직까지 버티고 지랄이야!”

화가 머리 꼭대기까지 치민 여추호가 몸을 벌떡 일으키고는 눈알을 부라렸다. 하지만 그는 펼쳐진 광경을 보고 그만 벌어진 입을 착, 소리가 나도록 다물지 않을 수 없었다.

‘그, 그러니까 계속 머리를 박고 있었던 거냐? 정녕 그런 거야?’

퀭한 얼굴로 단정히 머리를 박고 있는 수하들을 보던 여추호의 귓가로 따스하고 정감 어린 말이 들려왔다.

“머리 박을래, 아니면 계속 짱돌에 맞을래?”

여추호는 피에 젖어 악귀같이 돼버린 얼굴을 닦을 생각도 하지 못하고 그대로 머리를 박았다.

분위기가 제대로 갖춰지자 그제야 송겸의 연설이 시작됐다.

“솔직히 말하마. 나는 아까까지만 해도 가슴이 뭉클했다. 이 세상이

험하다곤 하지만 그래도 보이지 않는 가운데서 선행을 실천하는 이들이 있구나, 하는 생각에서 너희들이 도둑이 아니라 무슨 보살 정도로 보일 정도였다. 게다가 죽어가는 이를 등에 업고 내려가던 이야기는 정말이지 절대사파인 나에게조차 감동적이었다.”

거기까지 말한 송겸은 느닷없이 화가 치미는지 아직까지 들고 있던 짱돌로 여추호의 머리를 한 대 내려쳤다.

타악~

“크헉……!”

여추호가 비명과 함께 몸의 균형을 잃고는 다시 덜덜거리면서 머리를 박았다.

“그러나, 그러나 말이다. 지금의 나는 완전히 사기당한 기분이다. 배가 아프다니까 돌팔이 의사가 배를 째고 위장을 주물락거리더니 여긴 괜찮은 것 같구려. 이젠 다시 꼬맵시다,라고 말하는 것을 들은 기분이란 말이다. 너네들 내 기분 이해하겠냐? 이 감당 못할 배신감을 이해하겠냔 말이다.”

거기서 송겸의 말이 멈추자 여추호가 몸을 흠칫하고 떨었다. 상황과 시간의 간격상 이쯤에서 짱돌이 날아올 것을 예상했기 때문이다.

아니나 다를까, 송겸이 저벅 하고 한 걸음 옮기는 소리가 들리자 그는 더 이상 참을 수 없게 되어 자리를 박차고 일어났다.

‘아니, 왜 나만 때리고 지랄이냐. 나이도 어린 놈의 새끼가 힘 좀 쎄다고 너무하는 거 아냐? 다른 놈들도 좀 때리면서 이야기하면 어디가 덧나냔 말이다’ 라고 말하고 싶은 마음이 굴뚝같았지만 그랬다간 십연타로 얻어 터질 것만 같아 오랜 기간 예의범절을 익힌 선비마냥 말했다.

"저, 이러다가 죽을지도 모르니 골고루 때려주시면 감사하겠습니다. 여기 가운데 말고 가장자리 쪽으로 때려주십시오. 말씀 들어주셔서 감사합니다."

깔끔하게 말한 후 다시 머리를 박는 모습을 보며 의행팔도의 수하들은 모두 감동의 도가니탕에 빠져들고 말았다.

우두머리는 아무나 하는 것이 아니라는 생각, 다른 놈들을 때리라고 말할 수 있음에도 불구하고 자신의 머리 중에 아직 성한 곳을 가격해 달라는 것은 그야말로 눈물이 날 지경이었다.

송겸도 슬며시 고개를 끄덕였다.

"좋은 말이다. 그런 자세는 쉽게 볼 수 있는 것이 아니지. 자, 그럼 간다."

쩡돌이 날아 여추호를 강타했다. 머리를 박은 채로 애써 곁눈질로 바라보던 수하들의 안색이 퀭, 하니 변해 버렸다.

'아, 아까 맞은 자리잖아…….'

'마, 말이 틀리잖아…….'

수하들은 물론이고 강타당한 여추호의 당황스러움과 고통은 말할 것도 없었다. 하지만 곧바로 들려오는 다음 말에 모두는 혈맥이 터져 죽어버릴 것만 같았다.

"허허, 이거 잘못 맞았네."

의행팔도는 이미 자신들을 단번에 패대기쳐 버린 상대의 실력을 보았던 터라 이 말도 안 되는 말에 어이가 없다 못해 분노가 치밀 지경이었다.

송겸의 말이 이어졌다.

"자, 이제 슬슬 결론을 내려보자."

결론이란 말에 여추호의 마음은 천하를 얻은 듯이 기뻤다. 하지만 즉시 이 사소한 것에 자신이 이토록 기뻐할 수 있다는 것에서 오는 자괴감에 빠져들어 가슴이 미어지는 것 같았다.

"…내가 결정적으로 실망한 것은 다름 아닌 네놈들의 말과 행동이 전혀 일치하지 않는다는 점 때문이다. 말로는 탐관오리의 보화를 취해 가난하고 약한 자를 돕는다고 외쳤지만 그것은 그저 하나의 명분일 뿐, 실제로는 네놈들의 배를 채운 것이 아니었냔 말이다. 이게 정녕 사람이 할 짓이냐? 후우~"

송겸이 분에 겨운 듯 길게 숨을 토해내자 여추호가 겨울 눈보라 속의 강아지마냥 부르르 떨었다.

"…그리하여 나는 내 이름을 걸고 이 자리에서 약속하겠다. 앞으로 또다시 허망한 논리로 부를 축적한다면 천 리 길이든 만 리 길이든 가리지 않고 달려와 네놈들을 응징하겠노라고. 기억해 둬라, 내 별호는……."

거기까지 말한 송겸이 잠시 말을 멈추었다. 별호는, 했는데 별호 따위는 생각해 보지도 않고 누가 정해주지도 않았던 것이다.

"내 별호는……."

'음… 뭘로 하지… 불곰대협이라고 할까? 아니야, 그럼 내가 불곰처럼 생긴 줄 알 거 아냐. 절대지존자? 이건 좀 과하고… 음… 그래, 이게 낫겠다.'

생각을 정리한 송겸이 벼락같이 외쳤다.

“내 별호는 절대사파(絕對邪派), 이름은 송겸이다. 내 별호가 뭐라고?”

“절대사파님이십니다.”

“내 이름은?”

“송겸님이십니다.”

“좋아. 모두 일어나 옷을 벗어라. 실오라기 하나 남김없이 벗어야 한다.”

이제 다 끝났겠거니 했던 의행팔도의 얼굴에 참담함이 서렸다.

훔친 재물을 모두 압수하는 것으로 마무리될 것이라 짐작했으나 느닷없이 옷을 벗으라니. 아무리 상대가 고수이고 악랄하다고 해도 이 말에는 결코 따를 수 없었다.

인격 모독까지 당하면서 살고 싶지는 않았다. 그들은 서로 의견을 나누진 않았으나 서로가 그러한 각오가 되어 있을 것임을 믿어 의심치 않았다.

그러나 그런 각오는 무슨 날계란 깨지듯 우습게 박살나고 말았다.

아까 ‘머리 박아’에서 자존심을 내세우다 피범벅이 된 두목 여추호가 훌훌 옷을 벗어 던지고 있었기 때문이다. 뜨악한 표정으로 수하들이 바라보자 여추호가 악다구니를 썼다.

“이놈들아, 빨리 벗지 않고 뭐 하고 있어!”

여추호의 말에 마음 가득 세워둔 ‘타협불가(妥協不可)’는 ‘재협상(再協商)’으로 들어가 ‘원만한 타결(妥結)’로 이어졌다.

순식간에 벌거숭이가 된 의행팔도 여덟 명 중 네 명을 향해 송겸은 가볍게 손가락을 튕겨 지풍을 날렸다.

뭐가 어떻게 된 것인지도 모른 채 네 명이 짚단 쓰러지듯 허물어졌다.

"그저 수혈(睡穴)을 짚어 잠이 든 것뿐이다. 나머지 네 놈이 하나씩 들쳐 메고 날 따라와라."

송겸은 여추호가 한데 모은 재물의 봇짐을 챙기고는 경공을 펼쳐 내달렸고, 그 뒤로 넷이 소리나지 않는 방울을 열심히 울리면서 밤하늘을 치달렸다.

송겸이 멈춰 선 곳은 시장통이었다.

새벽이라 사람의 그림자를 찾아보기 힘들었지만 여추호 등이 느끼는 곤혹은 말로 하기 힘든 것이었다. 그들은 짱돌로 사람 머리를 아무렇지도 않게 내갈기는 이 작자의 소행상 장차 어떤 일이 벌어질 것인지 짐작한 것이다.

여추호 등이 업은 이들을 일제히 내려놓고 송겸 앞에 무릎을 꿇었다.

"제발 이러지 마십시오. 앞으로 제대로 해보겠습니다. 말로만 하는 것은 오늘로 마감 짓겠습니다. 이건 저희를 생매장하는 것이나 다름없습니다."

"내가 뭘 할 것인지 짐작한 게로구나."

네 사람이 일제히 고개를 끄덕였고 그중 여추호가 답했다.

"시장통에 사람이 몰려들 때까지 잠들게 하실 작정 아니십니까?"

송겸이 가만히 고개를 가로저었다.

"그런 유치한 짓은 내 사부나 하는 짓이다. 일 년이 채 되지 않은 어느 날 사부 앞에서 한 놈이 얼쩡거린 일이 있었다. 나중에 듣자 하니 무영신수(無影神手) 공초(孔憔)인가, 뭔가 하는 놈이었는데 사부가 그놈을 시장통에 뻗어버리게 한 후 몸에 글씨를 적어놨다."

나체의 즐거움을 만끽합시다.
여러분, 사랑합니다.
함께해요.

나체회(裸體會) 회주(會主) 전나충(全裸蟲).

"후후, 아주 유치찬란한 일이었지. 그 광경을 지켜보면서 나는 결코 그렇게 하지 않겠노라 다짐했었다. 감동스럽지 않냐?"

그러나 송겸이 결코 그런 일이 없을 것이라고 말했음에도 불구하고 넷의 표정은 더욱더 어두워져 거의 절망에 사로잡힌 상태에 이르고 말았다.

그들은 알고 있었던 것이다.

무영신수 공초가 갑작스레 강호 활동을 접은 사실을…….

당시 나체 운운하는 글귀로 나자빠져 있을 당시 불행하게도 공초의 얼굴을 알고 있는 이가 있어 소문이 파다하게 퍼졌었다.

특히 도계(盜界:도둑놈들의 세계)에서는 그 소행이 독왕노괴일 것이라고 거의 확신에 가깝게 전해졌던 것이다. 그런 까닭에 여추호 등은 새삼 눈앞에 선 자가 왜 이리도 괴팍한지 비로소 깨달아 버렸다.

'그래, 그랬던 거야. 독왕노괴의 제자였던 거야…….'

'아주 지대로 걸렸구나.'

'씨파, 누가 그 사부에 그 제자 아니랄까 봐…….'

'도대체 무슨 짓을 하려는 걸까…….'

그들의 온갖 염려는 곧 현실이 되었다.

송겸은 여러 가지 자세를 취하게 하고는 그 자세 그대로 마혈과 아혈을 찍어 굳혀 버렸다.

그들은 눈을 부릅뜬 상태로 갖가지 자세를 취했는데 그건 자세만으로 누구나 애정 행각(愛情行脚)이라고 짐작할 수 있는 모습들이었다.

둘이 한 쌍이 되어 벌거벗은 채로 서로를 갈구하는 자세, 즉 껴안거나 혹은 한 사람이 누워 있고 그 옆에 무릎 꿇은 자세로 얼굴을 보게 하고, 아예 두 사람의 몸을 포개놓는가 하면 거의 입이 닿을듯 말락하게 만들어놓은 것이었다.

그 다음 송겸은 잠시 턱을 어루만지면서 심각하게 고민하더니만 지법을 발휘해 그 앞 땅바닥에 굵은 글자를 새기기 시작했다.

작품 번호 일(一).
〈색다른 사랑〉
부제—우리 서로 사랑하게 해주세요. 제발~

작품 번호 이(二).
〈간절한 염원〉
부제—미치도록 사랑하고 싶었다.

작품 번호 삼(三).
〈금지된 사랑〉
부제—차라리 죽으리.

작품 번호 사(四).

⟨갈등 그리고…⟩

부제—왜 내 앞에는 남자가 서 있나?

"하아, 됐다. 훌륭한 작품이야. 전시 기간은 내일 정오까지다. 하하
하하."

만족스러운 웃음을 활짝 머금은 송겸의 신형이 순간 흔적도 없이 사
라졌고, 남은 의행팔도는 눈이 벌겋게 충혈된 채로 차라리 죽었으면 하
는 생각으로 가득 찼다.

제9장 기이하고 아름다운 다툼

"이 양반아, 도대체 정신이 제대로 박힌 거야, 뭐야? 응? 입이 있으면 말 좀 해봐, 말 좀!"

삼십대 중반으로 보이는 여인이 한 사내의 멱살을 쥔 채 마구 흔들더니 그대로 밀쳤고, 사내는 아무런 저항도 없이 그저 힘없이 뒤로 나자빠졌다.

"왜 그렇게 사는 거야!"

여인은 버럭 고함을 치더니 분에 가득 실린 걸음으로 몸을 돌렸다.

사내는 마냥 흘러내리는 눈물을 닦을 생각도 못하고 망연자실 여인의 뒷모습만 지켜볼 따름이었다.

여자의 거친 말과 사내의 흐느낌, 여기까지가 의행팔도를 통해 새로

운 예술 세계를 구현한 후 객방으로 돌아가던 송겸이 보게 된 광경이
었다.

'뭐지?'

의문을 품었지만 어느 정도 짐작 가지 않는 바는 아니었다. 이 둘은
부부일 테고 남자가 아무런 말도 못하고 당하는 걸로 봐선 바람을 피
우다 부인에게 걸려 곤욕을 치르는 것이리라.

속으로 끌끌 혀를 차고는 송겸이 다시 길을 재촉하려 할 때 문득 들
려온 사내의 음성이 송겸의 발걸음을 세웠다.

"흑흑흑… 내가 죽일 놈이지. 내가 멍청하기 때문이야… 어머니, 용
서하십시오……."

분명 앞부분만이었다면 송겸은 주저하지 않고 걸음을 옮겼을 것이
다. 하지만 마지막에 '어머니'라는 단어에 그만 고개를 갸웃했다.

'어머니? 바람을 피우다 걸렸는데 어머니, 용서하시라니… 거참, 이
상하네?'

상식적으로 '간통'과 '어머니'는 아무래도 연결되지가 않았다.

'행복(幸福)한 죽음.'

'꿈결 같은 저주(咀呪).'

'순결한 창녀(娼女).'

'어두운 광채(光彩).'

극적으로 뜻을 강조하기 위한 목적으로 상반된 이치를 접목시키
긴 해도 바람을 피운 것과 어머니는 당최 이해하기 힘든 부분이었
다.

그렇다고 어린 꼬마 때의 버릇이 아직까지 남아 있어서 무작정 울음

이 나올 때 본능적으로 '엄마~' 하고 우는 것이라고 보기도 힘든 일이 아닌가.

송겸은 절로 호기심이 발동해 무슨 사연이 있는지 들어봐야겠다고 생각했다.

신법을 전개해 느닷없이 그 앞에 이르면 놀랄 것을 염려해 멀찌감치부터 뚜벅거리는 소리를 내며 다가섰다.

사내는 발자국 소리를 따라 고개를 들어 송겸 쪽을 바라보았지만 그다지 신경 쓰지 않고 다시 고개를 숙인 채 굵은 눈물만 떨궈댔다.

송겸이 사내의 면전에 쭈그리고 앉아 눈높이를 맞춘 후 물었다.

"무슨 일이신데 이 야밤에 울고 있는 게요? 엿들을 생각은 아니었지만 지나던 길에 그만 듣고 말았소이다."

송겸은 아직 간통에 대한 의심을 품고 있었던 터라 말투는 그다지 호의적이라 할 수 없었다.

사내가 멀뚱히 송겸을 쳐다보다 길게 한숨을 내쉬었다.

"휴~ 젊은 양반이 관여할 문제가 아니니 그저 가던 길이나 가시구려."

송겸은 사내가 말을 할 때 그의 눈을 깊이 들여다보았다.

눈은 마음의 창(窓)이라 했다. 그러나 눈물로 흐려진 눈빛에서 뭔가를 얻어내기는 쉽지 않았다.

어떤 점에서는 순수해 보이기도 하고, 또 그 순수함이 도리어 많은 여자의 보호 본능을 자극해 그녀들을 후리는 도구로 사용되었을 수도 있는 문제였기 때문이다.

"아까 그 여자 분은 부인인 게요?"

"그렇소이다. 나 때문에 화가 단단히 났지요."

좀 애매한 부분이 없지 않았지만 일단 송겸은 그를 바람둥이로 규정했다. 분노를 터뜨렸던 여인이 부인이 아니었다면 모를까 부인이 고함도 모자라 나가 죽으란 듯이 밀쳐 낸 데는 그만한 이유가 있을 것이란 생각 때문이었다.

송겸이 몸을 일으키더니 차갑게 말했다.

"이거이거 아주 얼빠진 작자로구만. 어디서 꼴같지 않게 바람을 피우다 걸려서 어머니를 찾고 난리냐. 네 어머니께 부끄럽지도 않느냐?"

갑자기 싸늘해진 말투에 하대를 서슴지 않는 말에 사내는 깜짝 놀란 표정으로 송겸을 올려다봤다. 그러나 이내 고개를 가로저으며 말했다.

"뭔가 착각을 한 것 같구려. 내 어찌 아내를 두고 다른 여인에게 눈을 돌리겠으며, 또한 그런 짓을 저지르고 세상에서 가장 아름다운 말인 '어머니'를 입에 담을 수 있겠소."

사내의 음성엔 진심이 가득했고 여전히 말투에는 공손함을 잃지 않고 있었다.

그런 반응에 송겸은 어쩌면 다른 사정이 있겠다 싶은 생각이 들어 조금 미안한 마음이 생겼지만 갑자기 태도를 바꿔 온화하게 묻는 것도 어색해서 사파 본연의 자세로 밀어붙이기 시작했다.

"그럼 도대체 무슨 사연인지 들어나 봅시다."

"말한들 무슨 소용이 있겠소이까. 그냥 날 내버려 두시오."

'음?'

송겸은 좋은 말로는 괜히 시간만 낭비할 것 같아 바로 옆에 놓인 달 걀 크기 정도의 돌덩이를 쥐고는 사내의 눈앞에서 바스러뜨렸다.

"나는 꼭 이야기를 들어야겠소."

멀쩡한 돌멩이가 무슨 모래처럼 부서져 나가는 것을 보고 사내의 눈이 휘둥그레졌다. 그러나 놀라긴 했어도 두려워하는 것 같긴 않았다.

"무림인이었구려. 이런 건 처음 보는 광경인데 놀랍소이다. 그런데 무공도 높은 양반이 어찌 이 하찮은 사람의 사연을 듣겠다고 하는지 이해할 수 없구려."

"그래서 이야기를 하겠다는 거요, 뭐요?"

"휴우, 좋소이다. 이야기를 들려주리다. 하지만 내가 그대의 힘이 두려워서 이러는 것이 아니란 것 정도는 알아두시오. 나는 그저 넋두리하는 셈치고 그대는 이런 사람도 있구나, 라고 생각하면 되겠소이다."

송겸이 철퍼덕 사내의 맞은편에 앉아 사내의 입을 바라봤다.

"휴우, 세상을 산다는 것은 가히 인간의 힘으로 어찌할 수 없는 일들의 연속이지요."

그로부터 사내는 자신의 사연을 이야기하기 시작했다.

그의 이름은 금무호(金憮昊)였다.

약관의 나이를 막 지나 그가 선택한 삶은 자신의 힘과 능력을 나라를 위해 사용하는 것이었다. 어떤 누구의 강요나 부탁이 아닌 순전히 자신의 의지에 따른 것이었으며 그것이 금무호에겐 긍지요, 삶의 기쁨이었다.

간혹 어떤 이들은 관직(官職)을 자신의 명성과 출세를 위한 길로 생각했지만 금무호에겐 그저 이 일이 마땅히 해야 할 일일 뿐이었다. 그런 까닭에 그는 성실함과 충심을 인정받아 차츰 지위를 높여 갔다.

그러길 십여 년의 세월이 지났을 때 그는 어느덧 한 지방의 현령이 되어 있었다.

문제는 그때부터 시작되었다.

관(官)이란 곳이 그 지방의 특성에 따라 어떤 곳에서는 청렴결백을 아름다운 모습으로 보는 곳이 있는가 하면, 또 다른 곳에서는 쌀독에 든 벌레처럼 여기는 곳도 있다.

좀 더 많이, 좀 더 쉽게 뇌물수수와 금품과 향응을 즐길 수 있는 기회를 청렴결백이라는 이름이 자꾸만 가로막기에 그것이 곱게 보일 리 만무한 것이다.

그때까지 금무호는 사적 재산을 많이 모아놓지 못했다. 꼭 필요한 것들은 관에서 지원되는 것으로도 충분했고, 녹봉은 고을의 어려운 이들을 돕는 일에 쓴 까닭이었다.

'모난 돌이 정 맞는다' 하지 않던가.

은근히 백색을 가장하여 회색 계열로 살아가던 이들에겐 유난히 흰 금무호가 눈엣가시와 같은 존재일 수밖에 없었다.

결국 그런 질시가 커지고 뭉쳐졌을 때 금무호는 억울한 모함을 받게 되었다.

얼마 지나지 않아 그것이 모함이란 것이 밝혀졌을 때는 나라에 대한 충심은 변하지 않았으나 이미 관(官)의 세계에 대한 회의와 실망이 온 마음을 뒤덮은 상태였다.

그런 그의 마음에 상처가 깊어진 것은 엎친 데 덮친 격으로 모함의 와중 어머니에게 생긴 변고 때문이었다.

잦은 관직의 이동 탓에 어머니는 홀로 고향 집에 머물렀는데 그만 갑자기 중풍이 들어 반신불수가 되고 만 것이다.

그가 관직에서 완전히 물러섰을 때 어머니를 모신 것은 누이동생 내외였다. 누이는 마음이 진실되고 선하여 어머니를 모시는 것에 하등 불평이 없었지만 문제는 금무호 자신의 생활 형편이 열악하기 그지없어 어머니를 모실 수 없다는 점이었다.

그의 아내는 보기 드문 현처라 어머니를 모시려 했지만 한 칸짜리 방에서는 도무지 엄두가 나지 않았고, 모시고 온다 해도 도리어 불편하게 해드리는 것이 될 것 같ᵃ 그저 마음만 애태울 따름이었다.

거기에 또 하나의 걸림돌은 어머니가 한사코 누이의 집을 떠나지 않겠다고 한 점이었다.

이유인 즉, 어머니 자신이 시집을 온 뒤 시집살이를 험하게 한 탓에 자신이 늙어서라도 결코 며느리에게 시집살이를 시키지 않겠다고 결심했다는 것이다. 물론 모시고 있던 누이 또한 결코 어머니를 보낼 수 없다고 하는 통에 금무호로서는 어찌해야 할 바를 모르게 되고 말았다.

그런 와중에 아내는 어머니를 모시고 오지 않는다고 성화를 부렸다. 아들의 도리가 아니라는 것이었다.

이런 아내의 반응에 처음 금무호는 아내가 다른 사람들의 눈을 의식해서 불효자라는 말을 듣지 않으려고 하는 것은 아닌가 싶기도 했지만 얼마 지나지 않아 진심이란 것을 알게 되었다.

그렇게 여차저차 시간은 흘러가고 거의 사 년이 지난 지금 아내는 더 이상 참지 못하고 이 밤 고함을 지르고 간 것이다.

거기서 이야기가 끝나자 한참 동안 말없이 듣고 있던 송겸은 마음 한 켠이 훈훈해지는 것을 느꼈다. 반신불수가 되어 걸음을 옮기기조차 힘든 노모(老母)를 서로 모시려 하는 마음은 결코 쉽게 찾아볼 수 없는 일인 것이다.

무자비하리만치 남편을 밀쳐 내고 울화통을 터뜨리고 돌아선 부인에 대해서도 새삼 존경하는 마음이 일기도 했다.

"누이 댁의 형편은 어떻소?"

송겸은 아까와 다를 바 없이 약간 빈정거리는 투로 물었다.

"우리보다 조금 나은 것뿐이라오. 내 힘을 다해 돈을 모아 더 큰 집으로 옮기기라도 해야겠다 생각은 하고 있지만 그리 세상사가 녹록치 않구려."

송겸은 가만히 고개를 끄덕이며 속으로 생각했다.

'어쩌면 오늘 밤 의행팔도를 만난 것이 우연은 아닌 것 같구나. 모든 재물은 다 쓰임이 있게 마련이고, 또 내가 재물을 가지고 있는들 무엇에 쓰겠는가.'

그런 생각을 하고 있자니 문득 의행팔도가 외치던 소리가 떠올랐다.

"재물을 탈취하여 약한 자를 돕자."

그들의 본심이 어떠했든 그들이 취한 돈이 제대로 쓰임이 될 곳을 찾은 것이란 생각이 들었다.

"후후, 너무 감동적이라 눈물이 다 날 지경이군."

송겸의 말에 여전히 빈정거리는 뜻이 가득 담겨 있었기에 금무호가 살짝 이맛살을 찌푸렸다.

이야기를 해주지 않으면 폭력을 쓸 태세로 성화를 부리기에 그저 진심을 이야기해 주었을 뿐인데 꾸며서 말한 것으로 듣는 것 같아 씁쓸하기 이를 데 없었다.

그러나 그때 전혀 예상치 않은 말로 인해 금무호는 당황을 금치 못했다.

"그대는 운이 나쁘지 않군. 얼마 되지 않는 재물이지만 가져다 어머니를 잘 모시도록 하시오."

빈정거린 건 뭐고 또 돈을 주겠다는 것은 뭐란 말인가. 금무호는 어쩐지 자신이 농락당하고 있다는 기분이 들었다.

"내 지난날을 이야기한 것은 그대에게 믿어달라고 하는 것이 아니었으니 관두시오. 굳이 그렇게까지 사람을 놀려서야 되겠소이까."

송겸이 고개를 살짝 갸웃했다.

"음? 돈의 출처가 의심되어서 그런가 보군. 염려 마시오. 빌려준 돈을 갚지 않기에 조금 협박해서 뺏어온 것뿐이니……."

"됐소이다. 내 이야기는 더 들려줄 것이 없으니 가겠소."

금무호는 몸을 일으키고는 뒤도 돌아보지 않고 걸음을 옮겼다.

그 어떤 사심도 없는 금무호의 등을 바라보며 송겸은 작게 고개를 끄덕이고는 속으로 중얼거렸다.

'미안합니다. 하지만 이 방법밖에는 없겠군요.'

송겸은 이미 아무리 좋은 말로 설득한다고 해도 금무호에게 돈을 건넬 수 없겠다고 판단했다.

그래서 여지껏 그 모든 이야기가 진심이 담긴 것임을 알고도 계속 거칠게 말했던 것이고, 이제는 협박과 폭력까지 곁들여야 한다고 마음을 굳힌 터였다.

"멈춰라."

고개조차 돌리지 않을 것 같던 금무호가 몸을 돌려세워 송겸을 바라봤다.

어찌 된 조화인지 귀가 멍해지고 속이 울렁거렸으며 덜컥 겁이 솟구치는 음성이었다. 그로선 전혀 까닭을 짐작하기 힘들었지만 평범한 그가 웅혼한 내력의 기세가 실린 송겸의 음성을 무시하기는 힘든 일이었다.

"내가 이미 결정한 일이다. 네깟 놈이 감히 내 뜻을 거역하겠다는 것이냐! 네놈 말이 어떻든 이미 내가 그리 결정했으니 너는 그저 따를 뿐이다."

이젠 거의 완연한 협박 투로 하는 말에 금무호는 약간의 두려움 가운데서 도대체 왜 그러는지 이해할 수 없다는 표정이었다.

'들기로 강호무림에는 괴팍한 성품으로 종잡을 수 없는 이들이 많다고 하더니만 이 젊은이도 그런 부류인가 보구나.'

그런 이야기를 들었을 때는 허허, 하고 웃어넘겼던 그였지만 막상 자신에게 현실이 되어 닥쳐오자 도무지 어찌 처신해야 좋을지 알 수가 없었다.

"자, 받아라."

금무호는 발 아래 떨어진 봇짐을 보고 다시 송겸을 바라보았다.

괜히 화가 치밀어 올랐다.

"네 이놈! 이게 무슨 짓이냐! 각자에겐 자신의 삶이 있게 마련이건만 어찌 이토록 막무가내란 말이냐! 나는 네놈의 재물 따위엔 관심없으니 썩 물럿거라!"

눈을 부릅뜨고 외치는 금무호에겐 당당함이 여실히 배어 나왔다.

"돌고 도는 것이 돈이라 하는 것이니 받아둬라."

송겸은 금무호가 전혀 위축된 기색 없이 하는 말에 크게 소리 내어 웃고 싶다는 생각을 했다.

참으로 기이한 일이었다. 중풍에 걸린 노모를 서로 모시겠다는 자녀들의 이야기도 그렇고 돈을 눈앞에 두고도 의연한 것 또한 기이했다.

그건 금무호로서도 마찬가지 감정이었다.

가지기 싫다는 데도, 이야기는 믿지 않으려 하면서도 굳이 자신의 돈을 가지라고 하는지 이해할 수 없는 일이었다.

그야말로 흔히 세상사 상식으로는 이해하기 힘든 모순과 모순의 충돌이었다.

"네가 피를 봐야 정신을 차릴 모양이구나."

"나를 패기라도 하겠다는 것이냐?"

"못할 건 없지."

그 말이 떨어지기 무섭게 송겸이 귀신처럼 다가가 주먹을 금무호의 복부에 심었다.

퍽~

"욱⋯⋯."

명치에 그대로 꽂힌 탓에 금무호는 통증과 함께 잠시 숨을 쉴 수조차 없어 배를 움켜쥐고 주저앉았다.

'받지 않으려 하시니 저로서도 이런 방법밖에는 달리 길이 없군요. 미안합니다.'

송겸은 마음 가득 미안함을 전하고는 발을 들어 끓은 채로 숨을 껄떡거리는 금무호의 턱을 걷어버렸다.

금무호의 몸이 붕 떠오르면서 엉덩방아를 찧었다.

"도대체 내게 무슨 까닭으로 이러는 것이냐?"

금무호가 손으로 턱을 어루만지면서 외쳤다. 그는 무공을 익힌 적이 없어서 그 와중에 송겸이 턱이 바스러지는 일이 없도록 손을 쓴 것이라는 것은 생각지 못했다. 사정을 두지 않았다면 이미 턱뼈가 바스라져 한마디도 꺼낼 수 없었을 것이다.

"이유? 그런 건 모른다. 난 그저 내가 하고 싶은 것을 할 뿐."

저벅거리며 다가가 송겸이 말을 이었다.

"이제껏 하찮은 논리를 앞세워 내 말을 듣지 않다 죽은 자의 숫자가 백여 명이다. 거기에 한두 놈 더 보태는 것도 나쁘진 않지. 어떻게 해줄까? 네 노모와 네 아내, 그리고 네 누이까지 모조리 보내주마. 내가 특별히 선행을 펼치려 한다 생각했다면 그건 오해다. 단지 나는 내 뜻을 거역하는 녀석들은 살려두는 취미가 없거든. 무슨 뜻인지 알겠나?"

송겸은 흔들리는 눈빛의 금무호를 똑바로 응시하면서 발로 지그시 그의 머리를 밟아 깔아 뭉갰다.

"세상에는 살아가는 방법이 여러 가지지만 죽는 방법도 다양하기 그지없다. 좀 특별하게 죽고 싶지 않나? 이를테면 지금 내 발에 늘려 뇌수가 터져 죽는 식으로 말이다."

송겸이 발바닥 전체로 금무호의 옆 얼굴, 즉 관자놀이부터 턱까지를 밟고 있는 터라 금무호는 입을 열 수조차 없어 그저 가쁜 숨만 몰아쉴 따름이었다.

'좀 아플 겁니다.'

송겸은 속으로 중얼거린 후 금무호의 손을 잡고는 그대로 손목을 부러뜨렸다.

뚜득.

"으아아악!"

무슨 일이 있어도 참겠다고 다짐한 금무호였지만 신체의 단련에 힘을 쓴 적이 없는 그가 참는다고 참아지는 고통이 아니었다.

"크크, 손목 좀 어긋났다고 엄살 피우면 곤란하지. 의기가 충만한 양반이 말이야. 그리고 염려는 마라. 네 가족들도 너처럼 아주 특별한 죽음을 선물해 줄 테니까."

이윽고 송겸의 손이 팔목을 부여잡자 금무호가 몸을 부르르 떨었다.

'너무 고집 피우지 마십시오.'

송겸은 여기서 그만 멈추고 싶었다. 이젠 제발 못 이기는 척하며 받아주었으면 하는 생각이 간절했다.

"알고 있지? 이번엔 팔목이다."

그 말과 함께 금무호가 입술을 실룩이자 송겸이 살짝 발에 힘을 뺐
다.

"내 가족을 건드리면 죽어서 혼령이 되더라도 너를 용서하지 않겠
다."

"오, 이거 살 떨리는군. 하지만 내가 이제껏 죽인 놈들은 어떻게 된
일인지 왜 아직 아무런 소식이 없을까? 그놈들도 꼭 돌아온다고 말은
했는데 말씀이야. 이상한 일이지?"

순간, 금무호의 몸에서 작게나마 반항하던 기세가 사그라들었다.

"좋다. 좋아… 돈을 받겠다. 하지만 약속해라. 내 가족들을 건드리
지 않겠노라고."

"약속? 네놈이 지금 나를 협박하는 것이냐? 내게 명령할 자는 아무
도 없다."

"휴우, 알았다. 그렇게 하겠다."

송겸은 비로소 발을 떼고 고통에 일그러진 얼굴로 일어서는 금무호
를 차디찬 표정으로 바라봤다. 하지만 그런 외형과 달리 송겸의 마음
은 미안함이 가득했다.

"기억해라. 널 찾는 건 아무 일도 아니다. 만일 함부로 내 돈을 다른
목적에 사용한다면 그땐 지금의 고통은 사소한 것이란 생각이 들게 해
주겠다. 너와 네 가족 모두에게……."

그 말과 함께 송겸의 신형이 보란 듯이 솟구쳤다. 일순간에 사라져
버릴 수도 있었지만 송겸은 굳이 현란한 신형을 보이면서 그 자리를
벗어났다. 무공을 전혀 모르는 이들의 눈으로 볼 때 충분히 두려워할
수 있을 만큼.

금무호는 송겸이 현란히 자취를 감추는 것을 본 후 다시 발 아래 놓
인 봇짐을 바라보며 길게 한숨을 내쉬었다.

덩그러니 보름달이 뜬 밤이었다.

제10장 불타는 취망산

참새과에 속한 방울새는 그 외형이 참새에 비하자면 화려하다고 할
수 있었다.

머리와 가슴, 허리는 녹색이며, 날개는 갈색에 노란색 띠를 지니고
있다. 바깥 꽁지 깃털의 시작 부위 절반은 노란색이고, 배와 아래 꽁지
덮깃은 흰색, 거기에 두꺼운 부리는 분홍색을 띠고 있다.

그러나 지금 방울새는 까마귀나 까치라고 해도 능히 수긍이 갈 만한
모습이 되어 있었다.

지난밤, 이제껏 세상에 나온 후 단 한 번도 본 적이 없는 불길이 온
산을 휩쓸면서 둥지를 다 집어삼켜 버렸기 때문이다.

매캐한 연기로 부근에 둥지를 틀고 있었던 친한 방울새들 중 십여
마리가 미처 불길을 피하지 못해 끝내 목숨을 잃었다.

그리고… 아직 나는 것이 서툰 세 마리의 새끼도 한 줌의 재가 되어 산 어딘가에 흩날리고 있을 것이다.

사방 천지가 시뻘겋게 타오르던 광경은 공포 그 자체였다.

아무 생각도 나지 않았다.

그저 여길 벗어나야 한다는 것뿐.

그렇게 미친 듯이 날갯짓을 하며 타오르는 불길을 피해 산을 벗어났을 때… 곁엔 아무도 없었다.

새끼들은 물론이고, 그 새끼들의 아비 새까지…….

정겨운 시간들이 주마등처럼 스쳐 지났다.

태어날 어린 새끼들을 위해 남편 새와 함께 나무껍질을 옮기던 일.

이제껏 경험해 보지 못한, 경이로운 체험이었던 아이 새들의 생명.

잡아온 벌레를 서로 먹겠다며 조그만 부리를 벌리던 그 새끼들.

엄마처럼 날갯짓을 해보겠다고 약한 날개를 파닥거리던 모습.

그렇게 단란하기만 했던 코금자리…….

그 모든 것이 마치 꿈이었던 것처럼 사라졌다.

어미 방울새는 슬프게 울었다. 어쩌면 사람들은 이 소리에 새가 노래하고 있다 할지도 모른다. 착각하지 마라. 이건 노래가 아니다. 울부짖음이다.

이 아침, 저만큼 산 아래를 빙두른 이들이 보인다.

저들의 짓일 것이다. 잿더미로 변한 산을 보며 당연하다는 표정을 짓고 있는 사람들.

나뭇가지에 앉아 있던 어미 방울새가 지친 날개를 퍼득이며 맞은편 나무를 향해 날았다.

픽!

둔탁한 소리와 함께 어미 방울새의 몸이 허공 중에 휘청였다. 하지만 이내 다시 나무를 향해 돌진했다. 마치 나무를 부러뜨리겠다는 기세였지만 나무는 작은 흔들림조차 없었다.

두 번, 세 번, 그리고 네 번째에 이르렀을 때 어미 방울새의 머리가 터지면서 그대로 추락했다.

"곰은 어찌할까요?"

"태워라."

우거진 산림을 자랑하며 봄이면 울긋불긋 꽃이 수놓아진 화려한 의복을, 여름에는 시리도록 푸른 옷을, 가을이면 노랗고 붉은 단풍 옷을, 겨울이면 흰옷을 걸치던 취망산이었다.

그러나 지금은 이제껏 단 한 번도 입어본 적이 없는 새까만 옷이 취망산 전체를 두르고 있었다.

지난밤의 화마(火魔)가 그동안 입고 있던 푸른 옷을 찢어발기고, 새까만 옷을 억지로 입힌 탓이었다.

그리고 이 아침, 적막함에 휩싸인 취망산 아래쪽에는 불의 사신처럼 일순간 나타나 모든 살아 있는 것을 불살라 버린 사백여 명에 이르는 무인들이 형형한 기세로 운집해 있었다.

그들은 대략 오십여 명씩 단을 이루며 각기 단마다 선홍색, 붉은색, 검붉은색, 검은색 의복을 입은 채 사주 경계를 펼친 상태였고 그 가운데 지점에 제단 형식으로 다섯 무더기의 장작이 쌓여 있었다.

어떤 이교도(異敎徒)의 관습 중에는 사람을 산 채로 태워 그 신(神)에게 경배하는 의식이 있다고 하나 이들이 바로 그러한 이교도라고 단정하기는 어려웠다.

장작더미 위로는 분명 사람이 놓여 있기는 했으나 그들은 이미 죽은 지 오래된 듯 그슬린 데다 살아 있다는 어떤 움직임도 보이지 않았기 때문이다.

게다가 그중 하나의 장작더기 위에는 곰 한 마리까지 올려져 있으니 제아무리 잡신(雜神)이라 할지라도 이런 식으로 숭배받고 싶지는 않을 것이리라.

"처리하고 곧바로 돌아간다."

사백여 명에 이른 이 중 유일하게 백의를 걸친 육십대 초반의 노인의 말에 장작불이 타올랐다. 이미 적당히 기름을 뿌려놓은 듯 장작불은 금세 거친 성질을 드러냈다.

타닥. 타닥.

많은 사람이 운집해 있으면서도 소리라곤 오직 장작 타는 소리가 고작이었다.

취망산은 더 이상 생명을 지닌 어떤 것도 존재하지 않으며, 그 아래에 모인 이들도 신중한 태도로 숨소리조차 감추고 있었던 까닭이다.

그때 문득 누군가가 이 암묵적으로 맺어진 침묵의 금계(禁戒)를 깨뜨렸다.

"어?"

어쩌면 경망스럽게도 들리는 소리라 모두 '왜 그러는 거야?' 라고 생각할 법도 했지만 아무도 그를 탓하는 이는 없었다. 아니, 도리어 그의 짧은 경악성은 어떤 전염균을 품고 있었던 것인지 그 옆에서 다시 부근으로 계속 확산되면서 여기저기서 의문에 찬 한마디씩이 튀어나왔다.

"어!"

"응?"

"음?"

"양?"

"어?"

"잉?"

각자의 입에서 터져 나온 소리는 달랐지만 그들의 눈은 한곳을 향하고 있었다. 그리고 반응은 방금 전보다 훨씬 더 길어졌다.

"저건 뭐지?"

"저런 건 처음 보는데?"

"뭔지 모르지만 이쪽으로 날아오고 있어."

"자줏빛 광채라니… 도대체 뭐지?"

"희한한 광경이군."

"혹시……."

의문에 가득 찬 소리를 자신도 모르게 중얼거리면서 그들은 각기 여러 가지를 상상했다.

신비한 자연의 조화라 생각하는 이가 가장 많았고, 오래전 강호를 종횡했던 검선(劍仙)이 남겨둔 보검(寶劍)이 때를 따라 새로운 주인을 찾아 모습을 드러낸 것일지도 모른다고 생각하기도 했고, 또 몇몇은 어쩐지 검광(劍光)과 닮았다고도 생각했다.

그때 누군가가 크게 외쳤다.

"자줏빛뿐이 아니야."

그랬다. 기묘하게도 자줏빛 바로 뒤로 흰빛이 어른대면서 질풍처럼 따라오고 있었다. 그 백색 광채는 자줏빛을 붙잡으려 혈안이 된 것 같기도 했고, 아니면 자줏빛과 보이지 않는 끈으로 연결되어 적당한 간격으로 보이는 것 같기도 했다.

"그렇군. 저 뒤를 따르는 흰빛도 굉장하군."

그들이 한참 동안 정체 모를 감상에 빠져 있을 때 그 감상을 일거에 산산이 부숴 버린 것은 멀리서 들려오는 한줄기 괴성이었다.

"아아아악~"

그것은 거대한 절규(絕叫)였다.

비록 멀리 있다곤 해도, 비토 소리일 뿐이긴 해도, 어쩐지 그 속에 살기(殺氣)와 분노(忿怒), 한(恨)을 머금고 있는 것이 느껴졌다.

그러나 무리 중 누구도 불안해하는 이는 없었다.

뭔가 예상치 못한 일이 일어날 수도 있다. 강한 그 무엇일 수도 있다. 하지만 어차피 뼈와 살로 이루어진 것이라면 걱정할 일은 없었다. 그 누가 오더라도 대응하기에 충분한 숫자는 그들 모두의 마음을 차분히 가라앉게 하기에 부족함이 없었던 것이다.

'혈마회(血魔會)는 강하다.'

그러나 그들의 생각이 자만이었음이 드러난 데는 그리 오랜 시간이 필요치 않았다.

자줏빛 섬광은 그들의 예상을 훌쩍 뛰어넘는 것으로 그야말로 빛살같이 짓쳐 들더니 순식간에 앞쪽에 자리잡고 있던 십여 명의 몸을 그대로 관통한 것이다.

그들은 짐짓 검을 들어 섬광을 쳐내려 시도했으나 각기 그들이 검을 떨쳤을 때는 이미 몸이 관통된 한참 뒤였다. 그리하여 검세가 다한 후에야 비로소 뭔가 몸 한 군데가 허전해진 감각을 느꼈고, 눈으로 찌릿한 통증이 이른 곳을 보았을 때는 피가 분수처럼 뿜어지고 있었다.

"윽!"

"커억!"

"으윽."

그 이후에도 자줏빛 섬광은 다섯의 몸을 더 관통한 후 호선을 그리며 그 뒤를 따르는 흰 그림자에게 빨리듯 돌아가더니 다시 튕기듯이 가공할 속도로 무리 속으로 파고들었다.

"대형을 유지하고 적을 맞아라."

혈마회주 여의천의 차분하지만 굳건한 말 한마디가 잠시 이 쾌속한 상황에 어리둥절해 있던 무리의 마음을 붙들었다.

하지만 정작 혈마회주 여의천의 심정은 차분해질 수 없었다. 그는 취망산의 모든 생명체를 말살하라는 '주인(主人)'의 명을 받고 이 자리에 선 것이었다.

간밤에 온 산을 불태워 쥐새끼 한 마리 남김없이 쓸어버리고 돌아가려는 지금, 그는 취망산의 불길만큼이나 거칠게 다가온 적의 모습에서 한 사람을 떠올린 것이다.

'성숙노괴……'

그는 단 한 번도 성숙노괴를 본 적이 없었지만 그에 대한 이야기는 귀가 따갑도록 들어온 터였다.

칠성사괴의 한자리를 차지하고는 있으나 사실은 이미 칠성사괴의 반열에 어울리지 않는 자, ‘주인(主人)’을 유일하게 억압한 자, 최고조의 힘을 발휘할 때 나타난다는 자안신광(紫眼神光), 그리고 자월도(紫月刀)라 불리는 신병!

‘주인’과 금계만 맺지 않았더라면 그는 이 자리를 벗어났을지도 몰랐다. 하지만 배반 후에 다가올 공포를 감당할 자신이 없었다. 비록 이 자리에서 목숨이 다하더라도 배반을 생각할 순 없었다.

그의 눈이 흰 그림자를 응시했다.

‘음?’

그의 눈에 한 가닥 이채와 함께 흐릿한 미소가 어렸다.

‘어린 놈이잖는가……’

분명 성숙노괴여야 했지만 결코 성숙노괴가 아니었다.

‘크크크……’

대단해 보이긴 했으나 성숙노괴가 아닌 이상에야 필요 이상으로 염려할 필요는 없었다. 성숙노괴만 아니라면…….

“죽여 버린다~”

살기로 충만한 흰 그림자. 송겸이 무리 속으로 뛰어들며 피를 토하듯 외쳤다. 극성으로 끌어올린 단룡검법과 자안으로 빛나는 안광은 흡사 악귀가 세상에 임했다 해도 과언이 아닐 모습이었다.

지난밤 송겸은 야산의 나뭇가지를 침대 삼아 잠을 청하는 중에 멀리 피어오르는 연기를 보았다.

그때까지만 해도 그 연기는 남의 일일 뿐이었다.

산이야 가끔 불이 나기도 하고, 어떤 의미에선 한 번씩 불이 일어나는 것이 장기적인 관점에서 볼 때는 숲을 더욱 울창하게 하는 것이라 듣기도 한 터라 평범한 관망자의 입장이었다.

또한 많고 많은 산 중에서 취망산이 불살라지리라고는 꿈에도 생각지 않았었다.

하지만 새벽녘부터 걸음을 옮겨 어느덧 취망산이 보이게 되면서 송겸의 눈은 의문에 가득 찼다.

괴이한 일이었다. 어찌 된 일인지 취망산이 있어야 할 자리에 취망산이 보이지 않는 것이다. 그 대신에 그곳엔 새까맣고 거대한 무덤이 자리하고 있었다. 잘못 본 것일 거라고, 지형을 제대로 파악하지 못한 것일 뿐이라고 마음을 다독이며 몇 번인가를 확인했지만 어이없게도 취망산이 확실했다.

오는 내내 송겸이 신경 쓴 것은 오직 무상성승 굉정의 경우처럼 분산되어 은밀히 접근하는 이들이 있는가에 관한 것이었다.

그런데 취망산은 이미 폐허가 되어버린 것이니 이미 늦은 것은 아닌가 마음이 쿵쾅거리지 않을 수 없었다.

그리하여 미친놈처럼 내달렸을 때 송겸의 눈에 들어온 것은 먼발치에서도 확연히 보이는 장작더미에 올려진 시체들과 이제 막 들어 올려지는 곰의 모습이었다.

'사부, 유만, 아저씨들… 아니야, 그럴 리 없어… 그럴 리 없어…….'

그렇게 강력히 부인하는 송겸이었지만 어느새 몸은 자월도를 발출하면서 허공을 가르고 있었다.

용서하지 않겠다.

내 심장에 맹세하노라.

한 놈도, 한 놈도 살려 보내지 않겠다.

송겸의 지금 상태는 방울새와 같았다.

자신의 보금자리, 추억의 자리, 송겸에게 있어 이 세상에서 가장 소중한 공간은 바로 취망산이라 할 수 있다.

이곳에서 꿈을 키웠고, 아버지를 알게 되었으며 새로운 삶을 살게 되었다.

방울새는 어찌할 방법을 찾지 못해 결국 죽음을 택했지만 송겸은 그럴 수 없었다. 머리를 박고 죽는 대신 몸 안에 남겨진 티끌만한 힘까지 다 끌어내 쓸어버릴 생각이었다.

눈물이 흘러내려 뿌옇게 안개처럼 시야를 가렸지만 상관없었다.

앞이든 뒤든 옆이든 적의 살기가 느껴지는 곳이라면 철저히 죽음을 선사해 주면 되는 것이다.

"다 죽인다."

송겸의 신형이 혈마회 무리 속으로 파고들었다.

흑룡을 베어가며 연마한 단룡검법이 가차없이 적을 찌르고 베어갔다.

피가 튀고 살점이 떨어져 나가고 뼈까지 뭉툭하게 잘려 나갔다.

"크아악……."

"으윽……."

"커억……."

각양각색의 비명을 응원 소리 삼아 송겸의 검은 맹렬히 뻗어갔고,

삽시간에 백여 명을 쓸어버렸을 때 송겸은 이미 더 이상 정상적인 사람의 모습이 아니었다.

머리부터 발끝까지 피를 뒤집어쓴 혈인(血人)이 되어 광기 어린 포효와 함께 닥치는 대로 쓰러뜨렸다.

송겸에겐 그들 모두가 각기 다른 사람이 아니라 오로지 한 사람 단천자일 뿐이었다. 분신술을 펼친 단천자가 단지 여러 사람들의 형태로 나누어진 것이고 결국 최후의 하나까지 다 멸하였을 때 비로소 단천자까지 죽이는 것이라고 생각했다.

일 식경을 넘어서고 있을 때 혈마회 사백여 고수들 중 삼백여 명의 목이 달아났고 그로 인해 취망산 아래로 그들이 뿌린 피가 흘러 내를 이룰 정도여서 검게 변한 취망산에 붉은 테가 둘러진 듯 보일 지경이었다.

온갖 비명과 괴성이 난무하고, 이미 핏빛으로 물든 자월이 허공을 가로지르는 중에 다시 오십여 명의 목숨이 끊어졌다.

이 광경까지 지켜보며 혈마회주는 가만히 검을 쥐어 삼 분의 일 정도를 뽑다가 다시금 검을 검집에 집어넣었다.

'굳이 모험을 할 필요는 없겠지.'

솔직히 말해 그는 송겸의 광기 어린 기세에 압도당한 상태라 할 수 있었다. 정녕 일 대 일로 승부를 겨룬다고 했을 때 자신이 이길 수 있을 것이라는 생각이 들지 않았다.

그러나 무엇보다도 그의 마음을 주저하게 만든 것은 자줏빛이었으나 이제는 핏빛으로 날아 수하들의 몸을 꿰뚫고 있는 자월도였다.

가히 칠성사괴 중 으뜸이랄 수 있는 성숙노괴가 강호에서 홀연히 자취를 감춘 뒤 이제 눈앞에 그의 전인이 나타난 것이다.

그렇기에 이미 지쳐 가고 있는 상대였지만, 또한 수하들의 목숨이 지푸라기처럼 스러지고 있었지만 그는 좀 더 지켜보기로 했다.

'녀석을 산 채로 데려간다. 흐흐, 주인께서 흡족해하실 테니 …….'

남은 바 오십여 명의 실력은 기력이 다해가는 송겸에겐 버거운 상대들이었다. 불굴의 의지로 한 방울의 힘까지 다 짜내 적들을 쓰러뜨리는 와중에 송겸의 몸에는 어울리지 않는 몇 개의 장식물이 매달리게 되었다.

등에 두 개, 허벅지에 하나, 그리고 복부 쪽으로 하나의 검이 송겸이 몸을 움직일 때마다 대롱거리며 흔들렸다.

그러나 그것들을 빼낼 만한 여유조차 없는 송겸으로서는 장식물이 흉하다고 멈출 순 없는 노릇이었다.

'이제 일곱…….'

처음에는 흐르는 눈물로 앞이 뿌옇게 보였다면 지금은 누구의 피인지도 모를 피들로 인해 시야가 흐릿한 상태로 일곱 개의 그림자가 보였다.

'단 한 놈도 취망산을 빠져나가게 하지 않는다.'

두 명의 적의 숨통을 끊어놓은 자월이 돌아오자 그대로 튕겨내어 돌려보낸 후 송겸의 신형이 쏘아졌다.

뼈마디가 잘려 나가는 묵직한 느낌이 손목에 그대로 전달되었고, 그와 동시에 옆구리에 검 하나가 살을 뚫고 들어왔다.

"으윽……."

불행 중 다행이랄까. 더 이상 검은 진행하지 않고 멈췄다. 검의 주인의 목을 자월이 뚫고 지나간 것이다.

“이야야야~”

흑룡을 베어가던 가공할 검의 기세로 송겸이 검을 쓸어갔다.

혼천섬멸(混天殲滅)!

아직 몸 안에 감도는 핏방울들 속의 모든 힘까지 끌어다 일격을 가했다. 순간 폭뢰라도 터진 듯 주변 삼 장여가 폐허로 변했고, 주위를 감싸던 다섯 개의 그림자는 그야말로 그림자조차 남기지 않고 산산이 부숴져 버렸다.

“헉… 헉… 헉……”

그러나 혼신의 힘을 다한 뒤의 송겸의 모습도 그리 온전치는 못했다.

거친 숨결과 함께 다리는 굳건하라는 뇌의 명령을 위반하고 제멋대로 후들거렸고, 눈앞의 사물들은 이중 삼중으로 겹쳐 보이며 도무지 무엇이 놓여 있는지조차 분간할 수 없을 지경이었다.

의식과 무의식의 경계선상에서 아슬아슬하게 서 있는 송겸의 귓가로 한 소리가 파고들었다.

“대단하구나, 대단해. 하지만 천 인을 베고 만인을 쓰러뜨린들 제 몸을 가누지 못한다면 무슨 소용이 있을까!”

혈마회주가 잔잔한 비아냥을 흘렸지만 송겸은 그 말도 제대로 들을 수가 없었다. 뭔가 귀에 벌레가 들어간 듯 웅웅거리는 소리로만 들을 뿐이었다.

“수하들을 위해서라면 마땅히 지금 숨을 끊고 싶으나 잠시 보류해 놓도록 하마. 하지만 기대는 하지 않는 것이 좋을 게다. 그저 보류하는 것뿐이니."

쿵!

송겸이 그대로 허물어졌다.

방금 전까지 무슨 일이 있었는지, 누가 죽었고 또 누구를 죽였는지
도 그저 까마득한 어둠 속에 파묻히고 말았다.

제11장 악몽

사막이었다.

누구나 사막이란 말에서 단번에 떠올리는 그런 황량함이 끝없이 펼쳐져 있었다.

복사뼈까지 파묻힌 발.

바람결에 따라 고운 선을 그리고 있는 모래언덕들.

시선이 닿는 모든 곳엔 오직 모래만이 존재할 뿐이다.

그 어디에도 사람의 흔적은 보이지 않는다.

송겸은 바로 그 사막 한가운데 덩그러니 놓여 있었다.

뜨겁게 내리쬐는 태양에 머리가 익을 것 같았고, 이미 몸 안의 수분은 모조리 증발해 버렸는지 끊임없이 물을 달라 외쳐 대고 있었다.

'여기는 어디인가? 내가 왜 이곳에 있지?'

송겸은 일단 걸어가기로 했다.

한 방향으로 계속 걷다 보면 언젠가는 사막이 끝날 것이라는 단순한 믿음으로 걷고 또 걸었다.

살아 움직이는 생명체를 보지 못한 채 걷고 또 걷다가 우연히 전갈이 눈에 띄었다. 스스로도 어이없다는 생각이 들었지만 솔직히 전갈이 그렇게 반갑게 보일 수가 없었다.

그렇게 얼마나 걸었을까.

시간이 멈춘 듯 태양은 저물 기색이 없었다.

그러다 보니 심지어 일 년 내내 태양이 지지 않은 곳에 자신이 놓인 것은 아닌가 하는 염려가 들기도 했다.

"사부님~ 사부님~"

목에 핏대를 세우며 외쳤지만 사막은 메아리조차 되돌려주지 않고 간단히 송겸의 외침을 삼켜 버렸다.

"유만~ 유만~ 어디에 있는 거냐?"

아무도 듣지 못할 것이란 걸 알면서도 외치지 않을 수 없었다.

너무나 힘들고 지쳤지만 이렇게라도 하지 않으면 목적 의식마저 잃고 그대로 주저앉아 버릴 것 같았기 때문이다.

그때 문득 저만치 색다른 광경이 눈에 띄었다.

황량한 사막의 색깔과는 극명한 대조를 이루는 푸르디푸른 초록 나무들과 그 가운데 파란 하늘을 담고 있는 작은 호수였다.

그뿐이 아니었다.

호수 주위로 앉아 있는 이들은 아주 멀리서 보는 것만으로도 한눈에 사부님과 유만, 그리고 아저씨와 누님들이 분명했다.

새로운 힘이 솟구쳤다.

송겸은 달리기 시작했다.

희망은 몸 어딘가에 꼭꼭 숨겨진 강력한 힘을 준동시켰고, 송겸은 언제 걸음을 옮기기조차 힘들어했었던가 싶게 활기차게 달려갔다.

그러나 어찌 된 일인지 당장 닿을 것 같던 호숫가는 송겸이 전력투구(全力投球)함에도 불구하고 처음 보았을 때의 거리를 그대로 유지한 채 도무지 가까워지지 않았다.

그것은 마치 호수 전체가 살아 있어 자꾸만 뒤로 이동하는 것 같은 형국이었다. 아니, 어떻게 보면 송겸이 고정된 채 제자리에서 계속 뛰는 것인지도 몰랐다.

그럼에도 불구하고 송겸은 뛰는 것을 멈출 수 없었다. 여전히 두 눈에 호수가 보이고, 그 주위에서 담소를 나누고 있는 모습이 계속 보였기에 희망을 접을 수가 없었다.

결국 송겸이 호숫가에 닿은 건 발바닥의 허물이 벗겨지고 넘어지며 무릎이 까져 피가 난 자리에 다시 그 위로 딱지가 앉게 될 정도의 시간이 흐른 다음이었다.

"헉헉헉… 사부님… 유만……."

고개를 숙이고 거친 숨을 몰아쉬며 다시 고개를 들었을 때였다.

송겸은 순간 경악으로 물들고 말았다.

"안 돼, 안 돼~"

아까까지만 해도 생생히 살아 움직이던 사부 일행은 아주 오래전에 죽은 듯 앙상한 해골의 모습으로 호수 주변에 앉아 있었다. 더불어 호수 또한 인간으로서는 도저히 마실 수 없는 썩은 냄새를 풍기며 이미 죽음의 호수가 되어 있었다.

"이럴 순 없어. 이건 안 돼… 안 돼~"

송겸은 울부짖으며 이미 해골이 되어버린 사부를 껴안고 유관을 껴안았다.

"이렇게 보낼 순 없습니다! 내 허락없이 이렇게 죽게 할 순 없단 말입니다!"

격렬히 껴안은 탓에 앙상한 뼈들이 바스러지고 해골이 땅 아래로 굴렀다.

이윽고 사막의 모래바람이 불어왔다.

한 치 앞을 볼 수 없을 만큼 불어온 모래바람은 삽시간에 모든 것을 쓸어버렸다. 송겸은 발악을 하며 사부 일행의 유해를 붙들려 했지만 아무 소용도 없었다.

잠시 후 모래바람이 멈추고 드러난 광경에는 언제 무슨 일이 있었냐는 듯 그저 다른 지형과 마찬가지로 평이한 사막의 풍경이 주변에 펼쳐졌다.

송겸은 힘없이 허물어지며 대 자로 드러누웠다.

희망과 기대가 물거품이 되자 절망은 곱절이 되었고 극심한 육체의 갈증은 마음의 갈증까지 더해져 이젠 피까지 말라 버릴 지경이었다.

'물, 물이 필요해……'

그 간절함이 하늘에 닿았음인가.

홀연히 쾌청하던 하늘에 먹구름이 뒤덮이며 굵은 빗방울이 쏟아졌다.

송겸은 입을 활짝 벌리고 빗물을 받아 마셨다. 굳이 손으로 빗물을 받지 않아도 될 만큼 강우량은 엄청났기에 그저 누워 입을 벌리고 있는 것만으로도 충분했다.

그러나 어떻게 된 일인지 갈증이 가시지 않았다.

아니, 정확히 이야기하자면 오히려 더욱 타는 듯한 갈증이 밀려들었다. 바다에 표류하던 이가 어쩔 수 없이 바닷물을 마시고 더 극심한 갈증에 괴로워하듯 송겸은 급기야 온몸이 타는 듯한 갈증에 몸부림쳤다.

"으아아아악~"

갈증과 더위에 송겸은 소금 뿌린 지렁이였다.

더 이상 참을 수 없다, 차라리 죽는 게 낫다, 라는 생각을 했을 때였다.

순간 주변이 삽시간에 바뀌었다.

사막은 원래부터 존재하지 않았던 것처럼 사라졌고, 온통 새하얀 눈이 천지를 뒤덮었다.

방금 전까지 겪었던 더위와 갈증은 거짓말처럼 없어졌지만 이제는 그 대신 뼛속에 고여 있는 피까지 얼려 버릴 정도의 추위가 찾아들었다.

결코 세상에 존재할 수 없을 것만 같은 추위였다.

'추워… 너무 추워…….'

그 순간, 땅이 요동치기 시작했다.

눈 덮인 얼음 땅이 사방으로 갈라지더니 그 아래로 뜨거운 용암을 드러냈다.

송겸은 아직 갈라지지 않은 땅을 딛고 버텨보려 했지만 얼마 못 가 그 땅마저 산산이 부서진 탓에 그대로 용암 속으로 추락했다.

용암의 뜨거움은 단번에 송겸의 온몸을 태워 버릴 정도였지만 송겸의 몸은 녹지 않았다. 그 덕에 고통은 한 번으로 끝나지 않고 시시각각 찾아들었다.

차라리 순간의 고통으로 모든 것이 끝나 버리면 좋겠다고 생각했지만 그저 살갗이 벗겨지고 뼈가 드러날 정도일 뿐 그 속에서 한없이 허우적거릴 뿐이었다.

차라리 모래사막의 뜨거움이 그리워질 정도여서 한 번 더 모래사막에 이르게 된다면 평생토록 불평 불만없이 지낼 수 있겠다는 생각마저 들었다.

단 한순간이라도, 아주 약간만이라도 기절할 수 있다면 좋으련만 육체를 생으로 태워 버리는 고통 중에도 기이하게 정신은 멀쩡했다.

고통의 극한까지 전부 다 기록할 수 있을 만큼 모든 것이 생생하게 느껴지는 것은 그야말로 지옥 그 자체였다.

도대체 얼마나 시간이 흘렀는지는 모르나 목이 쉴 만큼 비명을 질러 대던 어느 한순간 송겸은 용암에서 벗어났다.

숲 속이었다.

이제껏 다녀간 곳 중에서 가장 아늑한 느낌이 주위를 감싸고 있었다.

높게 솟은 나무들 사이로 햇살이 부서져 내리는 광경.

다람쥐들이 재빠르게 나뭇가지를 타고 이동하는 모습.

선선히 불어오는 바람.

마음까지 쾌청하게 해주는 신선한 공기들.

송겸은 두 눈을 감고 양팔을 벌리면서 이제까지의 모든 고통을 다

씻어버릴 양 크게 숨을 들이켰다.

그러나 송겸이 길게 숨을 뱉어내며 눈을 떴을 때 주변의 광경은 홀연히 변해 버린 뒤였다.

방금 전까지 초록의 신선함을 풍기던 숲은 더 이상 아늑한 곳이 아니었다. 거의 수만 마리는 될 듯한 각양각색의 뱀들로 변해 버리고 만 것이다

쏴아아… 촤아아…….

혀를 날름거리는 뱀들이 일제히 내는 소리는 흡사 폭우가 쏟아져 내리는 것만 같은 소리였다.

그중 한 마리의 홍사(紅蛇)가 달려들자 그것이 신호라도 되는 듯 일제히 모든 뱀이 송겸을 물려고 덤볐다.

송겸은 죽을힘을 다해 달렸다.

수십 마리의 뱀이 몸에 달라붙어 이빨을 박았으나 고통 중에도 멈출 수가 없었다. 저 수많은 뱀에 깔려 죽거나, 혹은 뱀들의 먹이가 될 수는 없는 일이라 생각했기 때문이다.

쏴아아… 커어엉…….

갑자기 소리가 변했다. 무슨 일이 벌어졌기에 온 숲이 진동할 정도인가 싶어 송겸이 뒤를 돌아봤다.

"뭐, 뭐야."

수만 마리의 뱀이 하나로 뭉쳐지고 있었다.

그리고 이미 형성된 집채만한 뱀의 머리 중 입에서 가공할 소리가 뿜어져 나오고 있었다. 그리고 한순간 뱀의 머리가 쭉 뻗어오더니 그대로 송겸을 집어삼켰다.

진득한 감촉, 그리고 송곳으로 찌르는 통증은 온몸을 분쇄하는 것만 같았다.

우적우적. 우걱우걱.

한참 동안 뱀의 먹이가 되어 씹히던 송겸은 어느 시점에서 허공을 가로지르며 날아 지면에 아무렇게나 내팽개졌다.

"헉헉헉……."

거친 숨결을 토해내며 송겸이 눈을 떴을 때 송겸은 이제껏 느껴보지 못한 공포에 휩싸였다.

"안 돼! 안 돼!"

송겸의 허리 아래쪽은 더 이상 사람의 다리가 존재하지 않았다.

대신 그곳은 뱀의 형상으로 꿈틀거렸고 계속해서 허리 위쪽까지 뱀 모양으로 변하고 있는 중이었다.

"으아아악~ 살려줘… 살려줘… 무서워……."

*　　　*　　　*

꿈에서 벗어난 송겸이 상체를 일으키며 격렬히 몸을 떨었다. 눈을 떴지만 아무것도 볼 수 없었다. 꿈에서 벗어났지만 정신은 여전히 꿈 속에 머물러 있었다.

뱀이 되어간다는 것.

뱀으로 일평생을 살아야 한다는 것.

꿈틀거리며 바닥을 기고, 혀를 날름거리는 뱀이 되어 살아야 한다.

"내 몸이 뱀이… 뱀이 돼가고 있어. 안 돼~ 안 돼~"

비명을 내지르는 송겸의 귓가로 명확히 무슨 말인지 알아듣기 힘든 말들이 오갔다.

"어찌 된……."

"몸이 뜨겁……."

"어서 빨리……."

"반드시……."

"가능할……."

무슨 말인가 들려오긴 했지만 송겸은 그저 단편적인 말들만을 들은 채 다시금 아득히 정신을 잃고 말았다.

*　　　　*　　　　*

세상천지가 돌고 또 돌았다.

그러나 사실 돌고 있는 것은 송겸이었다.

네 마리의 말이 끄는 마차였다.

마차는 송겸을 바퀴에 묶은 채로 거친 벌판을 내달렸다.

송겸은 그야말로 바퀴였다. 아니, 자세히 말하자면 바퀴 테두리였다.

허리가 꺾이고 양팔이 위로 묶이고 다리는 쪽 뻗은 채로 팔과 발끝이 거의 맞닿을 만큼 철저히 바퀴 테두리가 되어 있었던 것이다.

이미 코뼈는 부러진 지 오래였다.

자갈밭을 지나면서는 얼굴이 걸레처럼 변해 버렸다.

비명조차 지를 수가 없었다.

눈을 뜰 수조차 없었다.

그러기엔 마차의 속력이 너무 빨랐다.

정확히 얼마나 시간이 지났는지도 알 수 없었다.

그저 간신히 실눈 비슷하게 떴을 때 주변은 어두웠고, 다시 극심한 고통 후 바라본 세상은 밝아져 있는 것으로 보아 하루가 지난 것이라 추정할 뿐이었다.

그러다 문득 마차가 멈춰 섰다.

다행히 송겸은 바퀴가 멈출 때 얼굴이 땅바닥에 깔린 상태가 아니고 정면을 바라볼 위치였기에 마차 앞의 상황을 볼 수 있었다.

퉁퉁 부어오르고 피범벅이 된 눈으로 흐릿하게 한 사람이 마차 앞에 선 채 팔을 벌리고 있는 것이 보였다.

마부가 훌쩍 뛰어 그 사람 앞에 내려섰다.

마부는 검은 삿갓에 헐렁한 흑의를 걸치고 있었다.

"크하하하하……."

둘 사이에 무슨 말인가가 오가고 난데없이 마부가 우렁찬 웃음을 터뜨렸다. 호탕하다기보다는 비웃음이 가득 실린 웃음이었다.

"네가 대신 오르겠다는 것이냐? 과연 그럴 수 있을까?"

송겸은 애써 기운을 차리면서 마부의 맞은편에 선 사람을 살피려 애썼다.

오십대 중반 정도 되었을 여인.

그 여인은 마부의 말에 한 치의 망설임도 없이 고개를 끄덕였다.

송겸의 가슴으로 슬픔이 덩어리가 되어 꿈틀거렸다.

'당신이 내 짐을 대신 지겠다는 겁니까? 안 됩니다. 그럴 수 없습니

다. 그냥 가십시오. 부디……'

생면부지의 여인이 마차 바퀴에 매달려 언제 끝날지 모르는 가혹한 여행을 하도록 내버려 둘 순 없었다.

송겸은 바퀴에 매달린 것이 이젠 이골이 날 지경이 되었기에 여인에게 새로운 고통을 안겨주고 싶지 않았다.

"좋다, 좋아. 하지만 그러기 위해선 조금 다른 조건을 받아들여야 할 것이다. 그것은 바로……"

그 뒷말은 어찌 된 일인지 들을 수가 없었다.

도대체 어떤 거래가 이루어지고 있는가.

설마 이보다 더 가혹한 조건을 추가하겠다는 것인가?

여인이 다시 고개를 끄덕이는 것이 보였다.

단호한 의지 속에 양 볼이 작게 요동치는 것이 이를 악물고 있음이 틀림없었다.

"그럼 거래는 성사되었다. 네가 치유산(治癒山)을 온전히 오르면 이 아이를 풀어주겠다. 크하하하, 이것이 바로 같잖은 인간의 모정(母情)이라는 건가. 그러나 얼마나 버틸 수 있을까. 크크크, 얼마 못 가 차라리 이놈을 죽여달라고 사정하게 될 테니… 크하하하, 두고 보마."

송겸은 철퇴에 맞은 듯 충격에 휩싸였다.

'모정(母情)? 어머니? 내 어머니시란 말인가? 어머니께서 왜 내 짐을 지시는가. 그냥 두십시오. 어머니… 그냥 가세요.'

반가운 마음을 풀어낼 만한, 어머니의 얼굴을 차분히 들여다볼 만한 여유도 없었다. 그저 이 고통을 당하게 해서는 안 된다는 생각뿐이었다.

그때였다.

눈앞으로 거대한 산이 나타났다.

어찌나 높은지 그 끝을 짐작조차 할 수 없을 만큼의 산이었다.

그러나 곧 송겸이 경악으로 물든 것은 그 산이 나무들로 뒤덮인 곳이 아니란 사실을 확인한 뒤였다.

그 산은 송곳을 박아놓은 산이었다.

뾰족한 끝을 드러내 놓은 송곳의 산이 공포 그 자체로 놓여 있었다.

그 누구라도 발을 딛기만 하면 발등이 뚫리고 뒤꿈치에 찔린다면 다리 안쪽을 그대로 관통할 만큼의 날카로운 송곳들이었다.

그저 보는 것만으로도 모골이 송연해지는 공포이건만 저 산을 올라야 하다니…….

'안 돼요… 안 됩니다…….'

송겸의 눈에서 샘솟듯 눈물이 흘러내렸다.

"크크크, 시작하지."

마부의 한껏 조롱 섞인 말에 여인이 일렁이는 눈빛으로 한차례 송겸을 바라보다가 산 아래에 섰다.

송겸은 온몸을 몸부림치며 당장 달려가 자신이 올라가고 싶었으나 몸은 전혀 움직여지지 않았다.

여인이 천천히 물구나무를 서기 시작했다.

송겸이 눈물 젖은 눈으로 그 광경을 바라보며 잠시 의문에 잠겼다.

'왜 물구나무를 서시는 걸까? 왜 그래야 하지?'

그러나 잠시 후 송겸의 의문은 숨조차 쉴 수 없는 공포와 두려움으로 바뀌고 말았다.

여인이 물구나무를 선 채 머리를 쿵쿵 찧어가면서 산을 오르는 것이다.

양손은 뒷짐을 진 채 순전히 머리로만 송곳산을 오르려 하는 것이다.

쿵. 쿵. 쿵.

'안 돼~'

푹.

급기야 여인의 머리에 첫 번째 송곳이 박혔다. 소리야 그저 푹, 하는 것에 불과했지만 그것을 듣는 송겸이 느끼는 공포는 상상하기 힘든 것이었다.

푹. 푹. 푹.

'어머니… 흑흑…….'

어머니의 산행은 계속 이어졌다.

필설로 형용키 어려운 고통이 분명했지만 그럼에도 표정은 처음과 다를 바 없었다. 자신이 당연히 걸어가야 할 길이라는 듯, 혹은 이보다 더한 것이라도 거리낌없이 갈 수 있다는 표정으로 한마디 고통스런 비명도 내지르지 않고 머리를 송곳에 찔리면서 계속 올라갔다.

*　　　　*　　　　*

불현듯 송겸은 꿈속에서 벗어났다.

하지만 꿈에서 깨어났으면서도 송겸은 현실을 전혀 인지하지 못했다. 마치 곁에서 어머니가 여전히 송곳을 머리에 박은 채 올라가고 있는 것만 같았다.

“안 돼… 그렇게 해선 안 돼… 안 된다구요…….”

자리를 박차고 일어난 송겸은 흐릿한 시선 가운데 벽이 손에 잡히자 그대로 머리를 찧어댔다.

쿵. 쿵. 쿵.

이대로 죽어버리고 싶었다.

자신 때문에 고통당하는 어머니를 더 두고 볼 수 없었다.

“흐흑, 흑흑… 안 돼요. 안 되요…….”

몇 차례 거칠게 벽에 머리를 박은 후 송겸은 다시 아득히 정신을 잃었다.

제12장 그동안의 경위…

눈 위로 천 근이나 되는 쇳덩이가 올려진 것만 같았다.

힘겹게 쇳덩이를 들어 올리자 어둠은 벗어났지만 희뿌연 안개가 자욱했다.

무언가 보이기도 전에 놀란 음성 하나가 송겸의 고막으로 파고들었다.

"사형, 사형! 깨어났군요. 어서들 이리 와보세요. 사형이 정신을 차리고 있어요."

누군가 싶었지만 잠시 뒤 유만의 목소리라는 것을 깨달았다.

'유만? 유만이 어떻게 내 곁에 있을 수 있지? 아… 아직까지 꿈을 꾸고 있는 것인가…….'

꿈이 아니라면 이승을 떠나 저승에 온 것일지도 몰랐다.

“송 공자, 깨어났군요.”

“송 공자, 우릴 알아보겠어요?”

‘응?’

월하 누님과 초민 누님의 음성이었다.

‘설마… 살아 있는 건가?’

어느새 안개가 걷히면서 시야가 회복되자 빤히 들여다보는 여섯 개의 눈동자가 보였다.

“하하하… 드디어 일어나셨군요. …저는 사형이 이겨낼 줄 알았어요.”

여전히 한두 박자 느린 음성, 유만이 틀림없었다.

유만은 밝게 웃는다고 웃었지만 그 속에는 감격스러움이 배어 있어 송겸은 잔잔한 감동에 빠져들었다.

“자, 여기 물 좀 마셔요.”

초민이 물잔을 송겸의 입에 대주었다.

몇 모금을 들이키자 훨씬 정신이 또렷해졌다.

“어, 어떻게 된 거죠?”

그 말과 함께 송겸은 주변을 둘러보았다.

와본 적이 있는 것 같기도 하고 전혀 와보지 않은 것 같기도 했다.

규격화된 기물들을 보자 그제야 송겸은 이곳이 어느 객잔의 객방이라는 것을 깨달았다.

“살아난 게 기적이지. 어찌 그리 무모할 수 있지요?”

월하의 말이었고,

“공자는 평소 노군께서 칠성사괴 중 한 분이라는 것을 전혀 믿지 않

있었나 봐요. 그렇지 않고서야 무턱대고 모두 죽었을 것이라고 단정할 순 없는 노릇이 아니겠어요?"

초민이 덧붙이는 말이었다.

거기에 유만이 송겸을 두둔하며 나섰다.

"…취망산이 홀라당 타버렸으니 그럴 만도 하죠. …생각해 보세요. 기본적으로 사부님 성격에 자신의 거처를 태우도록 가만히 두고 보시진 않을 테고… 거기에 생각이 미치자 사형이 그만 앞뒤 가리지 않게 된 것이겠죠."

"아무리 그래도 그렇지, 복수를 하려거든 좀 더 지켜보고 차분히 계획을 세워서 할 것이지 무턱대고 달려들어서야 제대로 복수나 할 수 있겠냐는 것이지요."

초민이 반박하는 말을 끝내자 송겸은 아까 했던 물음을 다시 던졌다.

"유만, 어떻게 된 것인지 이야기해 봐라."

그러나 그 말이 끝나기가 무섭게 송겸은 말을 고쳤다.

"아니, 아니다… 월하 누님께서 들려주십시오."

유만 그 특유의 느려 터진 말투를 떠올린 탓이었다.

송겸은 드러누운 채 대하는 것이 괜히 어색해서 몸을 일으키려 했다.

하지만,

"으윽……."

그저 살짝 몸을 움직였을 뿐인데도 몸이 조각나는 것만 같은 통증이 밀려들었다.

“사형, 그냥 누워계세요.”

“송 공자, 깨어난 것만도 기적 같은 일인데 벌써 몸을 움직이는 건 무리예요.”

“누가 뭐라고 할 사람 없으니 그냥 편하게 들어요.”

유만과 월하, 초민이 일제히 송겸의 몸을 붙들며 쏟아내는 말에 송겸은 길게 한숨을 내쉬었다.

마지막은 거의 기억이 없었지만 그전에 적들의 검이 몸에 고슴도치마냥 꽂힌 것이 떠올랐기 때문이다.

“혈마회의 무리가 취망산에 당도하기 전, 종횡마걸이 보낸 거지 하나가 올라왔답니다…….”

월하의 말은 그렇게 시작되었다.

종횡마걸이 수하 거지를 통해 보낸 전갈은 단천자의 준동에 관한 것이었다.

단천자가 어떤 경로로, 어뜬 수단을 통해 빠져나온 것인지는 모르나 마령봉쇄진을 벗어나 기이한 심법을 통해 사파의 무리 중 일부를 손아귀에 넣게 되었고, 그 힘을 이용해 칠성사괴의 남은 이들을 죽이려 한다는 내용이었다.

자신 또한 위험에 처했다 벗어난 터이기에 비록 전갈이 늦은 것이 아니라면 방비하고 있으라는 말이었다.

거지가 돌아간 후 며칠 지나지 않아 종횡마걸의 경고대로 적들이 모여들었다. 그러나 이미 그땐 취망산 일행은 산을 벗어난 상태였고, 도리어 은밀히 그들의 행적을 살피게 되었다.

그냥 돌아갈 줄 알았던 적들은 무슨 생각에서인지 취망산을 불태왔다.

늦가을을 향해 가는 터라 불은 삽시간에 타올랐고, 그 와중에 어이 없게도 그들 무리 중 연약한 자들이 미처 불길을 벗어나지 못해 거의 죽을 지경에 이르는 일이 벌어졌다.

거기까지 살핀 염도는 망창산에 집결해 있겠다는 말에 따라 자리를 뜨게 되는데 그때 마침 송겸이 폐허로 변한 취망산을 보게 된 것이다.

"그럼 그 장작더미 위에 있던 이들은 누구죠?"

송겸이 살짝 이맛살을 찡그리며 물었다.

"내가 말하지 않던가요. 불길이 워낙 거세게 타올라 그놈들 중 일부 가 죽을 지경에 이르렀다고요. 그런데 그걸 그만 송 공자가 오해한 거 지요."

"아, 이런……."

진정 어처구니없는 일이었다. 하지만 곧바로 한 가지 염려가 떠올랐 다.

"불곰, 불곰은 어떻게 되었습니까?"

"그건……."

월하가 말끝을 흐리자 송겸의 마음에 안타까움이 번졌다.

불곰은 동물이긴 했으나 송겸에겐 오래 사귀어온 친구나 다름없었 다.

언제나 우직하니 그 자리에서 송겸을 반겨주던 불곰을 다시 볼 수 없다고 생각하니 마음이 한없이 쓸쓸해졌다.

잠시 생각할 시간을 주던 월하가 설명을 이어갔다.

"한참 취망산에서 멀어지고 있을 때 갑자기 노군께서 걸음을 멈추셨

지요……."

염도가 멈춘 건 송겸이 적진에 뛰어들면서 내지른 함성을 듣고서였다.

그리고 급히 취망산 쪽으로 되돌아갔을 때는 이미 상황은 끝난 뒤였고, 송겸은 싸늘한 시신처럼 혈마회주 여의천의 옆구리에 들려 있는 상태였다.

수백 구의 시신이 널브러진 가운데 거짓말처럼 혈마회주 여의천은 말쑥한 상태였다. 그리고 그 옆에 고깃덩어리처럼 매달린 송겸을 보고 염도가 분노를 참지 못한 건 당연했다.

아무 말도 필요없었다. 물을 것도, 들을 말도 없었다.

염도로선 제자가 죽었는지 살았는지 몰랐지만 중요한 건 혈마회주를 찢어발겨 놓겠다는 것이었다.

칠십여 초가 지났을 때 여의천의 왼팔이 떨어져 나갔고, 백여 초가 지났을 때는 그의 내장이 찢겨진 뱃가죽을 뚫고 너덜너덜거렸다.

그리고 다시 십여 초가 더 지났을 때는 여의천은 더 이상 목 위에 머리를 보존할 수 없었다.

그러나 여의천으로서는 그 죽음이 끔찍하다기보다는 다행이라고 생각해야 했다. 만일 염도가 송겸의 안위를 염려하지 않았다면 죽지도 살지도 못하게 해놓고 지옥의 고통을 끌어다 그 몸에 퍼부어놓았을 테니 말이다.

"내 생전 노군께서 그렇게 분노한 걸 본 적은 처음이었지요."

월하의 말이 그렇게 끝나자 송겸은 사부가 보고 싶어졌다.

"사부님은 어디에 계신 겁니까?"

“노군께서는 지금쯤 망창산에 도착하셨을 겁니다.”

“지금쯤? 혹시 제가 얼마나 누워 있었던 거죠?”

“내일이면 한 달이 되죠.”

“아니, 그게 정말입니까? 으윽…….”

깜짝 놀란 송겸이 자신도 모르게 벌떡 몸을 일으켰다가 신음성을 토해냈다.

얼른 유만이 부축하고서 천천히 다시 침상에 누이자 송겸이 숨을 몰아쉬며 말했다.

“이대로 누워 있을 수는 없습니다. 저도 가야 합니다.”

즉시 유만 등이 극구 송겸을 만류했다.

그러나 무엇보다도 송겸 스스로가 알고 있었다. 이 상태로는 도무지 움직일 수조차 없다는 것을…….

과거 칠성사괴와 단천자의 희대의 대결투가 벌어졌던 망창산의 선인봉.

지금 이곳에는 그야말로 강호의 내로라하는 고수들이 온 산을 가득 메우고 있었다.

칠성(七星) 중 남은 자, 무상성승 굉정과 빙안미성 주혜, 종횡마걸 표헌이, 사괴(四怪) 중에는 독왕노괴 염도와 무령노괴 곡진이 자리했고, 수호맹주를 비롯한 구대문파의 장문인과 수뇌 인사들, 그리고 천하오대세가, 전진파, 당문, 수리곡, 학운곡의 고수들이 총집결해 산에 심어진 나무들보다 강호고수들의 숫자가 더 많게 느껴질 정도였다.

이들이 이처럼 한자리에 모일 수 있었던 건 개방의 방대한 인원에 힘이 발휘된 까닭이었다.

종횡마걸은 자신의 역량을 모두 발휘하여 단천자에 대한 소식을 알렸고, 그에 경악한 이들이 서로 앞 다투어 망창산에 오르게 된 것이다.

단천자의 일은 결코 누구에게 대신 짊어져 달라고 할 수 없는 문제였다. 결국 힘을 모으지 않고 방관한다면 마침내는 자신이 혈겁의 피해자가 될 수밖에 없다는 걸 모두가 인지한 것이다.

망창산 선인봉의 정상에 수뇌 중의 수뇌들이 빙 둘러앉았다.

칠성사괴 중 다섯, 그리고 수호맹주, 오대세가의 대표로 사마 가주까지 총 일곱 명이 가부좌를 튼 채 굳은 표정으로 자리를 갖추었다.

"현재 악왕산에 집결해 있는 단천자 무리의 규모를 간단히 설명하겠소."

종횡마걸 표헌이 평소의 그답지 않게 진중하게 입을 열었다.

지금 이 자리에서 종횡마걸보다 더 많은 정보를 가진 이가 없었기에 누구 할 것 없이 종횡마걸의 말에 귀를 기울였다.

이미 건곤도성 함허가 단천자에 의해 죽음을 면치 못했다는 사실 또한 확인해 준 개방이었다.

"학운곡을 빠져나온 단천자는 흔히 강호에서 사파라 지칭하는 여덟 개 정도의 세력을 포섭한 것으로 보이오. 하나하나 나열하자면 암흑단(暗黑團), 쌍룡방(雙龍幫), 혈마회(血魔會), 수라곡(修羅谷), 잠룡곡(潛龍谷), 검막(劍幕), 혈방(血幫), 천인회(千人會) 정도외다. 이름을 듣고 모두 어느 정도는 짐작하셨으리라 믿소. 강한 힘만이 숭상되는 곳들이기에 반역이 성공할 시 조직을 통제하기 쉽다는 점 때문에 아마도 노린 듯하오."

종횡마걸이 잠시 여운을 주려는 듯 말을 멈췄다.

그들의 세력이 결코 만만치 않다는 것을 말하면서 본인도 느끼고 있었고, 다른 이들도 진정 마음으로 느끼길 바란 까닭이었다.

"그들 중 수라곡은 단천자의 수중에서 벗어나 이미 우리 편에 합류한 상태이고, 혈마회는 회주를 비롯한 주축 세력이 일망타진되었기에 남은 건 여섯 정도라 할 수 있겠소. 하지만 이건 확인된 것뿐 더 많으면 많았지 이보다 적은 것은 아니라는 것을 알아두었으면 하오."

"아미타불… 이 혈겁을 어찌한단 말인가……."

무상성승 굉정이 조용히 읊조렸다.

하지만 그의 음성은 나직했음에도 그곳에 있는 모두의 귀에 새겨지듯 꽂혔다. 굉정이 품고 있는 다음. 부디 대량 살상만은 벌어지지 않기를 바라는 절실함이 그의 음성으로부터 실려와 모두의 마음에 잔잔한 파문을 불러일으켰다.

약간의 침묵이 흐른 뒤, 빙안미성이 종횡마걸을 향해 물었다.

"현재 단천자는 누구오이까?"

모두가 궁금해하는 질문이었기에 다시 시선들은 종횡마걸을 향했다.

"현재 파악된 바로는……."

종횡마걸이 고통스런 기억이 떠오른 듯 얼굴을 일그러뜨렸다.

이러한 정보를 얻기까지 거의 오백여 명이 넘는 거지가 희생당했다. 그는 자신이 간단간단히 뱉어내는 정보들이 그들의 희생을 너무 가볍게 대하는 것은 아닌지 잠시 스스로에게 묻고 있는 중이었다.

"…암흑단주가 가장 유력하다고 할 수 있소이다. 그 이유는 건곤도성이 살해된 곳에 암흑단의 인물들이 포진하고 있었기 때문이오. 하지만 이건 어디까지나 추정일 뿐, 이혼대법을 통해 원한다면 누구의 몸이라도 넘나들 수 있다는 걸 생각하면 그 외 세력들의 수뇌 중 하나일 가능성도 배제할 수는 없는 일이외다."

종횡마걸의 말에 모두는 아무 말도 꺼내지 않았지만 하나같이 마음속으로는 암흑단주를 되뇌이고 있었다.

"어떤 복안을 가지고 계신지 들려주시겠습니까?"

수호맹주의 물음이었다.

물음은 종횡마걸에게 했지만 대답을 한 것은 굉정이었다.

"나무아미타불……. 소승이 한말씀 올리겠소이다. 과거 단천자가 우리 칠성사괴를 찾아온 건 수천의 인명을 살상(殺傷)한 뒤였소. 살상이 벌어졌을 당시에는 단천자라는 존재를 알지 못했기에 막을 수 없었으나 현재 우리에겐 아직까지 혈겁(血劫)을 막을 수 있는 기회가 남아 있는 셈이오. 아마도 단천자는 지난날을 타산지석(他山之石) 삼아 자신을 막을 자들을 없앤 후 비로소 온 천하를 피로 물들이려 할 것이오. 음… 그러나 지금 이곳 망창산에 모인 많은 이가 어찌 적은 수라고 할 수 있겠소. 소승으로선 어떤 경우에라도 적은 희생으로 이 일을 마무리 지어야 한다고 생각하외다."

굉정의 말은 복안이라기보다는 불자(佛子)로서의 바람이라고 해야 좋을 말이었다.

종횡마걸이 말을 받았다.

"나 또한 그러한 생각을 하지 않은 건 아니라오. 어찌 되었든 단천자로서는 자신을 막을 만한 능력을 지닌 이들을 없애는 것이 우선일 터, 내 생각이 거의 불가능해 보이는 계획이긴 하나 나는 그에게 제안을 해볼 작정이오.”

“귀를 열고 고견을 경청하겠소이다.”

굉정이 반가운 소리라는 듯 자축하고 나섰다.

“두 세력 간에 그 힘을 좌지우지할 수 있는 십여 명의 고수를 뽑아 승부를 가리는 것이오. 성사만 된다면 굳이 많은 숫자의 대결로 애매한 희생을 부를 필요는 없게 될 거외다.”

“그건 단천자를 너무 높게 평가한 것이 아닌가 싶소.”

무령노괴의 의도가 실리지 않은 차가운 말이었다.

염도도 말을 보탰다.

“그렇게 합리적인 인간이 아닐 텐데……..”

종횡마걸이 고개를 끄덕였다.

“두 분의 말씀이 맞소이다. 단천자는 결코 순순히 응하진 않을 것이오. 하지만 내가 그렇게 말한 것은 건곤도성의 죽음 때문이오. 단천자는 건곤도성을 살해한 후 자신감에 차 있을 수 있다는 것이지요. 그가 만약 어렵지 않게 건곤도성을 제압했다면… 의외로 받아들일지도 모르는 일이외다.”

종횡마걸이 말미에 말을 멈췄던 건 만일 그러한 것이라면 대결이 성사된다 해도 이 편에 희망대로 결과가 나오지 않을 것이었기 때문이다.

무거운 침묵이 좌중을 내리눌렀다.

각오는 충분히 하고 있었지만 어떤 경우든 죽음이 눈앞에 놓인 것만은 분명하다는 것을 인식한 때문이었다.

그때 침묵을 걷어낸 것은 무상성승 굉정이었다.

"내가 가리다. 소승이 가서 그에게 말해 보리다."

"그게 무슨 말이오? 단천자가 불제자(佛弟子)라 하여 곱게 돌려보낼 것이라 생각한단 말이오. 이게 무슨 전쟁터의 사신(使臣)이라도 되는 줄 아시오!"

염도가 고함치듯 외쳤다.

당연한 말이었다. 누가 가든, 또는 단천자가 그 제안을 받아들이든 그렇지 않든 살려서 보내진 않을 것이다.

무상성승 굉정은 그에 대응하지 않고 그저 고요히 눈을 감으며 불호를 중얼거렸다.

그때였다.

"좋소. 내가 무상성승과 함께 가겠소. 함께라면 어려운 일이 닥쳐도 몸을 빼내는 것만이라면 그리 어렵진 않을 것이오."

종횡마걸이었다.

"…결과는 하늘에 맡기도록 합시다. 지금 우리는 충분히 최악이고, 또 무엇이든 더 나빠질 만한 것도 보이지 않으니 무상성승과 내가 가리다. 반대하는 분이 있어도 상관없소. 이미 결정했으니 막으려 한다면 단천자보다 나 종횡마걸을 먼저 상대해야 할 것이오."

종횡마걸의 두 눈이 좌중을 압도하는 굳센 정기를 뿜어냈다.

제14장 경천동지

굉정과 종횡마걸이 살아서 돌아왔다. 그러나 그보다 더욱 놀라운 사실은 단천자가 그와 같은 제안을 받아들였다는 점이다.

모두는 한 명도 아니고 두 명이나 되는 초절정고수를 잃게 되는 것이라고 생각하고 있었기에 무사히 돌아온 굉정과 종횡마걸을 보고도 한동안 자신의 눈을 의심해야만 했다. 그런데 거기에 혈겁을 피할 수 있는 제안을 단천자가 받아들였으니 이는 거의 기적 같은 일이 아닐 수 없었다.

그러나 대다수는 그 내용을 순순히 받아들이지 못했다.

필시 어떤 숨겨진 간계가 있을 것이라며, 손바닥 뒤집듯이 말을 바꿀 것이라며 꺼림칙한 기색을 숨기지 않았다.

그저 아무 변고 없이 살아서 들어온 것을 다행으로 생각하자고 하는 이도 있었다.

그러한 반응에 종횡마걸은 미리 예상하고 있었다는 듯 차분한 어조로 설명하기 시작했다.

"여러분의 염려하는 마음은 알겠으나 이 늙은 거지가 생각하기엔 크게 문제될 것은 없소. 일단 장소로 지정한 운봉산에 대해서 이야기해 보리다. 그곳은 우리가 머무는 망창산과 단천자 무리가 자리한 악왕산의 중간에 위치하고 있소이다. 아, 그전에 운봉산이 어떻게 정해졌는지를 말씀드려야겠구려. 내가 제시한 곳은 백목산이었고, 그들이 제시한 곳은 화림산이었소. 그렇게 팽팽히 맞서다가 결국 제삼(三)의 장소를 정하게 되었는데 그곳이 바로 운봉산인 것이오. 내 이미 개방도들을 그곳에 보내놓았으니 무슨 수작을 부리진 못할 거외다."

종횡마걸의 설명을 듣자 비로소 무리는 장소에 대한 염려는 떨쳐 낼 수가 있었다.

모두가 납득한 듯 고개를 끄덕이는 것을 보고 종횡마걸이 말을 이어 갔다.

"두 세력 간에 대결을 펼칠 인원은 각기 열 명으로 정했소이다. 나는 여러분께 큰소리를 치긴 했지만 솔직히 이 제안이 받아들여질 것이라고는 생각지 않았었소. 부끄러운 이야기지만 이건 순전히 이 거지가 무고한 피값에 대해 도망가 보려는 시도였음을 고백하는 바이오. 발생할 것이 뻔한 무수한 희생에 대해 어떤 노력도 해보지 않았다는 나 자신이 나 자신에게 보낼 손가락질이 겁났던 것이오. 그렇소. 나를 위한 변명거리를 만들어보려 했던 것이오. 그러나 뜻하지 않게 제안이 성사되었으니 결과가 어떻게 나오든 지금으로선 기쁘기 그지없소이다."

 뭇 고수들은 종횡마걸의 말을 들으면서 개방의 단 한 가지 규율(規
律)을 떠올렸다.

 —의(義)를 행하라.

 단 한 가지이나 수천, 수만 가지의 규율보다 더 어려운 것이 개방의
법도(法道)인 것이다.

 진정 종횡마걸이 왜 칠성 중 한 명이 될 수 있었는지, 그가 왜 개방
역사상 다섯 손가락에 꼽히는 명성을 얻게 되었는지가 새삼 깨달아지
는 순간이었다.

 "종횡마걸께선 단천자가 무슨 까닭으로 그러한 제안을 받아들였다
고 보십니까?"

 수호맹주가 공손히 물어왔다.

 종횡마걸이 잠시 손으로 턱을 어루만지다 답했다.

 "순전히 개인적인 추측에 불과하오만 굳이 말을 해보자면 이렇소.
과거 단천자가 칠성사괴를 상대할 당시에 그는 자만으로 가득 차 있었
소. 그러다 결국 뒤늦게 합류한 성숙노괴를 당해내지 못하고 곤란을
겪게 된 것이오. 그는 어쩌면 당시의 패배는 혼자서 모든 것을 감강하
려 했기에 기력의 소모로 인한 것으로 해석하는 것이 아닐까 싶소. 그
추측에 힘이 실리는 증거로 그가 강호에 나와 세력을 갖추려 했다는
점을 들 수 있겠소이다. 그는 십 대 십의 대결이라면 충분히 제압할 수
있다고 자부하는 것처럼 보였소."

"단천자가 누구인지는 확인하였습니까?"

빙안미성이었다.

종횡마걸이 좌중을 긴 호흡으로 훑어보며 입을 열었다.

"그는… 암흑단주였소."

*   *   *

예정된 시간, 열흘째가 된 운봉산 표묘봉!

이곳은 오래전부터 이러한 격전이 있을 것을 예상이나 했었다는 듯 약 오십여 장 정도의 평지가 산꼭대기에 펼쳐져 있었다.

그리고 지금 이곳에 강호를 호령하는 초절정고수 이십 인이 각기 열 명씩 마주 섰다.

단천자를 응징코자 선 열 명의 고수는 이러했다.

무상성승 굉정, 종횡마걸 표헌, 빙안미성 주혜, 독왕노괴 염도, 무령노괴 곡진, 수호맹주(守護盟主) 우범(于範), 무당 장문인 혜검자(慧劍子) 장춘(張椿), 곤륜의 선학자(仙鶴子), 사마세가의 가주 사마열(司馬烈), 청성파의 장로 유현자(幼顯子).

그리고 이들과 맞서는 이들로는, 암흑단주(暗黑團主)로 분한 단천자(斷天子)와 쌍룡방주(雙龍幇主) 허인회(許因回), 잠룡곡주(潛龍谷主) 이금(李禽), 잠룡곡의 세 명의 장로(長老), 혈방(血幇)의 방주인 구역명(坵役暝), 천인회주(千人會主) 도천파(度天爬), 석방주(石幇主) 석천(石泉), 검막주(劍幕主) 요궁(嶢躬)이 굳건히 버티고 섰다.

"하하하하, 정겨운 얼굴들이 보여 기쁘군."

단천자가 한 걸음 나서면서 입을 열었다.

"흐흐, 그래. 많이 봐두어라. 잠시 후면 더 이상 두 눈 뜨고 볼 수 없을 테니."

독왕노괴 염도가 살짝 입꼬리를 올리며 조소를 보냈다.

"음, 염도! 뭔가 단단히 착각하고 있는 모양이구나. 함허 그 늙은이가 내 손에 죽었지만 그 대상이 네가 될 수도 있었다는 것을 생각지 못하는구나. 왜 그랬는 줄 아느냐? 맛있는 건 한 번에 먹기엔 너무 아까운 법이거든. 몰래 숨겨놓고 제일 가지막에 먹어야 제맛이지. 성숙노괴 다음으로 죽이고 싶었던 놈인 너를 너무 빨리 죽일 순 없었음을 알아줬으면 싶구나."

"후훗, 예전보다 말이 많아졌구나."

두 사람은 그저 말로 공방을 하고 있었지만 사실 그 이면에는 격렬한 기세가 표출되고 있는 상황이었다.

어줍잖은 이가 만일 중간에 눟인 상태라면 그 기세만으로도 목숨을 잃을 정도라 할 수 있었다.

"아미타불……."

굉정이 문득 앞으로 한 걸음 나서며 불호를 외웠다.

"무환 시주, 어찌하여 지난날의 아픔을 떨쳐 내지 못하는 게요."

단천자의 얼굴이 순간 극심한 분노로 타올랐다.

"닥쳐라!"

그는 자신의 이름이 거론되는 것만으로도 참을 수 없다는 듯 당장 몸을 날릴 기세였기에 순간 뭇 고수들 또한 그에 대한 방비를 하느라 한순간에 주변은 각기 응집하는 기세로 회오리가 일었다.

그러나 그 와중에도 굉정 대사는 여전히 고요한 음성을 발했다.

"그대는 수많은 피로 어린 날의 상처를 보상하려 하지만 그러면 그럴수록 더욱 마음은 채워지지 않는다는 것을 어찌 모르오이까. 부디 사심(邪心)을 떨쳐 내고 자신의 내면을 들여다보길 바라오."

"크하하하하……."

단천자가 온 산이 뒤흔들릴 정도의 웃음으로 대답을 대신했다.

그리고 한순간 손으로 굉정을 지목하더니 살기 어린 음성을 발했다.

"굉정, 네놈부터 죽여주마."

그 말이 시작이 되었다.

단천자를 기점으로 쌍방간은 일제히 뒤엉켜 혼란 지경에 이르렀다. 하지만 일견(一見)하기엔 아주 복잡해 보였어도 실제로는 그 나름의 합리적인 구도가 짜여졌다.

이미 굉정과 종횡마걸이 단천자를 맡겠다고 말한 터였기에 짓쳐들어오는 단천자는 두 사람과 어우러졌고, 잠룡곡주는 무령노괴가, 독왕노괴는 쌍룡방주를, 빙안미성은 천뢰편으로 잠룡곡의 두 장로를 에워쌌다.

그 곁으로 유현자는 잠룡곡의 남은 한 장로를 상대했으며, 수호맹주 우범은 혈방주, 곤륜의 선학자는 천인회주, 사마 가주는 석방주를, 그리고 무당 장문 혜검자는 검막주 요궁을 맡았다.

검과 도와 장이 난무하는 가운데 가장 먼저 곤궁에 처한 것은 수호맹주 우범이었다.

우범은 자신의 검에 점창의 모든 절기를 쏟아 부었지만 혈방주 구역명의 핏빛 장력에 번번이 곤경에 빠지고 있는 상태였다.

그는 극쾌를 자랑하는 분광검법(分光劍法)을 시전하였고, 혈방주 구역명은 그와는 대조적으로 둔중한 장력의 기세로 맞서는 형세였다.

일반적인 관점에서 보자면 마땅히 빠르고 현란한 분광검법(分光劍法)이 우위를 점하리라 여기기 쉬우나 오십여 초가 지난 상황에서 그의 검(劍)은 장력의 수많은 그물에 갇혀 그 특유의 쾌(快)를 발휘하지 못하고 둔해지고 있었다.

그것은 구역명이 펼치는 장력이 오귀환우장(五鬼幻憂掌)이기 때문이었다.

'다섯 귀신이 환영(幻影) 속에서 근심[憂]을 안긴다' 라는 뜻과 같이 시간이 지날수록 보이지 않는 장력의 기운이 다섯 귀신이 버티고 선 것처럼 다섯 방위를 점하여 수호맹주 우범의 검을 굴절시키고 묶어버리고 있었던 것이다.

우범은 식은땀을 흘리며 급격히 절창의 비전절기인 사일검법(斜日劍法)으로 전환했다.

분광검법이 빠름을 주로 하였다던 사일검법은 그 빠름에 강맹함을 더한 점창파 최고의 검학(劍學)이었다.

쒜에엑—

혈방주가 만들어낸 귀신 중 하나가 우범의 검에 의해 스러졌고, 한결 자유로워진 검이 해를 쏘아 떨어뜨릴 기세로 뻗어갔다.

그러나 우범은 그 찰나적인 순간에 얼핏 혈방주의 눈에 광기(狂氣)가 어리는 것을 보았다.

그것은 죽음을 도외시하는 눈빛이었다.

아니, 더 정확히는 더 이상 사람의 눈이라고 보기 힘들었다.

오싹한 기운이 번개같이 떠올랐으나 그것이 사라지는 것 또한 번개와 같았다.

지금은 놈의 목에 검을 들이박는 것이 중요할 뿐이다.

이미 검끝이 혈방주 구역명의 목 언저리에 닿아가는 중이었다. 누구라도 먼저 자신이 맡고 있는 상대를 쓰러뜨린 후엔 동료들을 도와야 한다. 또 반대로는 자신이 쓰러지면 그만큼 곤란에 빠뜨리는 것이 된다.

'죽어라.'

치잉~

하늘에서 내리쬐는 햇살이 검(劍)끝에 매달려 미끄러지듯 빛을 발했다.

그러나 그 순간, 도저히 피할 수 없을 것이라고 생각했던 혈방주의 목이 검을 비껴냈고 검은 속절없이 옆으로 지나갔다. 그리고 이어 핏빛 혈기를 머금은 혈방주의 오른손이 그대로 수호맹주 우범의 가슴에 작렬했다.

퍼억—

수호맹주 우범이 급히 검을 거두며 혈방주의 목을 베어가려 할 때는 이미 둔탁한 음향이 가슴에서 울려 퍼진 뒤였다.

"커억… 컥……."

우범은 연이어 뒷걸음질치면서 기혈을 진정시키려 애썼지만 이미 그의 얼굴은 창백해지고 입 안엔 가득 피를 머금은 상태였다.

울컥, 하는 소리와 함께 검붉은 피가 진득하게 터져 나왔고 그것을 구경만 하고 있을 만큼 자비로운 혈방주가 아니었기에 숨통을 끊으려

다가섰다.

"멈춰라!"

혈방주 구역명의 몸이 멈칫했다. 그저 날카로운 외침 때문만은 아니었다. 공기를 찢어발기는 소리와 함께 채찍이 뻗어왔기 때문이었다.

빙안미성과 그녀의 천뢰편이었다.

혈방주 구역명이 급격히 신형을 틀어 장력을 떨쳐 내며 그녀를 맞았다.

빙안미성의 상대였던 잠룡곡의 두 장로는 나름대로 고군분투했지만 빙안미성에겐 역부족이었다.

빙안미성은 그들을 처리한 후 내심 종횡마걸 쪽으로 합류해 단천자를 제거하려 했지만 그때 마침 수호맹주 우범이 비틀거리는 것을 보고 급히 달려온 것이었다.

빙안미성와 맞서는 혈방주 구역명의 입장은 방금 전 우범을 상대할 때와는 확연히 다른 상태에 빠졌다. 차마 공격할 엄두를 내지 못하고 그저 막아내기에 급급하게 되고 만 것이다.

그 와중에 피를 토하며 비틀거리던 수호맹주 우범은 끝내 버티지 못하고 바닥으로 허물어졌다.

그의 몸은 스스로의 의지와는 별개로 간헐적으로 바들거렸다.

그는 자신이 이미 희망이 없다는 것을 알고 있었다.

손가락 하나 움직일 수 없는 상태에서 그는 자신의 입에서 이젠 피와 함께 거품이 뿜어지고 있다는 것을 느낄 수 있었다.

'도와줘…….'

주위는 여전히 격렬한 대전이 펼쳐지고 있고, 이 와중에는 그 누구도 도움을 줄 만한 상황이 아니었지만 그는 도와달라고 외치고 싶었다. 그러나 소리가 되어 나오진 못했다.

'도와줘… 제발… 나를 죽여줘…….'

그의 죽음을 지켜보는 자도, 그가 불규칙적으로 몸을 떠는 것을 보는 사람도 없었지만 그는 언제까지 이런 흉물스런 모습으로 바들거리고 싶지 않았던 것이다.

차라리 혈방주의 최후의 일격을 받았더라면, 빙안미성이 조금만 더 늦게 왔더라면 하는 아쉬움이 온 마음을 뒤덮었다.

총 이십 명의 격전 중 두 사람이 죽고, 한 명은 거의 죽은 것이나 다름없는 상태에 놓이게 된 시점에서 상호 간의 대결은 작은 우열은 존재했지만 아직은 팽팽하다고 할 수 있었다.

거의 오백여 초가 지나갈 무렵, 무당장문인 혜검자와 검막주 요궁의 대결에서 균열이 생기기 시작했다.

모두 검의 달인으로 표묘봉의 대전 중 가장 압도적인 현란함을 보이던 두 사람이었다.

검막주 요궁이 펼치는 탈혼십이검(奪魂十二劍)은 혼을 탈취한다는 뜻과는 달리 검이 움직이는 선과 점이 빛살처럼 허공에 남겨지며 한 폭의 산수화를 그려내고 있었고, 혜검자가 펼쳐 내는 태극혜검(太極慧劍)은 그 부드러움이 스치는 바람결과 흐르는 강물 같아서 두 사람이 어우러지자 신비한 풍광이 주변을 감싸는 것만 같았다.

그러나 그러한 외형과 달리 검막주의 검은 시시때때로 바람을 제어하고 강물을 틀어 막고자 했고, 혜검자는 그 부드러운 바람과 물의 힘으로 산을 뒤엎으려 하고 있었다.

그렇듯 현란하기만 하던 두 사람의 검결에 균열이 생기기 시작한 것은 어느덧 혜검자의 검의 물결이 요궁의 현란한 빛을 소리없이 지워나가면서부터였다.

검의 바람과 물결은 아주 서서히 부피를 늘려가더니 급기야 산을 범람할 지경에 이르렀고, 그때부터는 완연히 혜검자가 주도권을 움켜쥐었다.

그러나 그 시점에서 급격한 변화가 나타난 곳은 단천자와 맞서는 굉정과 종횡마걸 쪽이었다.

다른 곳들과는 달리 그 격전의 파괴력이 주변을 휩쓸었던 터인데 한 팔만으로 대적하던 굉정이 단천자의 장력에 맞아 뒤로 나가떨어지고만 것이다.

"우욱……."

굉정의 몸은 거의 이 장여를 날아가 나뒹굴면서 거의 절벽 끝 자락에 가서야 멈춰 섰다.

그는 기혈이 들끓어 도저히 돔을 움직일 수도 없는 형편이었지만 입술을 깨물며 자리에서 일어섰다.

이제껏 종횡마걸과 연합한 상태였음에도 불구하고 단 한 차례도 우위를 점하지 못했는데 자신마저 주저앉고 만다면 오늘의 결과는 불을 보듯 뻔한 일이 될 것이었기 때문이다.

하지만 그의 불굴의 의지에도 몸은 말을 듣지 않았다.

힘겹게 한 걸음을 떼내긴 했지만 그건 마치 십 리 길을 걷는 것만큼이나 멀게 느껴졌다.

'아미타불… 이 소승에게 힘을 주소서.'

가만히 마음으로 빈 후, 그는 모든 것을 떨쳐 내겠다는 듯 우렁찬 사자후를 토해냈다.

"아아아~"

산야를 울리는 소리와 함께 그의 신형이 단천자를 덮쳤다.

관음천강수(觀音天剛手).

이 한 번의 공격에 그는 자신의 모든 것을 걸었다. 단천자를 격중시키든, 그렇지 않든 죽음은 피할 수 없는 일.

'단천자, 나와 함께 떠나자꾸나. 너의 그 깊고 깊은 슬픔을 모두 거둬 이 세상이 아닌 곳으로 가자. 그곳에서라면 진정 평화를 얻을 수 있을 것이다.'

펼치는 이나 당하는 자나 모두 죽음에 이를 수밖에 없는 극강의 절초가 단천자를 향해 뻗어갔다.

그 순간 세상사가 결코 뜻대로 이루어지지 않는다는 것을 보여주는 듯 기이한 변고가 발생했다.

단천자와 종횡마걸이 격렬히 살초를 구사하던 중 종횡마걸의 신형이 굉정이 뻗어내는 관음천강수의 사정권으로 불쑥 끼어들고 만 것이다.

'헉……'

굉정으로서는 경악 중에 탄식하지 않을 수 없었다.

결코 가볍지 않은 공격이란 것을 간파한 단천자가 교묘하게도 종횡마걸을 몰아붙여 이동하지 않을 수 없게 만든 것이라는 것으로밖에는 해석할 수가 없었다.

굉정은 내뻗던 관음천강수를 급히 거둬들였다.

그것이 곧 죽음과 직결된다는 것을, 단천자를 더 이상 어쩌지 못한다는 것을 알고 있었지만 어쩔 수 없는 노릇이었다.

관음천강수가 거두어지면서 굉정의 내부에서 소리없이 기의 폭발이 일어났다.

"크헉……."

결코 외부에서는 들을 수 없는 소리였지만 굉정은 온 세상이 무너져내리는 듯한 강렬한 폭발음을 들으면서 신형을 날리던 자세 그대로 허물어졌다.

종횡마걸은 굉정이 무너져 내리는, 그리하여 죽어가는 소리를 들었지만 돌아볼 수 없었다.

그를 염려한다는 것은 지금으로선 사치였다.

얼마 지나지 않으면 자신 또한 굉정과 다를 바 없이 될 터였기 때문이다.

거치적거리던 굉정이 사라지자 단천자의 공세는 파상적으로 펼쳐졌다. 이미 확실한 우위에 서 있던 차, 거칠 것이 없었다.

한순간, 신형의 극쾌로 간신히 버티고 있던 종횡마걸의 얼굴에 당혹이 스쳤다.

사방팔방으로 드리워진 단천자의 기막(氣膜)에 의해 그는 어쩔 수 없이 정면으로 뻗어오는 단천자의 장력을 맞부딪칠 수밖에 없었다.

퍼엉~

두 거대한 기운이 충돌하면서 단천자의 몸이 한 차례 기우뚱거렸다.

하지만 종횡마걸의 상태는 그와 비교할 바가 아니었다.

"커억……."

거의 외마디 비명과 함께 뒤로 주춤거리며 물러서는 정도를 넘어 아예 허공을 가로지르며 뒤로 날아가 버린 것이다.

문제는 절벽 끝 자락에서 멀지 않았던 탓에 그만 종횡마걸의 신형이 나락으로 떨어지고 말았다는 것이다.

"단천자 이놈!"

종횡마걸을 날려 버린 단천자가 신형을 곧추세우고 만면에 의기양양한 기세를 드러낼 때, 그림자 셋이 동시에 날아들었다.

독왕노괴 염도와 무령노괴 곡진, 그리고 빙안미성이었다.

각기 쌍룡방주와 잠룡곡주, 혈방주의 숨통을 끊어놓은 뒤 일제히 단천자를 향해 거침없이 살수를 뿌려댔다.

삼 대 일의 구도가 되자 일순 독왕노괴 쪽이 우위를 점했다.

단천자는 종횡마걸을 간단히 없앤 것처럼 보였으나 기실 그 또한 어느 정도의 타격을 입은 것처럼 보였다. 그렇지 않다면 과거의 전례를 보건대 세 사람이 힘을 합한다 해도 단천자를 핍박하지는 못하는 것이다.

그 여세를 늦추지 않고 염도 등은 광풍처럼 몰아붙였다.

극쾌 무비한 염도의 신형에 이은 장력과 살수무공을 근간으로 한 곡진의 살인검, 그리고 빙안미성의 천뢰편이 단천자의 주위를 에워싸자 단천자는 일순 허둥대는 기색을 드러냈다.

만일 조금이라도 여유를 준다면, 만일 이번 기회를 놓치게 된다면 언제 다시 이런 기회가 올지 모른다. 아니, 영영 기회는 없을 것이다.

그렇기에 지금 세 사람은 자신의 평생의 공력을 다 발휘하고 있었다.

그 외중에 각기 다른 두 줄기 비명이 울려 퍼졌다.

중앙 쪽에서 각기 검과 도로 처음부터 지금까지 치열한 접전을 펼치던 곤륜의 선학자와 천인회주의 입에서 흘러나온 소리였다.

두 사람은 서로를 노려보며 서서히 죽어가고 있었다.

선학자의 검(劍)은 천인회주의 심장에 박힌 채였고, 천인회주의 도(刀)는 선학자의 목을 꿰뚫은 상태였다.

선학자의 검이 심장을 노릴 따 천인회주는 마땅히 피할 수도 있었으나 뜻밖에도 그는 죽기로 작정한 듯 그대로 도를 들어 선학자의 목에 들이민 것이다.

혈류가 멈추고 의식이 단절되는 아득함 속에서 두 사람은 서로를 응시하는 눈빛을 거두지 않고, 또한 잡고 있는 병기를 굳건히 붙든 채로 죽음을 맞이했다.

지금까지 목숨을 잃은 자가 열. 살아남은 자가 열.

그러나 살아남은 이들은 여전히 죽은 자들을 돌아볼 상황이 아니었다.

청성의 유현자와 잠룡곡의 장로, 사마 가주와 석방주, 그리고 무당 장문 혜검자는 검막주 요궁은 서로 간에 약간의 우열을 차지하고 있을 뿐 누가 누구를 당장 제압할 만한 상황이 아니었다.

선학자와 천인회주의 동귀어진 이후 의외로 급박한 변화를 보인 곳은 단천자 쪽이었다.

거의 최고조로 힘을 끌어 모으는지 단천자의 머리는 어느새 붉게 변

해 악귀와 같이 되었고, 그럼에도 그는 서서히 곤혹스런 상황으로 치닫
고 있었다.

그리고 한순간, 무령노괴가 거의 자신의 생명을 도외시하듯 단천자
에게 급격히 다가갔다.

독왕노괴와 빙안미성은 그것이 무엇을 의미하는지 단번에 알아차렸
다. 그는 지금 자신의 몸을 미끼로 독왕노괴와 빙안미성이 기회를 잡
도록 하려는 것이다.

그러나 그것을 알았다고 해도 이미 말릴 새가 없었다.

무령노괴가 검격을 정면에서 쇄도하며 들어오자 단천자가 분뢰섬연
장으로 그의 검을 향해 맞받아쳤다.

무령노괴의 검이 단천자가 뿜어내는 엄청난 기세에 분쇄되어 갔고,
그 틈을 타고 염도와 빙안미성의 공격이 양쪽에서 퍼부어졌다.

빙안미성의 천뢰편이 단천자의 옆구리로 파고들었고, 염도의 손이
갈고리 모양으로 그의 목에 꽂혔다.

“크어억……."

무령노괴의 얼굴이 백지장처럼 하얗게 변하면서 비틀거리다 풀썩
쓰러지며 그대로 숨을 거두고 말았다.

그와 동시에 단천자도 무사할 순 없었다.

옆구리로 파고든 천뢰편이 내장을 한바탕 휘저어 버린 데다 독왕노
괴의 호조(虎爪)가 목의 경동맥을 뜯어내 버린 것이다.

“크아악……."

단천자가 허허로운 표정으로 몸을 덜덜거리더니 그대로 무릎을 꿇
었다.

"곡진! 곡진! 일어나야 하네. 잠들면 안 돼."

염도가 손을 거두고 급히 무령노괴의 몸을 일으키며 외쳤지만 이미 무령노괴는 이 세상 사람이 아니었다.

젊은 날 의기투합했던 추억을 나눈 또 한 명의 친구가 이렇듯 세상을 떠나자 염도는 말로 할 수 없는 비통에 젖어들었다.

'어찌 이렇게 가버린단 말인가······.'

한순간 분노가 타올랐다.

"단천자··· 너를, 너를 편히 죽게 할 순 없다."

그러나 무령노괴를 누이고 돌아서는 염도의 눈이 순간 당혹스럽게 변하고 말았다.

웃고 있었다. 단천자가 마치 승리한 듯이 웃고 있는 것이다.

"흐흐흐··· 모든 게 제대로 되었어. 크흐흐흐······."

"무슨 소리냐?"

곁에서 천뢰편을 움켜쥐며 빙안미성이 싸늘히 물었다.

"너희들은 기억력이 그리 좋지 않은가 보구나. 예전과 비교했을 때 지금의 단천자는 어떻더냐?"

죽음이 임박한 상태가 분명함에도 단천자의 입가엔 조롱이 가득 매달려 있었다.

"크크··· 과연 이렇게 호락호락 무너져 내릴 것으로 보았단 말이냐?"

독왕노괴와 빙안미성은 순간 긴장에 휩싸였다.

비로소 과거가 재현될 것임을 깨달은 것이다.

지난날 성숙노괴가 단천자를 죽였을 때 모두는 그가 죽었다고 생각했으나 단천자의 원령만큼은 소멸하지 않고 빠져나오자 부득불 천보갑에 가두어놓을 수밖에 없지 않았던가.

만일 단천자가 그날처럼 원령이 빠져나와 다른 사람의 몸으로 들어간다면 또다시 언젠가는 혈겁이 불어닥칠 것이 분명했다.

단천자는 죽음이 임박한 듯 몸을 부르르 떨더니 입을 열었다.

"어리석은 놈들……. 크크크… 진정 네놈들이 보기에… 내가… 단천자님으로 보이는 것이냐?"

전혀 생각해 본 적도 없는 말에 독왕노괴와 빙안미성의 눈이 경악으로 물들었다.

"무슨 소리냐? 네가 단천자가 아니란 말이냐?"

"무슨 수작을 부리는 것이냐?"

무릎 꿇고 있던 단천자의 몸이 끝내 지탱할 힘을 잃은 듯 허물어졌다.

그러나 그의 얼굴의 조소는 여전했다.

"크크… 잘 생각해 보아라. 어떻게 이날의 대결이 성사되었는지… 누가 이런 제안을 했는지 말이다. 크하하하하……."

말을 맺는 마지막에 단천자는 최후의 힘을 쏟아 부은 듯 온 산을 울리는 웃음을 토했다.

독왕노괴와 빙안미성은 서로를 마주 보며 동시에 한 사람을 떠올렸다.

'설마…….'

'그럴 리 없어… 어떻게…….'

그러나 그 의문에 대한 답은 엉뚱한 곳에서 들려왔고, 더 이상 독왕노괴와 빙안미성은 의문을 품을 수조차 없었다.

콰광… 콰과광… 쾅~

온 세상에 종말이 임하는 것만 같은 엄청난 폭발음과 함께 산이 폭발했다.

콰광… 쾅… 콰쾅…….

어마어마한 폭발, 운봉산 전체가 한순간에 날아갔다.

산 자체를 통째로 평지로 만들어 버릴 만큼의 폭발이었다.

제15장 유언

종횡마걸!

그는 의로움에 가득 찬 음성으로 외쳤었다.

그는 죽음의 두려움을 무시한 채 단천자에게 제안하겠다고 했다.

그는 단천자는 자신이 맡겠노라고 말했었다.

그는 분명히 단천자의 장력에 맞아 절벽 아래로 떨어져 내렸다.

그러나 그는 살아 있었다. 아무런 상처도 없이……

그는 종횡마걸이 아닌 단천자로서 마지막 신호를 기다렸다.

산을 떨쳐 울리는 암흑단주의 웃음소리에 맞춰 종횡마걸이 싸늘히
명했다.

"멸하라."

그 말이 떨어지기 무섭게 운봉산이 통째로 날아갔다.

원래부터 그저 돌무더기들이 어지럽게 널린 평지였다는 듯, 산은 존재하지 않았다는 듯이 그렇게 운봉산은 세상에서 사라졌다.

'후후, 종횡마걸! 네게 감사해야겠구나. 너 때문에 평생 잊지 못할 건곤도성의 경악에 찬 얼굴을 보게 되었고, 남은 놈들까지 다 쓸어버렸으니 말이다. 크크, 마지막에 독왕노괴와 빙안미성이 지었을 표정마저 봤어야 했는데 조금 아쉬움이 남는군.'

종횡마걸의 몸을 쓴 단천자가 크게 소리쳤다.

"모두 도륙하라. 남김없이 척살하라. 크하하하하……."

운봉산의 대폭발 후 산 아래쪽에서 대기하고 있던 연합대를 멸하라는 명이 떨어졌다.

빙안미성의 몰골은 처참했다.

머리는 거리의 미친 여자처럼 산발이 되었고, 얼굴은 숯물로 세수를 한 듯했으며, 옷은 걸레 조각처럼 너덜거렸다.

그러나 그녀의 모습은 그녀의 등에 업혀 거의 죽음의 문턱을 넘나들고 있는 독왕노괴 염도에 비하자면 도리어 정갈하게 보일 지경이었다.

지옥의 불길에서 두 사람은 극적으로 빠져나왔다.

그들이 마음속에서 '종횡마걸'을 떠올리는 순간, 굉음과 함께 대폭발이 일었다.

그 순간 염도가 빙안미성을 껴안고 그대로 절벽을 뛰어내렸다.

엄청난 불길과 함께 사방팔방으로 부서져 내리는 만장절벽에서 무언가를 움켜잡는다는 것은 있을 수 없었다.

염도는 호신강기를 끌어올리고 스스로 빙안미성을 보호하는 방패가 되었고, 거친 바람결을 뚫고 추락하며 거의 지상이 임박해졌을 때 크게 소리쳤다.

"한 명은 살아남아야 하오. 그리고 그건 바로 당신이오."

그 말이 끝나기 무섭게 염도는 빙안미성을 위로 던져 올렸다.

그 덕분에 염도의 몸은 더욱 빠른 속도로 내리 꽂혔고, 그 반대로 빙안미성은 지상에 내려섰을 때 고작 삼층 전각에서 뛰어내리는 만큼의 충격만 받았다.

퍼억~

모든 뼈마디가 한꺼번에 부서지는 소리와 함께 염도의 몸이 땅으로 처박혔다.

그리고 그 뒤에 내려선 빙안미성이 입술을 깨물며 염도를 업고 그곳을 빠져나가기 시작한 것이다.

그녀의 마음 같아서는 당장에라도 단천자를 찾아가고 싶었지만 아직 희미하게나마 숨이 붙어 있는 염도 때문에 일단 벗어나는 데 주력했다.

염도가 꿈속을 헤매는 듯,

"이곳을… 벗어나야 하오. 어서… 어서……."

라고 말하고 있었기 때문이다.

그녀의 눈에 이슬이 맺혔다.

등 뒤로는 얼마나 많은 사람이 죽어가는지 끊임없이 비명 소리가 들려왔다. 그들을 외면할 수밖에 없다는 것, 자신의 힘이 미치지 못한다는 것에 대한 자책과 분노였다.

얼마나 갔을까.

이젠 비명 소리도, 누군가 추격하는 흔적도 전혀 느낄 수 없을 때 염도가 힘겹게 입을 열었다.

"나… 나를… 내려주시오……."

빙안미성이 염도를 내려 상세를 살폈다.

절망적이었다. 아직까지 살아 있는 것이 신기할 따름이었다.

머리는 검붉은 피가 흐르다 말라 굳어진 상태였고 온몸은 피투성이였다. 그러나 가장 큰 문제는 그의 내력이 전혀 느껴지지 않으며 맥이 거의 끊어질 상태에 이르렀다는 점이었다.

빙안미성은 도대체 무슨 말을 해야 할지, 이 상황에서 그 무슨 말이 위로가 될 수 있을지 몰라 그저 망연자실 염도를 바라봤다.

"내… 마지막… 소원을… 들어줄 수… 있겠소……."

염도의 목소리엔 짙은 죽음의 그림자가 드리워져 있었다.

빙안미성이 고개를 끄덕였다.

"내 제자들… 겸이와 만이… 두 아이를… 부탁하오……. 다, 당신이… 지켜주시오……."

빙안미성의 두 눈에서 소리없이 눈물이 흘러내렸다.

염도의 말이 이어졌다.

"당신은… 좋은… 사람이오. 내 친구… 성숙노괴는… 당신… 을… 진심으로… 사랑했었소."

거기까지 말한 염도는 숨도 쉬기 어려운지 한참 숨을 몰아쉬다 말을 이었다.

“겸이와 만이… 그 녀석들에게… 전해주시오……. 경거망동… 하지
말라고……. 꼭꼭… 숨으라고… 사부를 잊고… 강호를 잊고… 세상을
잊고… 숨으라… 전하시오. 부디 살아남아야… 한다고 말이오…….
다, 당신이 그 아이들을… 붙들어주시오…….”

빙안미성이 염도의 손을 꼬옥 쥐었다.

“허… 끝으로 그 녀석들……. 내가… 내가… 사랑했노라고 전해주
시오. 내 심장으로 사랑했노라고…….”

빙안미성이 다시금 울컥하고 눈물을 쏟았다.

“이제 그만… 가시오. 나는 이곳에… 있겠소이다…….”

빙안미성은 염도의 말뜻이 무엇인지 알아차렸다. 그는 그 나름의 최
후를 맞이하려 하는 것이다.

빙안미성이 멀어지자 염도가 가만히 눈을 감았다.

그리고 순간, 그의 몸은 한 줌의 혈수로 변하면서 증기와 함께 온전
히 스러졌다.

제16장 정신의 방에 다시 들다

인도할 수뇌와 뛰어난 고수를 잃은 강호는 처참히 뭉개지기 시작했다.

산야마다 피가 범람했고, 비명은 끊일 날이 없었다.

생지옥이 세상에서 펼쳐지고 있는 것이다.

한 달 새에 구대문파 중 아미파와 무당파가 전멸했다.

그야말로 전멸이었다. 아미산과 무당산에 머물던 사람 중에 목숨을 부지한 사람은 단 한 명도 없었다.

늦가을의 울긋불긋한 단풍의 정취를 대신해 피의 꽃이 피어났다.

피의 소식은 전 무림을 두려움에 떨게 했고, 달리 맞설 만한 힘이 없는 이들은 오랫동안 지켜왔던 문파의 현판을 내리고 지하로 스며들었다.

손에서 검(劍)을 놓지 않았던 이들은 낫과 괭이를 들고 밭을 일구었고, 도(刀)를 들었던 이들은 수레를 끌며 상인이 되기도 하고 행상이 되기도 했다.

무공을 익혔던 흔적을 지우고 세상 각처의 평범한 삶에 동화되어 갔다.

자신을 지키지 못하고 명예를 지키지 못할 무공은 더 이상 그들에게 어떤 자부심이나 긍지도 아니었다.

*   *   *

빙안미성이 목숨을 부지하긴 했으나 결코 온전한 몸 상태는 아니었다.

염도의 희생이, 염도의 마지막 당부가 없었더라면 그녀는 도망치지 않았을 것이다. 비록 예상되는 결과가 계란으로 바위를 치는 정도의 허망한 것이라 할지라도 등을 보이며 달아나는 일은 없었을 것이다.

"미안하구나……."

빙안미성이 송겸 일행이 머물고 있는 객잔을 찾아 이제까지 있었던 일을 설명한 후 미안하다는 말로 말을 끝맺었을 때 그녀의 눈가엔 촉촉이 물기가 배어났다.

객방에서 비보를 접한 월하와 초민, 그리고 유만과 송겸은 도무지 이 믿어지지 않는, 하지만 믿을 수밖에 없는 이야기에 그저 아무 말도 할 수가 없었다.

월하와 초민은 이미 눈물로 온 얼굴이 홍건해진 상태였고, 유만은 가슴을 움켜쥐며 자리에 주저앉고 말았다.

송겸은 눈물을 흘리지 않았다.

대신 눈물을 참으려고 깨문 입술 때문에 피가 턱을 타고 바닥에 떨어져 내렸다. 입술이 찢어지는 고통은 전혀 느낄 수조차 없었다. 심장이 파열되는 아픔, 자신의 영혼이 찢겨지는 고통에 비하면 그건 아무것도 아니었기 때문이다.

'사부님……'

송겸에게 독왕노괴는 아버지였다. 아버지를 알기 전에도, 알고 난 후에도 아버지였다. 어떤 때는 절친한, 혹은 짓궂은 친구가 되기도 했다.

지난날들의 잊지 못할 추억이 주마등처럼 머리를 스치고 지나갔다.

"이 녀석이 말을 해줘도 말끝마다 노인장이라구 하네. 앞으로는 사부님이라고 부르란 말이다."

제자로 삼겠다면서 호통을 치던 그날의 음성이 귓가에 어른거렸다.

보잘것없던 시정잡배를 그 누가 있어 제자로 삼겠는가.

사부가 없었다면 지금도 자신이 누구인지도 모르고 살았을 송겸이었다.

"나는 이미 덕이 하늘에 이를 만큼 크고, 지고한 정신 세계를 이루었기 때문이다. 내 자비심은 너도 느끼고 있는 부분이 아니더냐."

자신만이 초라한 가옥에 머무는 것에 불만을 터뜨리자 사부가 거창한 말투로 거들먹거리던 말이 떠올랐다.

'다시… 그때로 돌아갈 수만 있다면…….'

송겸의 두 눈에서 비로소 눈물이 흘러내렸다.

'정녕 다시 볼 수 없는 건가요?'

사람이 세상에 한 번 태어나면 마땅히 언젠가는 영영한 이별을 할 수밖에 없다 해도 이런 이별이라면 사양하고 싶었다.

"강호에 나가 언제든 죽을 놈이라면 차라리 내 손으로 죽여 버리겠다. 영원히 사라져 버려라. 다신 내 눈앞에 얼씬거리지 마라, 이 썩을 놈아."

빙안미성과 함께 취망산으로 돌아왔을 때 사부는 하북칠살과 무리한 대결을 벌인 것을 듣고 당장이라도 죽일 듯이 외쳤었다.

괴팍한 사부, 그러나 언제나 송겸의 보호자였고, 피난처였으며 안식처였다.

"사부님……."

조용히 읊조린 송겸이 힘없이 무너졌다.

온몸에 기력이 소리없이 한꺼번에 빠져나가 버린 느낌과 함께 송겸은 나락으로 떨어졌다.

심혼결을 통해 정신의 공간에 들어온 송겸이 포효하는 호랑이를 보며 낮게 중얼거렸다.

"오랜만이다."

그에 대해 응답이라도 하듯 호랑이 형상이 꿈틀대며 흐려지더니 한 줄의 글귀로 바뀌었다.

무상심법지문(無上心法之門).

사부의 죽음, 정들었던 아저씨들은 끝내 아무도 돌아오지 않았다.

빙안미성의 부상은 생각했던 것보다 중했기에 일행은 변장을 하고 시골 마을의 한적한 객방으로 거처를 옮겼다.

산중에 은신처를 마련할까도 생각했지만 곳곳에서 들려오는 소문을 들으니 차라리 세상 속에 은신하는 것이 낫다는 결론을 내린 것이었다.

빙안미성의 몸이 회복되기까지는 꽤 많은 시간이 소요될 것으로 예상되었다.

송겸이 심혼결을 통해 정신의 방에 들어오려 한 건 그때까지 차분히 기다릴 마음의 여유가 없었기 때문이다.

어떻게 해서든지 들어가지 못했던 열 번째 문에서 아버지의 모든 것을 얻어야 했다.

송겸은 크게 숨을 들이쉰 후 무상심법지문이라 새겨진 글귀를 그대로 관통하며 안으로 걸음을 옮겼다.

거대한 석실의 삼면으로 열 개의 문이 조용히 버티고 서 있는 것이 보였다.

송겸은 그중 가장 왼쪽에 자리한 문으로 향했다.

'아버지, 부디 이 소자를 보살펴 주십시오.'

간절한 마음으로 문 앞에 섰을 때 송겸은 어떤 형상이 떠오를지 설렘과 염려로 시간이 멈춘 것만 같았다.

그리고 한 글귀가 스르르 떠올랐다.

상조(尚早).

송겸이 입술을 깨물었다.

'제발, 시간이 없습니다. 아버지, 사부님께서 돌아가셨습니다. 언제까지 이 아들을 기다리게 하실 생각이십니까? 지금 막지 않으면 얼마나 더 많은 생명이 희생될지 모릅니다. 도와주십시오. 제발 도와주십시오.'

송겸은 손을 뻗어 상조라고 떠오른 글자를 휘저었다.

부디 입(入) 자로 바뀌길, 그리하여 복수할 수 있기를…….

그러나 글자는 흩어졌다가 다시 뭉치면서 여전히 상조라는 글자를 이루었다.

"이러시면 안 됩니다. 제 말이 들리지 않으십니까? 단천자를 제압했던 아버지의 힘을 제가 받을 수 있도록 해주십시오!"

송겸이 울부짖었다.

때가 아니라면 도대체 때는 언제란 말인가.

"어서요! 어서 문을 열어주세요! 언제까지 기다려야 합니까?! 사부님도 떠나고, 아저씨들까지 모두 떠났습니다! 빙안미성 노선배와 사제까지 죽어야 때가 되었다고 하실 겁니까?! 아니면 제가 죽어야 하나요?! 어서 문을 열어주세요!"

송겸은 외치고 또 외치다 결국 냉정히 상조라는 글자만을 띠고 있는 마지막 문 앞에서 주저앉았다.

아무 생각도 나지 않았다.

시간이 얼마나 지났는지도 알 수가 없었다.

그러다 한순간 송겸은 무겁게 몸을 일으키며 첫 번째 문으로 걸음을 옮겼다.

환유각(幻幽脚).

송겸은 끝없이 펼쳐진 푸른 초원에 섰다.

한줄기 바람이 스쳐 지나가며 머리와 옷깃을 흩날렸다.

"나와라. 나를 강하게 만들어다오!"

송겸이 내력을 끌어 모아 크게 외쳤다.

마지막 방에서 아버지의 힘을 다 이어받지 못한다면 아홉 개의 방에서 극한까지 무공을 쌓을 생각이었다.

슈웅. 슈슈… 슈웅…….

공간을 가르는 가공할 음향과 함께 하늘가에서 검은 덩어리들이 새까맣게 지상으로 떨어져 내렸다.

쿵. 쿵… 쿠궁…….

"홋, 대단하군."

송겸의 눈앞엔 거의 백여 명에 이르는 검은 인영이 모습을 드러냈다. 그들은 꼿꼿이 선 채 송겸을 바라봤다.

"홋, 생각보다 많이 왔는걸. 어쨌든 반갑다. 자, 그럼 시작할까?"

송겸이 검은 인영들 사이로 신형을 날렸다.

그에 호응하듯 검은 인영들 또한 송겸을 향해 거침없이 쏘아졌다.

한 달이 흐를 때까지 송겸은 거의 죽도록 맞았다.

그리고 세 달째를 넘어서면서 평수를 유지할 수 있었고, 네 달째가
되어서는 백여 명에 달하는 검은 인영은 더 이상 송겸의 적수가 될 수
없었다.

　유성풍(流星風).
　단룡검법(斷龍劍法).
　환영장법(幻影掌法).
　비천무영(飛天無影).
　천기신공(天奇神功).
　사보급출(四步急出).
　만령수(萬靈手).
　자월연(紫月延).

이 모든 것이 극성으로 몸에 새겨질 때까지 송겸은 삼 년여를 정신
의 공간에서 피와 땀을 쏟았다. 가끔 포기하고 현실로 돌아가고 싶은
마음이 들기도 했지만 그때마다 떠오르는 사부의 얼굴과 여전히 열리
지 않을 마지막 문에 생각이 미쳐 매번 주먹을 움켜쥐고 일어섰다.

총 삼 년여의 기간 동안 정신의 공간에서 수련을 쌓은 송겸이 현실

세계로 돌아왔을 때 실제로 흐른 시간은 심혼결에 들어간 지 열흘째
되는 이른 아침이었다.

"사형이… 사형이 떠났어요."

유만이 침상에 놓인 서신 하나를 들고 거의 울 듯이 외쳤다.

서신의 내용은 간략했다.

사부님을 뵈러 갑니다.

제17장 마주 서다

"크아악~"

"커억~"

"으윽……."

삶을 종결하는 마지막 단말마의 비명이 끊이지 않았고 점창산은 이내 피로 물들었다.

피의 폭풍이 휘몰아친 후 산야는 나무들 사이로 풀 대신 피와 시체로 뒤덮였다.

"한 놈도 살려두지 말라."

얼음장처럼 차갑고 날카로운 음성에 혈의(血衣)를 걸친 이들의 몸이 바쁘게 움직이며 무공을 익힌 자는 물론이고, 생활 터전을 점창산에 두고 있는 평범한 사람들까지 속절없이 생을 마감했다.

그러한 광경을 당연하다는 듯 바라보던 혈방의 새로운 방주, 봉연추
의 눈이 일순 찡그려졌다.

'응?'

그의 눈은 자신의 눈이 혹시 잘못된 것은 아닌가 하는 의문으로 가
득 찬 상태였다.

쓰러질 일이 없는, 또한 쓰러져서는 안 되는 자신의 수하들이 짚단
넘어지듯이 베어지고 있는 광경이 눈앞에 펼쳐지고 있었다.

흑의를 걸친 한 인영이 내뻗는 검은 거칠 것이 없었다. 그건 마치 악
동이 아무 생각 없이 기어가는 개미들을 찍어 눌러 죽이는 것과 다를
바가 없어서 수하들은 그저 속수무책으로 쓰러지고 있는 것이다.

더욱 놀라운 사실은 그가 눈을 다섯 번 정도 깜박였을 뿐인데도 어
느새 백여 명이 널브러지고 성큼거리며 흑의인이 자신에게 다가서고
있다는 점이었다.

그 위세가 너무도 당당하고 당연하듯 진행되어 이젠 막아서려던 수
하들마저 주춤거리며 뒷걸음질치고 있었다.

믿을 수 없는 광경이었다. 그들은 지존으로부터 특별히 훈련받은 무
사들이 아닌가 말이다.

길이 열린 탓에 흑의인은 저벅거리며, 하지만 어느샌가 다가와 봉연
추의 삼 장여 앞에 우뚝 멈춰 섰다.

"단천자가 너의 주인이냐?"

송겸이었다.

봉연추는 멀리서 볼 때와는 달리 가까이서 보니 이제 고작 이십대
초반의 나이인 것을 확인하고 가소로운 웃음을 지었다.

"크하하하, 네가 영웅의 흉내를 낼 모양인 게로구나. 그 기개는 훌륭하다. 아직 강호에 주인께 대적하려는 자가 있을 줄이야. 네 목을 주인께 가져다 드린다면……."

봉연추의 말은 더 이상 이어지지 못했다.

이미 그의 입에서 그가 단천자의 개임을 실토하였기에 송겸은 일체의 머뭇거림도 없이 검을 내뻗었다.

봉연추가 송겸의 검을 향해 장력을 날렸다.

일단 시급히 검의 방향을 왜곡시키고 안정을 찾으려는 의도였다.

그러나 송겸의 검은 귀신처럼 흐르면서 봉연추의 목을 노리며 흔들림없이 다가왔다.

봉연추의 장력이 몇 번 허공을 휘저었을 때 이미 송겸의 검은 봉연추의 목젖을 지그시 누른 상태에 이르렀다.

찰나의 순간만으로도 생명을 앗을 수 있는 상태에서 송겸이 입을 열었다.

"너를 죽이러 온 것이 아니다. 너는 가서 단천자에게 이것을 전하라. 소홀히 여기지 마라. 전하지 않는다면 도리어 단천자에게 네가 해를 입을 것이다."

말과 함께 송겸이 두루마리를 건넸다.

"네가 잘 전할 수 있을지 걱정이 되는구나. 증거를 남겨주마."

송겸의 왼손이 살짝 움직이자 자월도가 봉연추의 곁을 스치고 지나 허공을 가로질러 긴 호선을 그리더니 맹렬한 기세로 돌아왔다.

그리고 다음 순간 송겸의 손으로 빨려들기 직전 봉연추의 오른쪽 어깨 바로 아래의 팔 부분을 끊어놓은 후 온전히 돌아왔다.

"크어어억……."

고통에 겨워 몸을 비트는 봉연추를 뒤로하고 송겸이 가만히 뇌까렸다.

"이것의 이름은 자월도라고 한다. 자줏빛 광채, 성숙노괴의 흔적, 그것을 온전히 지우고 싶다면 반드시 그 서신에 남긴 대로 해야만 할 것이라고 전하여라."

그 말이 마쳐지기 무섭게 송겸의 신형은 그 자리에서 자취를 감추었다.

"크하하하……."

단천자의 앞엔 봉연추가 싸늘한 주검이 되어 누워 있었다.

그리고 그의 손엔 서신이 들려져 있었다. 지금 그에게서 광소를 이끌어낸 것은 봉연추가 건네고 설명했던 서신이었다.

단천자 보아라.

너를 지우고자 한다.

너 또한 나의 흔적을 영원히 지우고 싶을 것이다.

보름 뒤…

망창산 선인봉으로 오라.

헛된 잔수는 용납치 않겠다.

수하들을 동행하거나 운봉산에서와 같은 술수를 부리는 것은 어리석은 일이 될 것임을 일러둔다.

만일 뜻을 따르지 않는다면…

나 또한 다른 방법으로 너를 멸하도록 하겠다.

그날…

나와 나의 아들은 뜨거운 가슴으로 너를 기다리도록 하겠다.

성숙노괴.

"살아 있었던 거냐? 정녕 살아 있었던 거냐? 크하하하하……."

단천자는 진심으로 기뻐하고 있었다.

그는 봉연추가 한쪽 팔을 잃은 채 돌아와 이야기했을 때만 하더라도 믿지 않았었다. 아니, 죽도록 믿고 싶었지만 그게 사실일 리가 없다고 생각했다.

그러나 봉연추가 자줏빛으로 빛나는 자월도에 관해 이야기하고 서신을 보았을 때 그는 비로소 진정 기쁨에 들떴다.

너무 기쁜 나머지 봉연추를 일장에 쳐 죽였다.

가까이에 또 누군가가 있었다면 모조리 죽여 버렸을 것이다.

"그래… 그래야지… 네가 그리 쉽게 죽었을 것이라고 생각지 않았다. 이 단천자 기꺼이 가주마. 크하하하하……."

단천자의 눈이 광기로 이글거렸다.

그는 진정 미치도록 기뻐하고 있었다.

망창산의 선인봉.

단천자가 이곳에 도착한 건 이른 아침이었다.

그의 지난밤은 거의 잠을 이룰 수 없을 정도의 설레임으로 가득했었다. 그리하여 한시라도 빨리 성숙노괴를 만나고자 하는 마음에 선인봉에 올라 앉을 만한 바위 위에서 한쪽 다리를 요란스럽게 떨어가며 마음을 진정시키고 있는 중이었다.

그는 계속해서 같은 말을 되풀이하고 있었다. 굳이 헤아려 보자면 족히 수천 번은 넘을 정도였다.

"크크크… 언제 오는 거냐? 어서 오거라. 어서 와……."

이 말은 크게 외치는 것이 아니라 겨우 곁에서 들어야만 들을 수 있을 정도로 중얼거리는 것이어서 누군가가 그 모습을 봤다면 섬뜩한 공포에 휩싸일 광경이었다.

"크크크… 언제 오는 거냐? 어서 오거라. 어서 와……."

"크크크… 언제 오는 거냐? 어서 오거라. 어서 와……."

"크크크… 언제 오는 거냐? 어서 오거라. 어서 와……."

입이 바짝 마르고 초조함에 연신 주변을 두리번거리며 그렇게 단천자는 한없이 중얼거렸다.

그러던 한순간이었다.

검은 형체가 솟구치는가 싶더니 스뿐히 선인봉에 모습을 드러냈다.

"오래 기다린 것이냐?"

송겸이었다.

송겸은 빙안미성에게 들었던 대로 단천자가 종횡마걸의 육체를 뒤집어쓰고 있는 것을 보고 마음이 쓰라렸다.

이 자리에서 자신이 죽을 가능성이 높았지만 만약 단천자를 멸한다면 노선배의 생명도 앗아야만 한다는 생각 때문이었다.

'아니… 어쩌면 이미 소멸되었는지도 모르지 않는가…….'

송겸은 애써 그럴 것이라고 생각했다. 그렇지 않고 자꾸만 종횡마걸로서 여긴다면 제대로 힘을 발휘할 수 없다고 생각한 것이다.

단천자가 자리에서 벌떡 일어서며 송겸을 일견하다가 주변을 두리 번거렸다.

"음?"

그가 찾고 있는 건 성숙노괴였다.

"네 아비는 어딨는 게냐?"

거의 송겸은 안중에도 없다는 말투였다.

"실망하지 마라. 아버지는……."

송겸은 거기까지 말하면서 손으로 자신의 심장을 가리켰다.

"내 안에 있다."

"이런 고얀 놈, 어디서 감히 궤변을 늘어놓는 것이냐?"

"세상의 모든 자식은 그 심장에 아버지를 모시고 있다. 나 역시 다를 바 없다. 그러니 나를 죽이는 것이 곧 아버지를 죽이는 것이 된다고 여기거라."

단천자의 안색이 갑자기 침울하게 변하더니 조용히 혼잣말로 중얼 거렸다.

"성숙노괴… 이 개자식……."

시정잡배뿐 아니라 보통 사람도 화가 나면 어디서나 뱉어낼 만한 흔하디흔한 욕이었다.

하지만 송겸은 순간 섬뜩함에 잠시 몸을 움찔거렸다.

깊이를 알 수 없는 뭉치고 뭉친 한(恨)이 퍼져 나와 온몸을 휘감는 기분이었다.

"그래… 그렇게 하면 되겠어… 크크……. 그렇게 하면 되지……."

언제 침울했냐 싶게 단천자의 얼굴에 다시 광기가 떠오르더니 활짝 피어났다.

"너를 여러 번 죽이는 거다. 온몸을 하나씩 뜯어내는 거야. 그러나 결코 쉽게 죽지 않도록 심혈을 기울일 테다. 꽤 힘들겠지만 하는 데까지 해봐야지. 그렇지 않느냐, 꼬마야?!"

그 말과 함께 단천자가 신형을 날렸다.

송겸은 그 자리에 선 채로 자월을 내던졌다.

자월이 자줏빛 광채를 뿜어내면서 단천자의 가슴으로 파고들었다.

"크크, 노력이 가상하구나."

단천자의 신형이 어떤 식으로 움직였는지는 알 수 없으나 순식간에 자월이 그의 몸을 스쳐 지났고, 단천자는 거침없이 송겸에게 다가섰다.

송겸은 깊게 머금고 있던 진기를 가다듬으며 천기신공으로 단천자를 향해 쌍장을 내뻗었다.

일순 두 사람의 손이 마주친 자리에서 회오리가 일었다.

장력의 맞대결 결과 단천자는 살짝 어깨를 떨었고, 송겸의 몸은 그대로 뒤쪽으로 튕겨 나갔다.

그러나 그것은 송겸이 단천자의 공력에 밀려난 까닭이 아니라 그 공력을 이용해 뒤로 물러선 것이라 해야 옳았다.

단천자가 찰나적인 순간 승리의 기쁨에 도취될 때를 노려 자월도로 단천자의 목을 베도록 하려는 의도였던 것이다.

슈욱~

단천자는 뒤쪽으로부터 차가운 살기가 느껴지는 순간 급격히 신법을 펼쳐 이동했다. 그러나 그의 반응은 자월의 빠름을 다 감당하지 못했다.

자월은 단천자의 목을 스치듯 지나가 그의 피를 훑어내고는 다시금 송겸의 수중으로 빨려 들어갔다.

"이런 죽일 놈……."

단천자의 눈에 핏빛 광채가 떠올랐다.

그가 자월에 상처를 입은 것은 미약한 것이었지만 그의 자존심만큼은 크게 상처를 입었다.

그는 충분히 자월이 돌아올 궤도를 계산하고 움직였었다. 그런데 자월은 자신의 생각보다 훨씬 더 쾌속하게 움직인 것이다.

성숙노괴였어도 참을 수 없었을 터인데 성숙노괴의 어린 자식에게 조롱받았다는 사실에 분노가 들끓었다.

"가만두지 않겠다."

그가 내력을 극한까지 끌어올린 탓인지 그 주변의 공기가 물결처럼 요동치기 시작했다.

송겸은 그런 모습을 지켜보며 지그시 입술을 깨물었다.

정신의 방에서 얼마나 치열하게 자월을 연마했는지 모른다.

원하는 순간, 원하는 방향대로 조종할 수 있게 되었다고 생각했었다. 장력에 피해를 입은 척하면서 자월을 급격히 돌아오게 하였는데도 불구하고 단천자의 목을 스치는 것에 그치고 만 것이다.

송겸이 손에 기력을 모은 후 한순간 자월을 다시 떨쳐 내자 공간을 가르는 파공음과 함께 자월이 단천자를 뚫을 듯한 기세로 뻗어갔다.

그 순간이었다.

"우아악~"

단천자가 거대한 음성을 토해냈다.

가공할 만한 음파(音波)가 주변의 공간을 삽시간에 물컹한 상태로 바꾸는가 싶더니 그 영향으로 쭉 뻗어가던 자월도가 단천자의 일 장여 앞에서 급격히 속력을 잃고 흐물거렸다.

'아니… 어떻게…….'

송겸의 눈이 경악으로 물들었다.

진정 믿을 수 없는 광경이었다.

소리의 파장만으로 자신이 전력을 기울여 날린 자월을 거의 멈추게 하다시피 하고 있는 것이 아닌가.

물론 상호 간의 무공의 격차가 클 때라면 이런 결과가 나오는 것이 그다지 이상한 일은 아니겠으나 송겸으로서는 정녕 자신의 실력이 단천자에게 고작 이 정도로 보잘것없는 것이었나, 하는 자괴감이 들게 할 만큼의 광경이 아닐 수 없었다.

그러는 사이 자월도는 단천자의 손아귀에 스르르 안겨들었다.

그건 마치 새로운 주인을 맞이하는 듯했기에 송겸의 안색은 금세 일그러지고 말았다.

단천자는 자월을 타는 듯한 시선으로 보다가 손아귀에 쥐고 악력을 가해 일그러뜨렸다. 현철로 만들어진 것임에도 불구하고 자월도는 그만 맥없이 본래의 형상에서 점점 뭉툭하고 특징없는 형태로 변해갔다.

툭.

단천자가 자월도를 뭉개 아무렇게나 던지는 것을 보고 송겸은 분노에 타올랐다.

자월도는 아버지가 남긴 단 하나의 유품이다.

그건 자월도이어서가 아니라 아버지가 남긴 것이었기에 소중한 것
이다.

"단천자, 각오해라."

단천자의 얼굴에 슬쩍 조소가 어렸다.

'어서 와라, 어서.'

분노에 휩싸인 송겸이 비천무영의 신법으로 휘몰아치고 환영장법과
환유각으로 거칠게 밀어붙였다.

삽시간에 거의 삼백여 초가 눈부시게 지나갔다.

그야말로 전력을 기울인 살기 어린 절초들이 쏟아졌다.

그러나 그 모든 시도에도 불구하고 단천자의 몸 어느 한 군데조차
상케 할 수 없었다.

다시금 백여 초가 흘러갈 즈음, 단천자가 장력으로 가볍게 송겸을
떨쳐 내고 홀연히 신형을 뒤로하며 물러섰다.

"크흐흐흐… 너는 네 아비의 진전을 다 얻지 못한 게로구나. 언제나
나오나 기다렸더니 결국은 모르고 있었던 게야. 크하하하……."

단천자가 말하는 것은 성숙노괴의 단혼진기에 관한 것이었다.

송겸으로서는 그것이 막연하게나마 열 번째 문과 관련이 있을 것이
라고만 생각했다.

"자, 그럼 굳이 시간을 끌 필요는 없겠군? 그렇지?"

그 말과 함께 단천자가 독수리처럼 송겸을 향해 덮쳐 갔다.

송겸이 비천무영으로 빠져나가려 할 때 불쑥 그 앞을 가로막는 하나
의 그림자를 보고 그만 경악에 물들고 말았다.

어느새 단천자가 그 앞에 이른 것이다.

그리고,

퍼엉~

"크억······."

송겸의 가슴으로 단천자의 장력이 작렬했다.

송겸은 신형을 비틀거리면서도 어떻게든 기혈을 안정시켜 보려 애썼지만 다시금 단천자의 장력이 방금 전 격타당한 곳을 강타했다.

퍼엉~

송겸의 몸이 실 끊어진 연처럼 벼락을 맞은 듯한 충격과 함께 절벽 아래로 추락했다.

"크헉~"

제18장 각성 그리고…

격렬한 통증이 온몸을 강타했다.

한순간 모든 혈맥이 송두리째 끊어지고, 피는 용암처럼 들끓고, 근육은 파편처럼 사방으로 조각나 버리는 것만 같았다.

엄중한 고통 속에서 송겸의 몸은 실 끊어진 연처럼 훨훨 날아 절벽 아래로 추락했다.

그 와중에도 의식의 한 귀퉁이는 꿈틀거리며 무엇이든지 붙잡아야 한다고, 움직여야만 한다고 명하고 있었지만 그저 생각일 뿐 손가락 마디 하나 움직일 수가 없었다.

장력에 맞은 송겸이 절벽으로 떨어져 내리자 단천자는 의기양양한 표정을 지으며 훌쩍 송겸을 뒤따라 절벽 아래로 뛰어내렸다. 그는 한 마리 날개 달린 고양이처럼 절벽을 타고 내리며 송겸을 뒤쫓았다.

비록 송겸의 추락 속도보다는 느렸지만 그래도 단천자의 신형은 눈이 부실 정도였고, 그의 광기로 번득이는 두 눈은 어떤 경우에라도 죽음을 확인하겠다는 의지를 여실히 드러냈다.

솔직히 단천자는 기심 태을장에 정통으로 맞은 송겸이 살아날 것이라고는 믿지 않았다. 설령 살아 버틸 수 있다 해도 이 상태로 만장 절벽 아래로 추락하여 살아날 수도 없는 노릇인 것이다.

그러나 그 어떤 논리적인 설명과 이유라 해도 단천자는 마음을 놓지 않을 생각이었다.

추락 후 피범벅이 되고, 온 뼈마디가 분쇄되어 숨이 끊어진 것을 눈으로 확인한 후라도 몇 번이고 더 숨을 끊어놓을 작정이었다.

오로지 그것만이 자신이 기나긴 세월 동안 학운곡의 마령봉쇄진에 갇혀 어둡고 쓸쓸하게 지내게 돈 원인인 성숙노괴에 대한 올바른 복수라고 생각했다.

'크크크, 아들이라면 마땅히 아버지의 재물은 물론이고 부채까지 짊어져야 하는 것이 당연한 거다. 물론 억울하다고 생각하겠지. 하지만 원망하려거든 네놈의 아비를 원망해야 할 게다.'

하염없이 추락하는 중에 송겸은 맥없이 추락하는 속도가 얼마나 무시무시한 것인지 뼈저리게 느끼고 있었다.

얼굴 피부가 쓸려 올라가고, 귓가로는 맹렬한 바람이 태풍처럼 스쳐 지나고 있는 것이다.

"마지막으로 불러보고 싶군요. 아버지, 어머니……."

언제나 그리운 이름들인 아버지, 어머니…….

송겸은 머리를 아래로 향한 채 맹렬히 추락하며 저 멀리 보이는 눈부신 광채를 발하는 태양 빛을 한 차례 응시하고는 햇살을 눈에 담아 가겠다는 듯 가만히 눈을 감았다. 다시는 보고 싶어도 볼 수 없는 세상의 마지막 햇살이다.

눈을 감자 아득히 흑암이 찾아왔다. 방금 전 담아두었던 햇살은 어디에도 남아 있지 않았다.

너무나 간단히 스러져 버린 햇살에 송겸이 애써 서운한 마음을 추스를 그때였다. 아득히 먼 곳으로부터 흰 점이 보이는가 싶더니 빠른 속도로 커져 가면서 보름달 크기로 변하며 다가왔다.

'이건 뭐지?'

이상해서 눈을 움찔거려 보았다. 분명 눈을 감고 있는 상태였다.

'무엇일까?'

그러는 사이 빛은 점점 커져 갔다.

달빛처럼 보이는가 싶기 무섭게 어느새 강렬한 태양 빛으로 변하더니, 이어 일곱 날의 햇빛을 모아다 한꺼번에 뿌려놓은 듯 엄청난 광채로 송겸의 눈과 온 의식을 점령해 버렸다.

눈을 감고 있는 상태에서조차 또다시 눈을 감고 싶을 정도로 강렬한 빛이어서 송겸은 떨어지는 중에도 두 손으로 눈을 가렸지만 아무 소용이 없었다.

그러다 한순간 송겸은 불현듯 눈을 떴다.

"어?"

분명 추락하고 있었고, 눈을 뜨면 세찬 바람이 스쳐 가는 중에 지면으로 곤두박질치고 있어야 했다.

하지만 어찌 된 일인지 추락하고 있지도 않았고, 방금 전까지 세차게 불어오던 바람도 온데간데없이 사라져 버렸다.

마치 추락하던 대기의 한 부분에 다른 세계나 차원으로 통하는 문이 있어서 그곳으로 한순간 빨려 들어온 것 같은 상황이었다.

온통 짙은 안개에 휩싸인 미지의 공간에서 송겸은 도저히 이 상황이 믿기지 않아 발을 굴러보았다.

타탁… 탁탁…….

어떤 형태의 땅인지는 안개 때문에 알 수가 없었지만 확실한 건 자신이 땅을 딛고 있는 것만은 분명해 보였다.

게다가 더 기이한 건 방금 전까지 손가락 하나 움직일 수 없을 간큼 극심했던 통증과 근육의 마비도 씻은 듯이 사라져 손을 움직이고 발을 굴려도 전혀 아무렇지도 않다는 점이었다.

'설마 벌써 죽은 건가? 난 한참 떨어지고 있었는데… 뭐 아주 잠깐이겠지만 그래도 급하게 날 저승으로 데려올 필요는 없었을 텐데…….'

그러한 의문이 떠오르는 순간이었다. 공간이 심상을 읽기라도 한 듯 발 아래쪽으로부터 안개가 빠르게 걷히며 주위가 드러나기 시작했다.

"어라!"

송겸의 입가에 저절로 미소가 맺혔다.

"여긴… 정신의 방?"

틀림없었다. 심혼결을 통해 들어서면 반드시 지나야 할 입구가 눈앞에 나타난 것이다.

송겸은 잠시 어리둥절한 상태로 둘러보다가 허허, 하는 웃음이 나오는 걸 어쩌지 못했다.

분명히 추락하던 중이었다.

그 와중에 심혼결의 구결을 떠올리거나 운용할 생각은 터럭만큼도 한 적이 없었다. 그럼에도 불구하고 정신의 방에 빨려들듯이 들어오게 된 것이다.

"후후……."

절망의 순간에 희망이 솟는다라고 말하기에는 조금 아득한 기분이 들었지만 송겸은 '정신의 방'의 시간과 실제 '현실 세계'의 시간이 엄청난 격차를 보인다는 것에 생각이 미치자 실없이 웃고 말았다.

"이거 죽음이 임박할 때마다 써먹으면 제법 쓸 만하겠는걸. 게다가 이곳에선 어떤 통증도 느낄 수 없으니 말이야."

하지만 송겸은 그렇게 중얼거리긴 했어도 이것이 생의 마지막 기회란 생각을 하고 있었다.

또 어떤 의미에서는 그동안 열지 못했던 마지막 문에 대한 비밀을 풀 수 있을지도 모를 일이었다. 이대로 추락을 벗어날 수 없다 해도 죽기 전에 아버지, 어머니에 대해 알 수만 있다면 그것도 나쁘지 않겠다고 생각했다.

눈앞에 드러난 거대한 철문에 새겨진 호랑이 형상을 만졌다.

크허허헝~

이제는 익숙해진 호랑이의 포효(咆哮)가 지나고 글귀가 나타났다.

무상심법지문(無上心法之門).

송겸이 걸음을 내딛자 굳건한 문이 안개처럼 일렁이다 사라졌고, 송겸은 그곳을 지나 석실에 이르렀다.

그 순간, 송겸은 모든 피부가 곤두서는 전율을 느끼며 몸을 부르르 떨었다.

입(入)!

도저히 열려 해도 열 수 없었던 마지막 문(門).

언제나 다가서기만 하면 어김없이 떠오르던 상조(尙早)라는 두 글자 대신 어서 오란 듯이 입(入) 자가 송겸을 환영하듯 떠올라 있었다.

절로 심장이 쿵쾅거려 흥분을 가라앉힐 수가 없었다.

떨리는 손길로 입(入) 자가 새겨진 문에 손을 대자 쑤욱, 하고 손이 밀려들어 갔다.

'드디어 아버지, 어머니를 뵐 수 있게 되는구나.'

송겸은 기대와 설렘으로 마지막 문 안에 들어섰다.

그러나 곧바로 송겸은 눈앞에 드러난 광경에 잠시 어리둥절해지고 말았다.

기억을 되새겨 다른 문들의 경험과 비교해 볼 때 지금 나타난 광경은 뜻밖이었다. 물론 그전처럼 어떤 무공 구결이나 무공 동작을 기대한 것은 아니었다.

그래도 이 광경은 전혀 예상 밖이었다.

지금 송겸의 주변에는 수천 가지는 될 법한 그림들이 사방팔방으로 두둥실 떠 있는 상황이었다. 그림이라고는 했지만 좀 더 정확히 말하자면 움직이는 그림, 즉 영상(映像)들이었다.

송겸은 고개를 갸웃하고 그것들을 유심히 들여다보고는 자신도 모르게 탄성을 내질렀다.

"아! 이건 모두 내 과거가 아닌가……."

그랬다. 거기엔 이제껏 지내온 모든 지난날이 조각난 영상으로 펼쳐져 있었던 것이다.

송겸은 그중 가장 가까이에 놓인 영상을 바라보았다.

그 영상은 막 단천자의 장력에 맞아 절벽 아래로 추락하고 있는 자신의 모습을 보여주고 있었다.

신기한 광경에 송겸은 한 걸음 내디디면서 가만히 손을 뻗어 떨어지는 자신의 모습을 만져 보았다.

그 순간이었다.

송겸의 손과 영상 속에서의 송겸의 몸이 닿자 영상이 회오리치듯 삽시간에 송겸의 눈으로 빨려들었다.

송겸의 몸이 벼락에 맞은 듯 요동쳤고, 그 외중에 눈앞에 펼쳐졌던 영상이 이젠 송겸의 머리에서 펼쳐졌다.

그 영상은 같으면서도 또 달랐다.

머리를 아래로 다리를 위로 한 채 한없이 떨어지는 것이 아닌, 그 자세 그대로 위로 솟구치고 있는 것이다.

장면은 계속 역으로 진행하며 이젠 단천자와의 격렬한 사투가 펼쳐졌다. 그러나 그것도 잠시 송겸은 어느새 단천자와 마주 서고 있었다.

송겸은 요동치는 와중에도 이 모든 것이 시간의 역행을 보여주고 있다는 것을 알아차렸다. 시간의 신(神)을 만난 것만 같은 느낌이었다.

그러는 중에도 장면은 계속 바뀌고 있었다.

혼수상태의 사부가 보이고, 심혼결을 통해 마지막 문을 열어보려 시도하고 있는 자신의 모습이 보였다.

그 시점에 이르면서부터 영상의 역행은 속도에 탄력이 붙은 듯 점점 빨라지고 있었다. 거의 다른 생각은 할 수 없을 정도로 가속을 내고 있었다.

스파파팟…….

취망산의 사투(死鬪), 재만 남은 취망산의 피폐한 정경(情景), 그리고 금무호와 의행팔도도 벼락같이 스쳐 지나갔다.

스파파팟…….

어느덧 송겸의 지난날은 수라곡의 소란을 잠재우던 상황을 지나 오추룡과의 결투로 이어졌다. 그러더니 느닷없이 독안정수 고청이 등장했고, 다시 수라곡으로 향하는 일행의 모습이 보였다.

스파파팟…….

"군로게 던었있 이전진 큰 네하하축."

무령노괴가 심혼결을 통해 무상심법을 얻은 송겸에게 축하를 건네는 말이 거꾸로 들렸다. 그러는가 싶자 어느새 정신의 방에서 지낸 이년여의 수련의 날들이 스치고 지나갔다.

자월연(紫月延), 만령수(萬靈手), 사보급출(四步急出), 천기신공(天璣神功), 단룡검법(斷龍劍法), 유성풍(流星風), 환유각(幻幽脚)…….

스파팟…….

독정지왕을 복용한 유만의 괴력, 천독문의 장묘혼으로부터 독정지왕을 빼앗았던 일, 유만에게 임기응변술을 가르쳐 실패하였고 사부가 나타나 신중한 표정으로 자월도를 건넸다.

스파파팟…….

어느새 불곰이 동면에서 깨어났다.

겨울의 막바지 유만과의 흥겨웠던 경공 시합, 흩날리는 눈과 떨어지는 낙엽을 움켜쥐는 수련의 나날들, 사부를 따라 유만을 데리고 취망산으로 향하던 중 만난 겸도사추도 나타나기 무섭게 사라졌고, 유만의 아버지 유석곤이 이별의 아쉬움을 가득 담은 눈으로 바라보는 모습도 보였다.

스파파팟…….

천하오대미녀가 눈부시게 지나갔다. 사부의 방에 들어가 천하오대미녀의 그림을 보고 있는 자신의 모습이 번개같이 나타났다가 사라졌다.

스파파팟…….

빙안미성의 천뢰편(天雷鞭)이 허공을 가르면서 역으로 그녀의 손으로 빨려들었고, 향유장원의 하북칠살이 뒤로 솟구쳐 자리에 앉았다.

스파파팟…….

섬환독공의 초기화로 무덤에 들어가는 상황, 신비후흑회의 이름으로 의로운 일들을 자행하던 그 우스꽝스럽던 시간들도 눈이 부실 만큼 차르르 역행했다.

스파파팟……

단천자가 남긴 삼대흉공으로 온대 소란이 일더니 한순간 추백과 조후와 함께 망우산을 오르며 펼쳤던 나원참과 나참내, 그리고 원참나의 장난이 산을 급격히 내려가면서 거꾸로 진행되었다.

스파파팟…….

취망산에서 멀지 않은 곳에 자리한 폭포로 뭇 여인들이 갖가지 자세를 취하며 목욕을 하다가 뒷걸음질치며 옷을 입고 그곳을 벗어났다.

스파파팟…….

불곰이 산을 뒤로 뛰어 동굴로 들어갔고, 그 안에서 송겸은 베개가 되었다가 허리 깔판이 되었다가 어느덧 휙 날아 사부의 손으로 빨려들었고, 사부 염도가 빠른 신법으로 뒷걸음질쳤다.

스파파팟…….

송겸은 거리에 앉아 책을 읽고 있고, 그 주위로 사람들이 대거 모였다가 흩어지고 또다시 모였다가 흩어졌고, 한적한 중에 사람들이 손가락질하며 뒤로뒤로 물러갔다.

스파파팟…….

일 년여의 장삼권 수련…….

그리고 임기응변술.

거기까지 눈부시게 역행하던 시간이 갑작스레 느려지기 시작했다.

무섭게 쏟아지는 폭우가 갑자기 잦아들며 가랑비로 변하는 것만 같은 상황이었다.

스파파팟…….

영상은 계속해서 역행하다 어느덧 송겸이 사부와 처음 대면하던 시간에 이르렀다. 이제는 완연히 느려진 영상 속에서 송겸은 한여름의 뜨거운 태양 아래 드러누워 있었고, 그 곁으로 사부 염도가 신중한 표정으로 내려다보았다.

그러더니 염도의 몸이 송겸으로부터 서서히 멀어져 갔다.

"헉, 헉, 헉……."

송겸은 악몽 속에서 깨어난 사람마냥 거칠게 숨을 토해내며 머리를 흔들었다. 이미 온몸은 식은땀으로 범벅이 된 뒤였다.

도대체 왜 이런 일이 벌어지는지 무슨 까닭으로 이것들을 보아야만 하는 것인지 이해할 수 없는 노릇이었다.

송겸은 몇 번인가 숨을 헉헉대고는 소맷자락으로 눈가를 훔쳐 냈다. 그리고 천천히 눈을 떴을 때 주변 광경은 어느새 변해 있었다.

짙은 안개였다.

그러나 이번엔 이제껏 정신의 방에서 흔히 나타나던 그런 안개가 아니었다. 막 동이 터오는 새벽녘에 어슴푸레한 어둠과 어우러진 안개였다. 바닥을 보니 흙이 고스란히 눈에 들어왔다.

송겸은 어떤 이유에서인지는 모르나 분명 아주 중요한 순간에 와 있다는 느낌을 받았다.

이 안개가 걷히면 잃어버린 어린 시절은 물론이고 아버지, 어머니에 대해서도 온전히 알게 될 것만 같았다.

저벅, 저벅…….

송겸은 떨리는 가슴을 안고 안개를 헤치며 앞으로 나아갔다.

얼마쯤 걸었을까, 해가 완연히 떠오르고 안개가 점점 옅어지는가 싶더니 눈앞으로 푸른 대나무 숲이 나타났다.

'대나무 숲? 여기는…….'

와본 적이 있었다.

빙안미성과 함께 취망산으로 향하던 중 그녀는 아버지의 거처를 알려주었었다. 이 대나무 숲을 지나면 바로 아버지가 머물던 동혈이 나타나는 것이다.

걸음을 옮겨 대나무 숲을 지나 작은 공터에 이르자 앞쪽으로 동혈이 어둠을 품은 채 송겸을 지그시 응시하고 있었다.

송겸은 자석에 이끌리듯 동혈 안으로 들어섰다.

안력을 돋우어도 어둠은 매우 짙어 잠시 아무것도 보이지 않았다.

그 시간은 아주 짧은 시간에 불과했지만 송겸에겐 찰나와 찰나의 간극이 거의 수년의 세월은 족히 되는 듯 길게 느껴졌다.

아무것도 볼 수 없게 된다면…….

그저 마지막으로 아버지가 머물던 곳을 온 것에 불과하다면…….

그런 불안이 스멀거리며 피어났다.

잠시 후 어둠이 부서지며 동혈 안이 서서히 보이기 시작했다.

"어?"

송겸의 눈이 격렬하게 흔들렸다.

동혈의 맨 끝자리, 그곳에 한 노인이 입구 쪽을 향해 가부좌를 튼 채 앉아 있었다. 옷은 누더기에 다를 바 없었고, 초췌함이 얼굴 가득 내려앉아 있었다.

"아버지! 아버지~"

송겸은 거의 절규하듯 외쳤다. 누가 가르쳐 주지 않아도 알 수 있었다. 보는 것만으로도 저분이 바로 세상이 성숙노괴라 부르는 자신의 아버지란 사실을.

"아버지, 제가 왔습니다. 아들이 왔습니다!"

그러나 성숙노괴 홍자생은 아무 소리도 듣지 못한 듯 그저 지친 기색으로 미간을 꿈틀거릴 뿐이었다.

그건 기공의 수련 중 어떤 중요한 고비를 넘기고 있는 모습으로 보였기에 송겸은 잠시 지켜보기로 했다. 이제껏 이십 년을 넘게 기다려왔다. 거기에서 조금 더 기다리는 것쯤은 참아낼 수 있었다.

송겸이 초조한 기색으로 거의 일 식경 정도를 지켜볼 때쯤 홀연히 성숙노괴의 몸에 변화가 찾아들었다.

성숙노괴의 몸에서 은은히 자광이 피어나는가 싶더니 점점 짙어져 급기야 온몸에 자줏빛 띠가 둘러졌다.

가히 신비하기 이를 데 없는 광경이었지만 송겸은 도리어 덜컥 겁이 솟아났다.

빙안미성이 들려준 말이 급작스럽게 떠오른 탓이었다.

"그는 하늘 위의 하늘, 선계(仙界)로 가고자 했다……."

송겸은 지금 자광이 어른거리는 이 광경이 우화등선(羽化登仙)의 마지막 단계가 아닌가 싶었던 것이다. 그렇다면 대화 한마디 나누지 못하고 아버지의 떠나는 뒷모습만 넋 놓고 보게 될지도 모를 일이었다.

아버지가 떠난다 해도 어머니에 대해서만큼은 듣고 싶은 송겸이었기에 마음은 다급하기 이를 데 없었다.

그러던 한순간이었다.

갑자기 성숙노괴의 몸이 요동치기 시작했다. 그건 마치 몸 안에 메뚜기 한 마리가 들어가 속에서 펄쩍거리며 뛰어다니는 통에 어쩔 수 없이 흔들리는 것만 같은 형상이었다.

"으으윽……."

가느다란 신음이 성숙노괴의 입에서 새어 나오고, 작게 벌어진 입가로 피가 흘러내렸다.

"아버지!"

송겸은 이것이 환영(幻影)이라는 것도 잊은 채 한달음에 달려가 성숙노괴의 어깨를 붙들었다.

하지만 송겸의 손은 그대로 성숙노괴의 몸을 관통하며 허공을 휘젓고 말았다. 몇 번이고 붙들려 했지만 역시 마찬가지였다.

"으으윽… 으아아악……!"

급기야 성숙노괴의 몸은 메뚜기 수백 마리가 일제히 날뛰는 듯 극심하게 요동쳤고, 신음성은 이제 비명으로 변해갔다.

"아버지, 정신 차리세요. 정신 차리세요."

송겸은 자신이 곁에 있으면서도 아무런 힘도, 위로도 되지 못한다는 사실에 안타까움을 금할 수 없었다.

그때 벼락같이 성숙노괴가 몸을 일으켜 세우더니 머리를 감싸 쥐고는 그 앞에 선 송겸의 몸을 그대로 관통하면서 동혈 밖으로 뛰어나갔다.

"으아아아악……!!"

"아버지~"

송겸이 급히 뒤따랐다.

성숙노괴는 자줏빛 광채에 휩싸인 채로 거의 제정신이 아닌 듯 괴로운 신음성을 발하며 산을 내려가기 시작했다.

그의 걸음은 신법을 잊은 듯 이리저리 비틀린 채 돌부리에 걸려 넘어지기도 하고 나무에 부딪쳐 튕겨졌다가 다시 벌떡 일어나 또 달려가는 식이어서 그의 상태가 제정신이 아닌 것을 여실히 보여주고 있었다.

"아버지, 아버지, 기다리세요."

아무리 불러도 전혀 들을 수 없다는 것을 알면서도 송겸은 흐르는 눈물을 닦아낼 생각도 못하고 허겁지겁 그 뒤를 쫓았다.

산자락의 절반 정도 내려갔을까, 이때 성숙노괴는 이리저리 찢겨 나간 옷자락과 함께 온몸이 상처투성이가 되어 있었다.

그러한 광기(狂氣)가 끝을 맺은 것은 산 아래에 거의 다달았을 즈음이었다.

어느덧 몸 주위를 감싸던 자줏빛 광채를 잃은 후 성숙노괴는 처연한 모습으로 죽은 듯이 드러누워 있었다.

송겸이 그 앞에 무릎을 끓고 지칠 대로 지쳐 기력이 쇠한 아버지의 얼굴을 들여다보며 만져지지 않는 손을 뻗어 얼굴을 어루만졌다.

"도대체 아버지에게 무슨 일이 벌어진 겁니까?"

시간이 급작스럽게 흐르기 시작한 것은 그때였다.

해가 중천에 솟는가 싶기 무섭기 석양이 붉게 물들었고, 이어 어둠이 찾아오며 달이 떠올랐다. 달과 별이 밤하늘을 수놓는가 싶자 어느새 아침 해가 솟아올랐다.

그렇게 하루가 가고 다시 또 하루가 지나 삼 일째가 되었을 때, 성숙노괴가 천천히 몸을 일으켰다.

송겸도 덩달아 몸을 일으키고 급히 물었다.

"아버지, 겸이가 왔습니다. 어떻게 된 겁니까? 선계로 들어가지 못하신 겁니까? 그럼 지금 어디에 계시는 겁니까?"

그러나 성숙노괴는 여전히 아무 소리도 듣지 못한 듯 멍한 표정으로 사방을 두리번거리고 이어 자신의 몸을 쭈욱 훑어보다가 터벅거리면서 걸음을 옮기기 시작했다.

"아버지, 어디로 가시는 겁니까? 아무 말이나 좀 해보세요. 저를 좀 보세요!"

송겸이 옆으로 나란히 걸으면서 외치고 성숙노괴의 손을 잡아 멈춰 보려 했지만 소용없는 짓이었다.

"선계에 가지 못하셨다면 왜 저를 버려두신 겁니까? 무슨 까닭에서죠? 뭐라고 말 좀 하세요. 도대체 어디로 가시는 겁니까? 아버지!"

그래도 여전히 성숙노괴는 뚜벅거리며 앞을 향해 걸어갈 뿐이었다.

“좋습니다. 다 좋습니다. 그럼 한 가지만 알려주십시오. 어머니에 대해서라도 알고 싶습니다. 제 어머니가 누굽니까? 빙안미성 노선배입니까? 누굽니까? 제발 말 좀 해보세요. 대체 왜 이러시는 겁니까?”

송겸은 거의 발악하듯이 외치고 또 외쳤다.

그사이 송겸은 전혀 느끼지 못했지만 주변 경관은 엄청난 속도로 스쳐 지나가고 있었다. 성숙노괴와 송겸은 그저 평범한 걸음을 걷고 있을 뿐인데 곁에 머문 풍경이 살아 있는 절정고수마냥 지나치고 있는 것이다.

그러다 문득 한 마을에 접어들어 비로소 풍경이 멈춰 섰다.

지나는 사람들마다 성숙노괴를 힐끔거리면서 바라봤다.

송겸은 이젠 거의 부르짖듯 외쳐 댔다.

“이렇게 할 바에야 마지막 문을 영원히 열지 마시지 왜 들어오게 하신 겁니까? 고작 이렇게 정신 나간 모습을 보여주려고 하신 겁니까? 아무 말이나 해보시란 말입니다!”

송겸은 훌쩍 몸을 날려 성숙노괴가 걸어가는 전방 삼 장여 앞에서 팔을 벌리고 막아섰다.

“더는 기다릴 수 없습니다. 이 이상은 안 됩니다. 이제 그만 하십시오.”

시간이 얼마나 지났는지도 모른다. 정신의 방에서의 일 년여가 현실 세계에서는 고작 이삼 일이 지난 것에 불과한 것임을 알고 있지만 갑작스럽게 정신의 방에서 튕겨 나가 현실 세계의 추락으로 목숨을 잃을지도 모르는 일이었다.

송겸이 성숙노괴의 눈을 뚫어질 듯 응시했다.

그 순간 송겸은 언뜻 전면을 바라보던 아버지의 눈빛이 자신을 보고 있는 것 같다는 느낌을 받았다.

한 걸음 한 걸음 내딛는 성숙노괴의 눈빛이 이젠 완연히 송겸의 눈을 바라보고 있었다.

변화가 인 것은 바로 그때였다.

성숙노괴의 얼굴이 서서히 변하기 시작했다.

하얗게 샌 머리가 검게 변하고 옅게 자리한 주름이 사라지는가 싶더니 체구도 점차 작아져 갔다.

송겸은 눈이 휘둥그레지고 말았다. 대체 이게 무슨 조화란 말인가. 삽시간에 성숙노괴의 용모는 사십대 초반으로 변했고, 곧이어 삼십대, 그리고 이십대로 향하고 있었다.

송겸은 이 예기치 않은 상황에 뭔가 섬뜩한 기분에 휩싸여 자신도 모르게 뒷걸음질쳤다. 그러나 점점 변해가는 성숙노괴는 송겸에게 더 가까이 다가오고 있는 중이었다.

'도대체 무슨 일이…….'

성숙노괴는 점점 더 어려지며 이젠 완연히 십대 소년의 모습이 되어 갔다.

"아버지, 이게 무슨 뜻입니까? 제게 뭘 말하시려는 겁니까?"

송겸의 물음이 끝났을 때는 급기야 성숙노괴의 모습은 일곱, 여덟 살 정도의 어린아이로 변해 버리고 말았다.

그러더니 힘이 다한 듯 그 자리에 주저앉고는 갑작스레 울음을 터뜨렸다.

"으아아아아앙……."

아이의 얼굴은 이 세상의 모든 두려움을 한데 모아놓은 듯 공포에 휩싸여 있었다.

그와 함께 송겸도 설마설마 하면서도 이미 얼굴은 하얗게 질려 버리고 말았다.

그때 한 사람이 다가왔다.

오십대 초반의 사내였다. 그는 울고 있는 어린아이 곁에 쭈그리고 앉아 자상한 목소리로 물었다.

"아이야, 왜 여기서 울고 있는 것이냐?"

"으아아앙……."

"부모님은 어디 계시니?"

"으아아앙……."

아이는 그저 두려운 눈으로 고개만 저을 뿐이었다.

"쯧쯧… 부모님을 잃은 게로구나. 그래, 좋다. 내가 찾아주도록 하마."

송겸의 눈은 급기야 경악으로 물들었다.

송겸은 그 사내를 알고 있었다.

그는, 그는… 바로 자신을 거둬들인 보육원 원장이었다.

'이럴 수가… 진정 내가… 내가…….'

송겸은 철퇴에 뒷머리를 강타당한 듯한 충격에 사로잡혀 엉거주춤 서서 어찌해야 할 바를 몰랐다. 너무도 엄청난 이 사실을 어떻게 받아들여야 한단 말인가.

그 순간 머리가 산산이 조각나는 통증이 찾아왔다.

"으아아악……!!"

누군가 머리를 조각조각 떼어낸 후에 다시 조립한다면 분명 이런 느낌이 들리라는 생각이 들 만큼의 고통이었다.

"으아아아악……."

얼마나 지났을까.

송겸이 식은땀을 쏟으며 자리에서 일어섰을 때 장소는 홀연히 변해 있었다.

사방이 온통 흰색으로 뒤덮인 공간이었다.

얼마나 넓은지 얼마나 높은지 전혀 감이 잡히지 않았다.

어찌 보면 끝없이 펼쳐진 것도 같고, 또 어찌 보면 당장 곁에 벽이 만져질 것만 같기도 했다.

그러나 그런 공간감(空間感)이 어찌 되었든 중요한 것은 송겸이 이제 모든 것을 이해할 수 있게 되었다는 점이었다.

나는 나.

나의 이름은 홍자생.

세인들은 성숙노괴라 부른다.

일곱 살 이전의 기억은 잃은 것이 아니라 반로환동으로 인해 그때부터 새로운 삶을 살게 되었던 것이다.

그리고 머리 속에 무상심법이 누군가에 의해 심어진 것이 아니라, 원래 간직하고 있었으나 잊고 있었던 것을 찾은 것이라는 것.

빙안미성의 얼굴을 대하며 왜 까닭 모를 편안함이 느껴졌는지, 그리고 심혼결을 수련한 후 왜 자꾸만 빙안미성의 얼굴이 꿈속에서 나타난 것인지…….

'아아… 그렇게 된 것이었구나…….'

지난 시간, 송겸이란 이름으로 지내온 날들이 마치 꿈만 같이 스쳐 지나갔다.

만약 염도를 만나지 못했더라면…….

염도가 제자로 받지 않았다면…….

그랬더라면 평생 송겸이란 이름으로 생을 마감했을지도 모를 일이었다.

그는 진정 친구라 할 수 있었다.

그렇게 여러 상념 속에서 헤매이던 홍자생이 정신을 가다듬은 건 눈앞에 붉은 광채가 일렁인 것을 본 뒤였다.

붉은 광채는 점점 주위로 퍼져 가 거의 두어 사람을 나란히 붙여놓은 것만큼 확장되며 멈춰 섰다.

그건 꿈틀거리는 붉은 테두리를 지닌 거울이었다.

홍자생은 가만히 거울에 비친 자신의 모습을 들여다보았다.

이제 약관을 넘긴 젊은 청년, 언제나 장난칠 준비가 돼 있노라 말하는 것만 같은 입가엔 미소가 걸려 있었다.

"즐거운 여행이었어."

거울 속의 송겸이 말했다.

"이거 아쉬운걸."

홍자생도 씨익 웃어주었다.

"어째 나도 좀 서운하긴 하네."

"어디 멀리 가는 사람 같군."

"하하하, 하긴 네가 나이고 내가 너인 것을."

"아무렴."

"혹시라도 지금 내 모습을 다시 찾고 싶다면 다시금 실패해 보는 것도 한 방법이지."

"아, 그건 사양하도록 하지."

"하하하… 그렇게 정색을 할 것까진 없잖아."

"잊지 못할 거다."

"물론… 나도."

잠시 거울 속의 송겸과 맞은편의 홍자생이 침묵 속에서 서로를 바라봤다.

"이만 가야겠군."

"잘 가게, 친구."

송겸이 몸을 돌려 거울의 안쪽으로 걸어갔다. 송겸의 등 뒤로 짙은 아쉬움이 가득 배인 것과 달리 승겸은 그 특유의 건들거리는 걸음으로 점점 멀어져 갔다.

홍자생이 한참 동안 그 모습을 말없이 바라볼 때 송겸이 걸음을 멈추고 돌아서서 가볍게 손을 들어 흔들었다.

홍자생은 그런 모습을 보며 픽, 하고 웃었지만 문득 눈가에 이슬이 맺히는 것을 어쩌지 못했다.

끝내 송겸이 작은 점이 되더니 거울에서 종적을 감추었을 때 거울 속에는 새로운 모습이 투영되었다.

반로환동하기 전의 모습, 홍자생 본연의 모습이 나타난 것이다.

홍자생은 문득 거울과 실체가 같은가 싶어 자신의 손과 얼굴을 던져 보았다.

‘돌아왔다.’

의식뿐 아니라 육체의 모든 특성까지 회복된 것이었다.

“다행스런 일이다.”

“음?”

홍자생은 어디선가 들려오는 소리에 놀라 주변을 급히 둘러보았다.

그 순간 주변 환경이 급작스럽게 바뀌었다.

눈이 시릴 정도로 파란 하늘에 짙푸른 초원이 끝없이 펼쳐졌고, 산들바람이 소리없이 몸을 감싸며 지나갔다.

“그동안 고생이 많았다.”

문득 소리가 난 곳을 보니 그곳엔 가히 신선의 풍모를 지닌 한 노인이 자애롭게 서 있었다.

홍자생은 짐작되는 바가 있어 급히 허리를 숙였다.

“불초 소생, 인사 올립니다.”

“이제껏 우리는 너를 지켜보고 있었다. 잘 견뎌주었고, 또 잘 이겨냈구나.”

“제게 지금 때가 온 것인지요?”

홍자생은 노인이 선계(仙界)에서 온 것이라 확신했고, 지금 선계로 나아갈 수 있느냐에 대해 묻고 있었다.

노인이 가만히 고개를 가로저으며 말했다.

“아직은 아니다. 네겐 해결해야 할 몇 가지 일이 있느니라.”

“단천자입니까?”

“물론 단천자도 마무리 지어야겠지. 하지만 그전에 네가 왜 선계에 진입할 수 없었는지를 생각해 보아라.”

"그러나 그건……."

"무엇이 문제냐? 시간이냐?"

홍자생은 의아한 시선으로 노인을 바라보았다.

그가 선계로 나아가려 할 때 그의 마음을 가로막은 사심(私心)은 빙안미성 주혜였다. 그녀를 두고 가야 한다는 것, 그녀의 상심, 그녀에 대한 그리움을 다 떨쳐 내지 못해 결국 주화입마하고 만 것이었다.

"함께 갈 수 없는 것으로 생각했습니다."

"허허허허… 왜 함께 갈 수 없다고 생각했을꼬? 미련을 떨쳐 버리지 못한다면 영원히 닿지 못할 터, 사사로움에 대해 네가 오해한 게로구나."

"아!"

홍자생의 입에서 감탄인지 탄식인지 모를 탄성이 터져 나왔다.

"선계의 삶에 대해 속단하지 마라. 그곳에 이르면 굳이 이해하려 애쓰지 않아도 모든 것을 깨닫게 될 것이다. 함께 오거라."

홍자생은 일순 가슴이 뭉클해져 머리를 조아렸다.

"선인의 뜻, 마음에 새기겠습니다."

신선은 지긋한 자태로 길게 뻗어 가슴까지 내려온 수염을 쓰다듬고는 말했다.

"단천자, 무환은 네가 그의 굴레를 정리토록 해라. 네게 요긴하게 쓰일 힘을 주마."

신선이 검지로 홍자생을 가리키는가 싶더니 손가락 끝에서 백색 광채가 피어나며 홍자생의 가슴으로 온전히 스며들었다.

"너를 기다리고 있겠다. 이만 가보거라."

그 말과 함께 신선의 모습이 아스라이 스러지고 주변 광경 또한 홀연히 변했다.

홍자생은 순간 온 얼굴과 귓가로 거침없이 스쳐 지나가는 바람을 느끼며 아래를 내려다보았다.

슈우욱~

정신의 방에서 빠져나온 홍자생의 몸은 추락하고 있는 상태였다. 그것도 이제 고작 지상을 이십여 장 정도밖에 남겨두지 않고 있었다.

상황은 매우 급박해 도무지 죽음을 피할 수 없을 것만 같았다. 그러나 이미 홍자생은 더 이상 송겸이 아니었다. 몸의 통증이 사라진 것은 물론이고 말로 형용하기 힘든 힘이 깃든 상태였기에 홍자생은 일말의 조급함조차 보이지 않았다.

슈우욱~

맹렬한 기세로 추락하여 이제 지면이 바로 눈앞에 이르렀다. 이대로라면 결국 목뼈가 어긋나고 그 기세대로 어깨뼈와 허리뼈까지 완전히 으스러질 것은 불을 보듯 뻔한 상황이었다.

그것은 절벽을 타고 내려오는 단천자가 보기에도 의심의 여지가 없는 것이었다.

거의 눈 한 번 깜박일 정도의 여유만을 남겨둔 상태에서 홍자생의 몸이 사뿐히 회전했다. 머리를 아래로 두고 다리를 위로 둔 상태가 바뀌어 머리가 위로, 다리는 아래쪽에 서게 되었다.

그 상태에서 홍자생의 몸은 허공 중에 두둥실 뜨는가 싶더니 아무렇지도 않게 지면에 차분히 내려섰다.

잠시 후, 환호성을 내지르고 두어 번의 확인 사살을 하려던 단천자의 눈이 휘둥그레진 채 절벽에 못 박힌 듯 멈춰 섰다.

"네, 네가 어떻게……."

단천자는 쾌속하게 내려오는 도중에도 결코 송겸에게서 눈을 떼지 않고 있었던 터였다. 그런데 픽, 하는 소리와 함께 뒈져야 할 놈은 보이지 않고 느닷없이 성숙노괴가 선 것을 보게 되니 제아무리 단천자라도 놀라지 않을 수 없게 된 것이다.

"단천자, 오랜만이로구나. 나려오던 중인가 본데 뭘 그리 망설이는 것이냐?"

"크크크, 좋다, 좋아."

단천자는 신형을 날려 절벽을 내려오면서 말을 이었다.

"…어떻게 된 노릇인지는 모르겠으나 어줍잖게 네놈의 아들이나 죽이는 것보다야 백번 환영할 일이긴 하지."

말을 마친 시점에 단천자는 지면에 발을 딛고 홍자생과 십여 장을 격하고 마주 섰다.

"너는 학운곡에 갇힌 세월 동안 전혀 반성하지 않은 모양이구나."

홍자생의 말에 단천자의 눈에 잔인함이 번졌다.

"크크. 그래, 네놈의 말을 듣고 보니 갑자기 좋은 생각이 떠오르는구나. 네놈을 그냥 죽이려 했는데 그건 너무 자상한 배려일 터, 네늠의 몸에서 생령을 뽑아 나와 같은 고통을 겪도록 해주마. 그곳에서 영원토록 반성하며 살면 행복할 게다."

"단천자, 넌 너의 힘든 생을 살아왔다. 너도 이제 쉬거라."

그 말과 함께 홍자생이 성큼거리면서 단천자를 향해 걸어갔다.

그것은 너무도 자연스럽기 그지없어 다가가 악수라도 할 것 같은 부드러움이 실려 있었다.

하지만 단천자는 그 속에 깃든 절대적인 힘을 보았다.

'이번에는 네놈이 당할 차례다.'

단천자는 양손 가득 기를 응집해 성숙노괴를 향해 날렸다.

붉은 화염덩어리가 송두리째 홍자생을 덮쳐 갔다.

화르르… 팡…….

불길이 홍자생을 휘어 감아 홍자생은 흡사 불타오르는 것처럼 보였다.

단천자 또한 만족스러운 듯 입가를 올리며 미소를 머금었다. 그 누가 있어 화염신탄강에 견뎌낼 수 있단 말인가. 게다가 그는 이 한 번의 공격에 모든 힘을 다 쏟아 붓다시피 한 것이었으니 충분히 기고만장할 법도 했다.

그러나 단천자의 미소는 담담히 불길 속에서 들려오는 홍자생의 음성에 단박에 얼어붙고 말았다.

"조금 따뜻하군. 나쁘지 않아."

애써 자신의 곤란한 처지를 감추려는 말치고는 너무도 담담한 어조였다.

단천자는 잠시 이 믿어지지 않는 상황에 자신의 양손을 내려다보다가 아직까지 화염에 가려진 홍자생을 향해 기심태극장을 발출했다.

무려 일곱 개의 태극이 화염을 뚫고 거치른 타격음을 발했다.

펑, 퍼엉, 펑… 퍼벙…….

"헉헉… 헉헉……."

단천자는 자신이 누군가를 상대함에 있어 공력의 부족을 느끼게 되리라고는 생각지 못했으나 지금은 일거에 혼신의 힘을 쏟아 부은 터라 잠시 가빠진 숨을 몰아쉬어야 했다.

"무엇이 그대를 그리도 두렵다 하는가?"

잔잔한 음성, 단천자가 화들짝 놀라 소리난 곳으로 고개를 돌렸다.

"헉!"

어느샌가 홍자생은 단천자의 뒤편에 이 장여를 격하고 고요히 서 있었다. 충격을 받았다든지, 옷이 허어졌다든지 하는 어떤 변화도 없이 그저 원래부터 그 자리에 서 있었다는 것처럼 자연스럽게 서 있는 모습이었다.

"굳이 시간을 끌 필요는 없겠지."

홍자생이 말을 끝냄과 동시에 성큼 한 걸음 내디뎠다. 그건 분명히 한 걸음을 내디딘 것에 불과했지단 어찌 된 일인지 홍자생의 안면은 지면을 축소시켜 놓고 건너온 것처럼 불쑥 단천자의 눈앞에 이르렀다.

단천자와 같은 고수는 신법이 뛰어날 뿐 아니라 그에 따른 안력도 극히 발달해 있어 제아무리 빠른 신법의 소유자라도 그의 눈으로 보기엔 거북이가 기는 것처럼 느껴질 뿐인데 지금 성숙노괴 홍자생이 다가온 신법은 미처 그의 눈이 파악하지도 못한 상태일 만큼 상상을 초월하는 것이었다.

단천자의 손이 거의 본능적이다시피 홍자생의 심장으로 파고들었다.

이 정도의 거리에서 그의 손을 피할 자는 없다고 자부할 수 있는 극쾌의 공격이었다. 그러나 그 순간 홍자생의 신형이 도대체 어떤 움직

임으로 그리한 것인지 모르게 단천자의 공격권을 벗어나 스치듯 그의
등 뒤로 돌아 목을 움켜쥐었다.

"윽!"

단천자는 순간 온몸의 기운이 물이 증발되듯이 쑥 빠져나가는 듯하
자 당혹스러움을 금치 못했다.

"이럴 순 없어. 이렇게 또 갇힐 순 없어. 이 개자식아, 날 내버려 두
란 말이다."

"너를 또 가두지는 않을 것이다. 그렇다고 풀어준다는 말은 아니다.
너는 이제 온전히 돌아가야 한다."

단천자의 얼굴이 순간 새하얗게 질렸다.

"안 돼. 제발 날 놔줘. 다시는 아무 짓도 하지 않겠다. 맹세한다. 부
디 내가 산속 깊은 곳에서 초막을 짓고 남은 여생을 보낼 수 있도록 해
다오."

단천자의 말투는 거의 애원에 가까웠다. 아니, 더 정확히는 어린아
이가 사정을 하는 것만 같다고 할 수 있었다.

홍자생은 잠시 마음이 흔들렸다.

이미 굉정으로부터 단천자의 어둡고 그늘진 과거를 들었기에 어쩌
면 그는 아직까지도 유아기적인 사고를 지니고 있는 것인지도 모른다
는 생각이 들었다.

몸은 늙고 찌들었지만 정신은 성장을 멈춰 버려, 그것 때문에 그는
사람을 죽이는 것에 대해서나 괴롭히는 것을 심각하게 생각하지 않는
것인지도 몰랐다.

"제발 날 살려줘. 난 살고 싶어. 죽고 싶지 않다구."

단천자는 급기야 울음 섞인 말을 토해냈다.

"휴우~"

홍자생이 길게 한숨을 내뱉고 달했다.

"미안하구나. 하지만 이것이 최선일 것 같다."

홍자생의 남은 한 손이 단천자의 정수리에 놓였다.

"안 돼, 안 돼… 제발… 제발……."

이윽고 홍자생의 손바닥으로부터 백색 섬광이 뿜어져 나와 단천자의 머리를 감싸기 시작했다.

"으아아아악……!!"

처절한 비명 소리와 함께 단천자의 백회혈에서 붉게 빛나는 구슬이 빠져나왔고 단천자가 빌려 쓴 종횡가걸의 몸이 짚단처럼 허물어졌다.

홍자생의 손에 들린 붉은 광채는 차츰 그 빛을 잃어가며 스러져 갔다.

그리고 결국 완전히 소멸하고 말았다.

홍자생은 멀리 하늘을 올려다보았다.

어린 날의 아픈 기억이 한 사람을 얼마나 피폐하게 할 수 있는지 단천자를 원망하기 이전에 그 부모의 비뚤어진 의식이 미웠다.

"부디 평안하길……."

홍자생은 쓰러진 종횡마걸의 몸을 옆에 끼고서 그대로 절벽 위로 날아올랐다.

절벽을 향해 고작 두어 번 손을 움켜쥔 것으로 이미 홍자생의 몸은 절벽 위에 놓여 있었다.

거기엔 아무도 없었지만 홍자생의 눈에는 꿈결처럼 여러 사람이 보였다.

　독왕노괴 염도, 빙안미성 주혜, 추백, 교청은, 조후…….

　염도는 말없이 웃었다.
　홍자생도 친구를 향해 웃음을 지었다.
　두 사람 사이엔 그것으로 충분했다.
　이어 고개를 돌려 빙안미성을 바라보자 그녀는 울고 있었다.
　“다, 당신…….”
　“잘 지낸 게요? 돌아왔다오. 다신 떠나지 않겠소.”
　그때 추백과 교청은, 조후가 물었다.
　“형님은 어떻게 되신 겁니까?”
　“송 공자는 어디로 갔죠?”
　“형님을 뵙고 싶습니다만…….”
　홍자생의 눈빛이 흔들렸다.
　“겸이는… 떠났단다. 다시는 볼 수 없을 것이다.”
　세 사람의 눈이 성숙노괴의 얼굴을 향했다가 다시 그가 입고 있는
의복에 시선이 꽂혔다.
　“아… 설마…….”

*　　　*　　　*

　하남성과 호북성의 경계에 자리한 석건산(石建山)!

여느 때와 마찬가지로 공효는 아침 일찍 일어나 한 시진가량 책을 읽은 후, 약초 바구니를 들고 동굴을 나섰다.

봄의 따사로운 기운에 산 전체로 풍요로움이 넘실거렸다.

흐드러지게 피어난 꽃들과 생기 넘치는 숲, 맑게 개인 하늘…….

"야, 멋진 날이로구나."

활짝 기지개를 켜며 공효가 걸음을 옮겼다.

하지만 이내 공효는 우뚝 멈춰 섰다.

눈앞에 선 두 사람 때문이었다.

'누구지?'

비록 나이가 꽤 들어 보였지만 잘 어울리는 남녀 한 쌍이었다.

"네가 공효로구나."

여인이 말했다.

"어라, 아주머니는 처음 보는데…….'

말꼬리를 흐리며 공효가 의아한 시선으로 바라봤다. 아무리 기억을 더듬어보아도 본 적이 없었다.

"죄송합니다. 제가 워낙 기억력이 형편없어서 생각이 나질 않는 걸 어쩌죠."

여인은 미소를 머금고는 남자 쪽을 바라보며 말했다.

"훌륭하군요."

"그대가 보기에도 괜찮은 것 같소?"

홍자생이 묻자, 빙안미성 주혜가 가볍게 고개를 끄덕이는 것으로 대답을 대신했다.

"사부가 왔는데 그렇게 서 있기만 할 것이냐?"

"네, 사부님요?"

공효는 홍자생을 보며 잠시 어리둥절한 표정이 되어 다시금 기억을 더듬었다.

'사부? 그렇지. 사부님이 날 데리러 오겠다고 말씀하셨었지. 아무렴… 뭐야? 그럼 설마……?'

"혹시… 송겸 사부님을 아세요?"

"하하하하하… 내가, 그 아이가 내 아들이다. 못된 녀석이 내게 맡아달라고 떠넘기지 뭐냐."

"와우, 그럼 혹시 제가 수제자인가요?"

"하하, 아니다. 네 위로 유만이란 이름의 사형이 있다."

그날 밤, 홍자생과 주혜가 달빛을 받으며 나란히 앉았다.

"이제 함께 선계(仙界)로 갑시다."

"고마워요."

〈제6권 완결〉

후기(조후, 작가를 인터뷰하다)

무한소소에서 조연으로 등장해 이렇다 할 활약없이 어영부영 곤욕을 많이 치른 조후가 인터뷰는 자신이 하겠다고 나섰다.

조후—먼저 무한소소를 완결 지은 것을 축하드린다.

작가—고맙다. 근데 언제 봤다고 반말인가? 출연한 지면이 별로 없었다고 지금 반항하는 건가?

조후—내가 그리 속 좁은 사람으로 보인단 말인가. 원래 인터뷰를 실을 때는 인터뷰 체라고 하는 형식이 있는 것이다. 제아무리 상호 간에 공손하게 이야기를 주고받아도 정작 기사화될 땐 이렇게 쓰는 것이다. 그러니 아예 인터뷰 자체를 이런 식으로 하는 것이 시간 낭비를 줄일 수 있는 것이다.

작가—음, 좀 엉뚱하긴 하지만 일리가 아예 없는 것은 아닌 것 같다. 진행하자.

조후—제일 궁금한 것이 한 가지 있다.

작가—말해 봐라.

조후—무한소소에서 내 비중이 상당히 희미했는데 혹시 내가 지난번 작가

생일 날 전화도 않고 선물도 보내지 않은 것에 앙심을 품은 것은 아닌가?

　작가—그렇지 않아도 내 그 말을 하려던 차였다. 내 너 같은 놈은 첨 봤다. 그 싸가지없는 송겸마저도 인삼주를 가지고 왔더라. 거기다 엽서까지 동봉해서 말이다. 그뿐이냐, 염도는 취망산에서 캔 영지버섯 백 송이를 보내왔다. 심지어 불곰은 직접 쓸개(웅담)를 빼서 주겠노라고 말했는데 내가 그냥 사양했었다. 그런데 네가 한 것이 뭐냐? 너를 작중에 죽이지 않은 것을 다행으로 생각해라.
　(이때 조후의 안색은 울그락 불그락 장난이 아니게 되더니 느닷없이 작가를 향해 주먹을 날렸다. 맞고 있을 작가가 아니었다. 잠시 뒤 두 사람은 K1과 프라이드를 넘나드는 격투를 벌였고, 조후는 이 두 개가 부러지고 작가는 머리가 터져 피를 철철 흘렸다. 이날 인터뷰는 더 이상 진행될 수 없었다.)

　삼 일 뒤, 다시 조후가 차분한 안색으로(하지만 눈 주위에 멍은 어쩔 수 없었다) 작가를 찾아왔다.

　조후—공적인 일과 사적인 일을 구별하도록 하자. 내가 지난번엔 좀 흥분했었다. 먼저 주먹을 날린 것을 사과한다.

　작가—견적이 많이 나왔을 것 같은데 나도 미안하다.
　(예상과 달리 불상사 없이 인터뷰는 원만히 이루어졌다.)

　조후—내년 생일 때는 잊지 않겠다. 사담은 여기에서 그치고 본격적인 질문을 던지겠다. 항간에 들리는 말에 의하면 만선문의 후예에서부터 걸인각성, 무한소소까지 너무나 천편일률적인 내용이 아니냐는 말이 있는데 어떻게 생각하는가? 뭔가 새로운 시도를 해볼 생각은 없나?

작가—글쎄, 지인들 중에 그런 말을 하는 이들이 있었다. 하지만 내 개인적으로는 이런 스타일을 버리고 싶은 생각이 없다. 모든 작가가 그러하겠지만 나 또한 내 글들을 사랑한다. 만선문의 후예부터 무한소소까지 즐거운 마음으로 내가 쓰고 싶은 것을 쓴 것이다. 어떤 이들은 만선문의 후예와 걸인각성 속에서 거지 이야기가 한창 나오는 것을 보고는 대중에 너무 영합하고 재미만을 추구하는 것이 아니냐고 생각할지도 모르겠지만 그건 결코 아니다. 내가 애초에 글을 썼던 목적은 독자들을 즐겁게 해주기 위함이 아니었다. 나는 내가 즐겁기 위해서 글을 쓰기 시작했고, 그래서 지금도 글을 쓰면서 혼자 키득거리기도 많이 한다. 덕분에 미친놈이라는 소리도 심심치 않게 들었었다. 오히려 무한소소에 이르면서 독자들을 상당히 의식하게 되어 약간 타협하는 경향이 있었다는 점을 고백하는 바이다. 좀 더 파격적인 상상을 펼쳐내려다 괜히 절제하곤 하는 것이 그런 것이었는데 오히려 지금에 와서는 후회가 된다.

조후—그럼 앞으로도 이런 분위기의 글을 써 나갈 생각인가?

작가—현재로선 그렇다. 믿거나 말거나지만 나는 상당히 절제된 생활을 해왔다. 그래야만 했고, 그것을 온전히 인정하면서도 반대로 마음 깊은 의식의 한 부분에서는 자유로운 발상이 마구 꿈틀거렸는데 그것을 글로 표현했던 것이 만선문의 후예였다. 언제가 될지는 모르지만 내 마음에서 한 소리가 '이젠 심각한 것을 써보고 싶어' 라는 울림을 준다면 그때는 당연히 새로운 분위기의 글이 될 것이다. 하지만 분명한 건 아직은 아니라는 것이다.

　조후—무한소소(無限笑笑:끝없이 웃는다)라는 제목이 갖는 의미를 설명해 달라.

　작가—생각하기에 따라 여러 가지 의미가 있겠다. 원래는 유쾌한 글의 결정체라는 입장에서(1권의 작가 서문에서 밝힌 것처럼) 제목을 정했었다. 하지만 글을 쓰면서 주인공 송겸의 모습을 통해 꽤 어울리는 제목이라고 생각하게 되었다. 송겸은 부모 없이 자라난 까닭에 지독히 외로워 도리어 크게 웃고 떠든다. 그 모습이 주위 사람들에겐 실없는 놈으로 비춰진다. 그런 경험이 있지 않는가. 사람이 한없이 웃다가 보면 웃음의 끝에 이르러선 괜히 씁쓸까진 아니어도 어쩐지 허전해지는 기분 말이다. 그런 의미에서 무한소소(無限笑笑)는 무한애애(無限哀哀:한없는 슬픔)와도 연결되어 있다고 생각한다.

　조후—어쩐지 꿈보다 해몽이 좋다는 느낌이다.

　작가—그래서 말하지 않았나. 글을 쓰면서 그런 느낌을 받았다고 말이다. 점점 인터뷰하기가 싫어진다. 계속 태클 걸어오면 또다시 혈투를 벌이지 않을 수 없다. —_—^

조후—흠흠, 진정하자. 다음 질문으로 넘어가겠다. 이번 무한소소에서는 주인공이 특이하게도 사파이면서도 정파다운 면모를 보인다. 물론 만선문의 후예와 걸인각성에서도 정파의 핵심에 서 있지만 하는 행동들은 사파인데 작가의 성향은 어떠한가?

작가—내 자신의 성향이 반영되어 있는 것 같다. 나는 기본적으로 정파이면서 또한 사파이고 사파이면서 정파다. 기본 줄기는 정파이지만 생각과 행동의 범주는 자유로운 사파를 지향한다. 기본 틀마저 정파이고 모든 생각과 행동마저 정파스럽다면 얼마나 사는 게 숨 막히겠는가. 내 주인공들에게 그런 답답함을 심어줄 순 없었다. 큰 틀에서는 언제나 선하지만 작은 에피소드들 속에서는 사파스러움이 글을 쓰는 재미도 있고 내 성향에도 맞는다.

조후—어떤 게시물을 보니 주인공의 사부들이 하나같이 죽거나 승천하는데 왜 그렇게 보내 버리는가? 뭔가 스승에 대한 좋지 않은 감정이라도 가지고 있는 것인가?

작가—그렇지 않다. 그저 개연성을 따지다 보니 일찍 사부들을 보내 버리곤 했다. 만선문에서는 사부가 승천을 해야 하는 것이 만선문이라는 문파의 특성상 맞는 것이기도 하고 한편으로는 워낙 막강하니 사부의 개입으로 주인공의 역할이 축소될 것이 우려되어 일찌감치 보내 버리기도 한 것이다. 뭐, 걸인각성에서야 병이 깊어진 상태였으니 어쩔 수 있나? 무한소소에서는 그래도 오래도록 산 편이다. 염도도 따로 내게 전화하길 고맙다고 하더라.

조후—염도가 전화도 사용이 가능한가?

작가—너무 깊게 들어가지 마라. 다친다.

조후—ㅡ_ㅡ;;; 알았다. 다음 질문이다. 무한소소는 결론적으로 반로환동에 관한 이야기인데 어쩌다 이런 기발한 착상을 하게 되었는가?

작가—기발하다라… 조금 있다가 뭐 먹고 싶은 것 있다면 말만 해라. 다 사주겠다. 확실히 쏘겠다. 단 2,500원 한도 내에서! 이 질문을 받고 보니 혹시라도 글을 먼저 읽지 않고 후기부터 보는 독자들이 있을까 심히 염려스럽다. 그런 독자들 은근히 있는 것 같더라. 하지만 대충 들려오는 이야기를 보니 눈치 빠른 독자들 중에는 3권 때부터 송겸이 성숙노괴 홍자생이 아니냐고 묻는 사람도 있는 것으로 보아 대충 짐작은 하고 있었으리라 본다. 특히 5권에서 송겸이 빙안미성에 관해 연속해서 꿈을 꾸는 내용을 조금만 생각해 보았다면 단박에 '송겸=성숙노괴' 라는 사실을 알아차렸을 것이다.
반로환동에 대해서는 원래 간단히 써놓은 단편들 중 하나의 에피소드가 있다. 내용으로 따지자면 단편 내용이 굉장히 파격적인데 그 내용을 변형해서 만들어본 것이다. 처음 기획할 때는 반로환동의 사실을 드러내지 않고 마지막에 대반전을 시도하려 했지만 너무 갑작스럽게 마지막에 송겸이 성숙노괴였다라고 하면 난감해할 것 같아 조금씩 발자국을 남겨놓을 수밖에 없었다. 노출이 과다했는지 충분했는지는 완결 이후의 반응들을 봐야 알 것 같다.

조후—차기작은 구상이 거의 끝난 것으로 아는데 어떤 글인가? 독자들 중엔 만선문의 후예 3부나 걸인각성 3부를 써달라고 하는 것 같은데 거기에 대한 생각도 알고 싶다.

작가—무한소소 이후에는 '후흑문주 심온' 이라는 글을 준비하고 있다. 틈틈이 모아놓은 내용들이 많아 다른 때보다는 빠른 글쓰기가 될 것 같다.

조후—후흑이란 말이 눈에 익은데 무한소소에 등장하는 신비후흑회에서 따온 것인가? 어쩐지 제목들을 보면 작품이 연결되는 느낌을 준다. 만선문의 후예에서 등장하는 충격적인 걸인 씬이 다음 작품인 걸인각성이 되고, 무한소소도 양정이 펼치는 무한소소공에서 온 것이고 말이다.

작가—맞다. 머리가 나쁜 줄 알았는데 영민한 구석도 있는 듯하다. 제대로 봤다. 어떤 의도를 가지고 한 것은 아닌데 글을 쓰는 중에 정감이 가는 단어들이 있다. 그런 것들이 후에 제목으로 정해지는 데 크게 작용하는 것 같다. 하지만 그렇더라도 시대가 이어진다든지 하는 것은 아니다. 후흑문주 심온은 강호의 해결사라고 할 수 있다. 쉽게 X파일의 무협류라고 생각하면 좋을 것이다. 주인공 이름의 심온은 '시몬, 너는 아는가' 라는 그 시몬을 심온으로 바꾸어봤다. 온화한 느낌의 이름을 선호하는데 심온은 거기에 적격이라고 생각한다.

만선문의 후예 3부와 걸인각성 3부에 대해서는 조금씩 구상을 하고 있는 중에 있다. 후흑문주 심온 이후에 둘 중 하나를 택해서 써볼 작정이다. 무한소소와 후흑문주 심온이 걸인 등장이 거의 없었으니만큼 새로운 기분으로 걸인에 관한 이야기를 쓸 수 있지 않을까 싶다.

조후—갑자기 궁금해지는데 이제껏 쓴 세 작품 중 가장 애착이 가는 건 어 떤 것인가?

작가—당연히 모두 사랑스럽다. 하지만 그래도 한 가지를 꼽으라면 만선 문의 후예라고 할 수 있다. 가장 나다운 글이라는 생각이다.

조후—작가는 모든 것을 혼자 처리해야만 하는데 평소 자기 관리는 어떻 게 하고 있는가?

작가—자기 관리 그런 거 모르고 산다. —_—;;
하지만 요즈음엔 조금 철이 들어 운동을 하고 있다. 배드민턴에 맛들여서 새벽에 일어나 클럽에서 두 시간 가까이 휘두르다 온다. 덕분에 몸과 마음이 많이 건강해졌고 수면 시간도 다섯 시간에서 여섯 시간인데도 그리 피곤한 줄을 모르게 되었다. 앞으로도 꾸준히 해갈 생각이다.

조후—여기서 잠깐 작가 개인 홈페이지에 대해 이야기해 보도록 하자. 그 동안 권 후기에 이상한 폐인 에피소드 등을 통해 홈페이지를 소개한 것으로 아는데 멤버는 많은가?

작가—멤버는 약 500명 정도다. 그중 주로 활동하는 멤버는 약 50명 정도 되는 것 같다.

조후—생각보다 숫자가 적은데 왜 그런가?

작가—일단 가입 절차가 까다롭다. 회원 가입을 한 후에 감상란에 무한소소나 그전에 나왔던 만선문의 후예, 걸인각성 중 하나의 감상평을 올려야 하는데 아마도 그 점이 이 시대 광범위하게 퍼져 있는 귀차니즘을 극도로 압박한 것으로 보인다. 거기에 더혀 매번 로그인을 해야만 글을 볼 수가 있어서 더욱 그러할 것이다.

조후—귀차니즘을 왜 유발한 것인가? 본 기자가 알기로 작가도 폐인이자 귀차니즘의 신봉자로 알고 있는데 말이다. 혹시 작가는 그런 까다토운 홈페이지에 자주 가는가?

작가—그런 곳엔 절대 안 간다.

조후— ㅡ_ㅡ;;;; 알았다. 사이트 이름이나 다시 말해 보라.

작가—그렇다고 굳이 땀까지 흘릴 필요는 없지 않는가. 된장…….
사이트는 www.muhans.com이다.
노파심에서 하는 말인데 혹시 사이트 오겠다고 마우스로 위에 적은 곳을 마구 문지르는 분이 있지 않을지 겁난다. 기자도 시간나거든 오시라.

조후—걱정도 팔자다. 어느 시절의 유머를 쓰는 것인가. 그리고 본 기자는 절대 안 간다.

여기서 작가가 조후를 향해 선방을 날렸다.

한동안 인터뷰는 이루어지지 못했다.

그리고 이틀 후… 극적으로 화해가 이루어져 인터뷰는 다시 이어졌다.

조후─다툼은 여기에서 끝내고 이제 인터뷰를 서서히 마무리해야 할 것
같다.

작가─나도 그 생각 했다. 아무리 본문 글보다 후기가 재밌다는 평이 많아
도 정도껏 하자.

조후─알았다. 최근에 가장 크게 웃었던 건 언제인가?

작가─네 살짜리 아이가 있다. 짱구같이 말썽쟁이여서 가끔씩 은짱이라고
도 부른다. 은짱이 할머니를 오랜만에 보게 되었는데 할머니가 보자마자 귀
여워서 '아이구, 우리 강아지 왔는가!' 라고 했다. 그러자 은짱이 눈을 멀뚱
멀뚱 뜨더니 고개를 가로젓는 것이다. 그러더니 하는 말이 '할머니, 나 강아
지 아니에요. 은짱이에요, 은짱!'. 그 말을 워낙 아이가 진지하게 해서 주위
에 있던 식구들이나 나나 거의 뒤집어졌다. 아직도 그때 생각하면 웃음을 참
을 수가 없다.

조후─하하, 상당히 우습군요. 하하하…….

작가―이봐, 말투가 갑자기 바뀌었다. 정신 차려라.

조후―흠흠, 미안하다. 그럼 최근에 가장 감동받은 적은 언제인가?

작가―이번에도 아이에 관한 거다. 아이를 유치원에 보낼 때이다. 집과 유치원이 가까워서 유치원 차량을 타지 않고 걸어서 보내는데 유치원 입구에서 혼자 들어간다고 손을 흔들며 뛰어간다. 나는 들어갈 때까지 지켜보고 있고, 은짱이 돌아보면서 또다시 손을 흔들고 웃는다. 그때는 괜히 눈물이 나려고 한다. 이유를 설명하긴 힘들다. 아이가 보이지 않을 때까지 서 있으면 다시 들어갔다가 살며시 내다보고는 내가 안 간 것을 알고 큰 소리로 말한다. '아빠, 빨리 가!' 지딴에는 계속 서 있을까 봐 걱정되었나 보다. 나는 떨어지지 않는 발걸음을 옮기는데 그럴 때마다 뭉클해지면서 나의 부모님 또한 나를 키우면서 이런 마음이었겠구나라는 생각을 하곤 한다.

조후―자, 그럼 이제 끝으로 독자들에게 한마디해 달라.

작가―아무래도 독자들에게 하는 것이니 체를 바꿔야 할 것 같다.

조후―좋을 대로 하시라.

작가―그동안 무한소소를 애독해 즈신 독자분들께 감사드립니다. 처음 마음은 읽는 내내 흐뭇한 마음이 될 수 있다면 더 원이 없겠다고 생각했는데 과연 흐뭇했을지 의문입니다. 6권이 끝나고 이 글까지 보시고 계신다면 그래도 애독해 주신 분들이라고 생각합니다. 비록 미흡한 부분이 많았더라도 넓은 마음으로 이해해 주시길 바라고 저는 더 좋은 모습으로, 순수한 열정으로 다음 글에서 찾아뵙도록 하겠습니다. 언제나 생각하기론 어린아이부터 연로하신 분들에 이르기까지 전 국민이 읽고 기뻐할 수 있는 글을 쓰고 싶다는 생각을 해봅니다만 아직 부족한 것이 너무 많은 것 같습니다. 그래도 포기하지 않고 내면의 상상을 표출하는 데 열심을 다하겠습니다. 항상 건강하고 행복하시길 빕니다.

조후―인터뷰에 응해주서서 감사합니다. 다음 작품엔 저도 출연시켜 주시면 안 되겠…….

(자, 밥 먹으러 갑시다.)

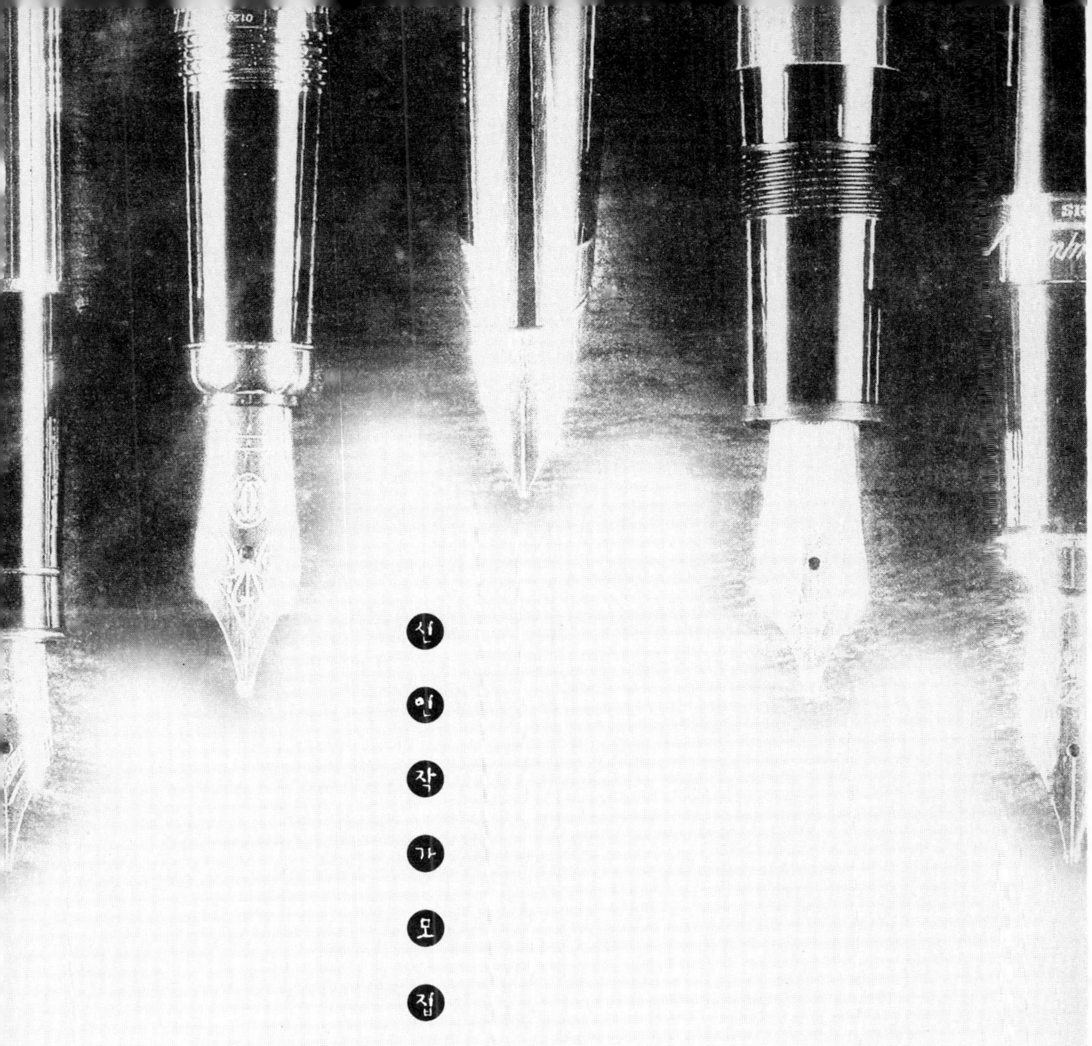

신
인
작
가
모
집

시작이 반이라고 했습니다.
작가의 길에 대한 보이지 않는 벽을 과감히 깨뜨리십시오!
청어람은 작가 지망생 여러분들의
멋진 방향타가 되어드리겠습니다.

저희 도서출판 청어람에서는
소설 신인 작가분들을 모집합니다.
판타지와 무협를 사랑하시는 분들의 많은 참여를 바랍니다.
소정의 원고(A4용지 150매)를 메일이나 우편으로 보내주시면
검토 후 출판 여부를 알려드리겠습니다.

주소:경기도 부천시 원미구 심곡1동 350-1 남성B/D 3F 우편번호420-011
TEL:032-656-4452 · FAX:032-656-4453
http://www.chungeoram.com
e-mail:chungeoram@chungeoram.com